慟哭 3・11

東日本大震災
文学館からのメッセージ

日本近代文学館 編

青土社

慟哭　3・11

東日本大震災　文学館からのメッセージ

日本近代文学館 編

◎目次◎一慟哭3・11

二〇二一年度

・揮毫作品は各年度の中で詩、短歌、俳句、小説・ノンフィクションのジャンルごとにまとめて掲載しています。
・揮毫作品のサイズは外寸を記載しています。

刊行にあたって

日本近代文学館では、二〇一三年から、毎年二月、三月にかけて、現在「震災を書く」として続けている展覧会を開催してきました。これは、全国文学館協議会の共同展示「三・一一 文学館からのメッセージ」の一環として始まったものです。中村稔名誉館長の呼びかけのもと、これまで詩人・歌人・俳人を中心とした多くの文学者に依頼し、震災への思いから生まれた作品を自筆で揮毫していただいています。その数は一〇〇点以上になります。

今回、十年という区切りにあたり、それらを『慟哭 3・11』という表題のもと一冊にまとめ、刊行することにいたしました。毎年展覧会場で少しずつ接してきた作品が、まとまって、居ながらにして通覧できるようになります。この貴重な一冊が、「慟哭」の思いに支えられ、この試みに心をお寄せくださったすべての方々に届き、明日に向け、震災の記憶が伝えられるよう願ってやみません。これまで展覧会のおり作品をお寄せくださり、刊行に際して収録をお許しくださった皆様に感謝申し上げます。また、刊行を引き受けてくださった青土社に、改めてお礼申し上げます。

二〇二四年二月

日本近代文学館理事長　中島国彦

序

私たちは二〇一一年三月一一日、東日本大震災を経験した。私たちは大地震と大津波を経験し、これらにより多くの死者、行方不明者、負傷者を生じたが、それだけでなく、この結果、福島原子力発電所の原子炉の炉心のメルトダウンにより、大規模な放射能汚染を経験した。

この直後から、これらの犠牲になった方々の遺族や被災者、また、被害に心を痛めた人々により、痛切、悲嘆きわまる短歌、俳句、現代詩を数多く見かけることになった。

このような状況に接して、当時、全国文学館協議会の会長をつとめていた私は、この体験を風化させてはならない、長く、この体験を語り伝えたいと考え、震災の体験、震災に寄せる心情を綴った文学作品の展示をできるだけ多くの文学館で開催するよう、呼びかけた。その結果、日本近代文学館では二〇一三年度から毎年「震災を書く」と題する企画展を開催し、そのため、多くの歌人、俳人、詩人など文学者に作品の揮毫をお願いし、賛同を得て、東日本大震災をはじめとする自然災害とその被災者に寄せる作品を展示してきた。本書は、これらの作品を抜粋し、収録したものである。本書を通読なさった読者は、まさに「慟哭」という思いに駆られるであろう、と私は信じている。

東日本大震災の被害は、原子炉の炉心メルトダウンによる放射能汚染のため、現在もまだ続いている。汚染処理した処理水の海洋放出は今後も数十年続くと言われているし、八八〇トンといわれる厖大な核燃料デブリは毎日冷却しなければならないので、冷却のための汚染水は毎日増え続けており、核燃料デブリをいつとり出せるか、見通しも立っていない。そういう意味で、関東大震災や阪神・淡路大地震でさえ、一過性の災害に過ぎなかったともみられ、東日本大震災の傷痕、被害はいまだに収拾の目途もたたないほどに深刻である。

だからこそ、私たちは、この「慟哭」に耳を傾けて、明日に備えなければならない、と私は考えている。

日本近代文学館名誉館長　中村　稔

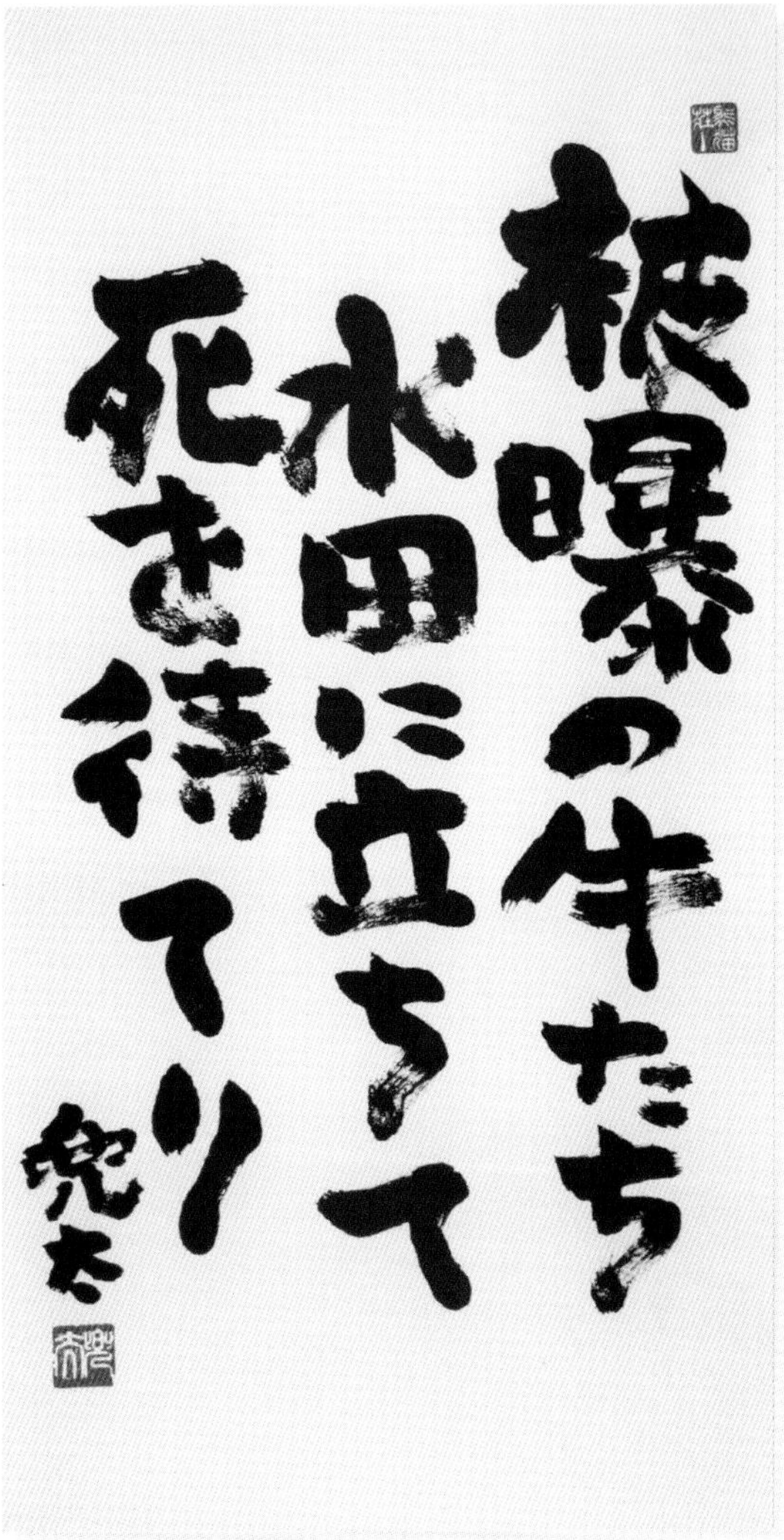

被曝の牛たち水田に立ちて死を待てり
——金子兜太
一五三×五〇・八（㎝）墨書
『百年』（朔出版二〇一九）

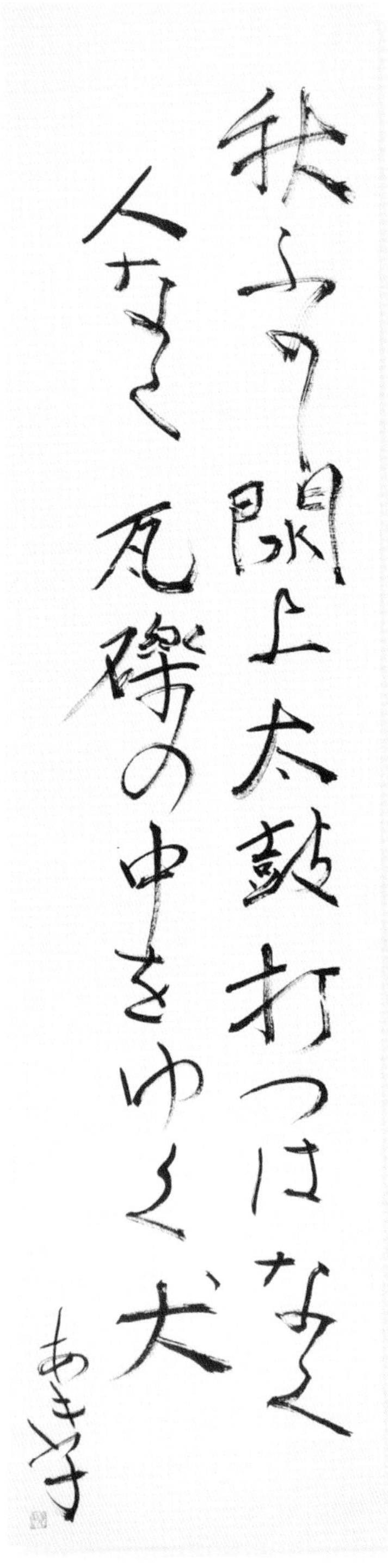

秋ふかし閖上太鼓打つはなく人なく瓦礫の中をゆく犬
——馬場あき子

一九七×五二・三（㎝）墨書／『あかゑあをゑ』（本阿弥書店二〇一三）

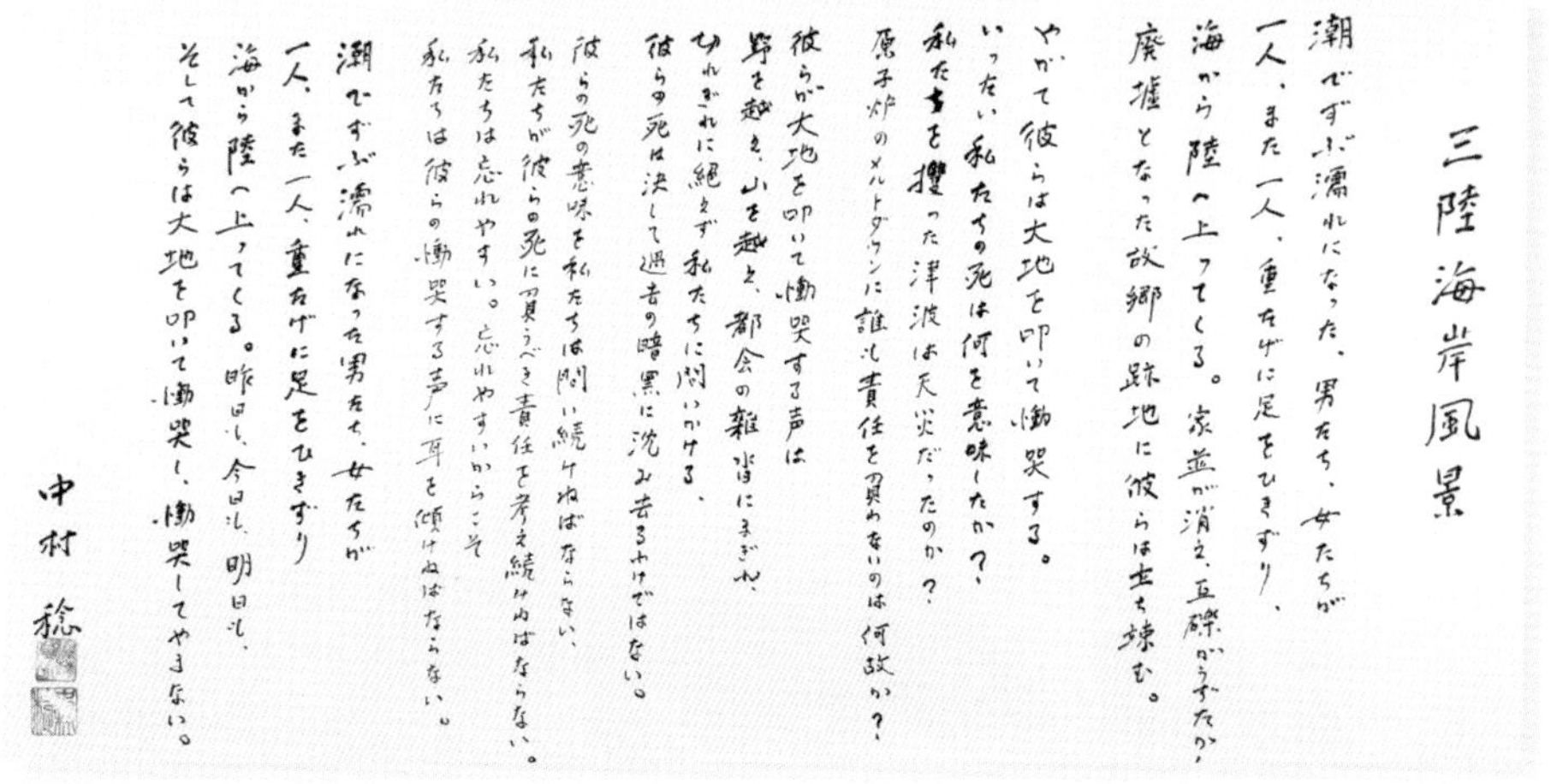

三陸海岸風景

潮でずぶ濡れになった、男たち、女たちが
一人、また一人、重たげに足をひきずり、
海から陸へ上ってくる。家並が消え、瓦礫がうずたかく
廃墟となった故郷の跡地に彼らは立ち竦む。

やがて彼らは大地を叩いて慟哭する。
いったい私たちの死は何を意味したか？
私たちを攫った津波は天災だったのか？
原子炉のメルトダウンに誰も責任を負わないのは何故か？

彼らが大地を叩いて慟哭する声は
野を越え、山を越え、都会の雑沓にまぎれ、
切れぎれに絶えず私たちに問いかける、
彼らの死は決して過去の暗黒に沈み去るわけではない。

彼らの死の意味を私たちは問い続けねばならない、
私たちが彼らの死に負うべき責任を考え続けねばならない。
私たちは忘れやすい。忘れやすいからこそ
私たちは彼らの慟哭する声に耳を傾けねばならない。

潮でずぶ濡れになった男たち、女たちが
一人、また一人、重たげに足をひきずり
海から陸へ上ってくる。昨日も、今日も、明日も、
そして彼らは大地を叩いて慟哭し、慟哭してやまない。

――中村稔
四一・八×一二六（cm）墨書
『寂かな場所へ』（青土社二〇一二）

椿を沈める

稲葉真弓

いたみは　文明のなかでそだつのだ
それとはしらず　そしらぬ顔で
そして三月　文明の臨月が
大地を揺らし　海を揺らした

あんなにも悲鳴は近くまで届いたのに
牛も、犬も猫も青光りしながら叫んだのに

おお　恥シラズ
私たちの心のなかに　またしても
そだちつつある椿の実のような胎児
わたしこそが文明だ　とささやく黒いもの

梅が香る二月　如月
とこしえに春はめぐるが
私たちは　それを止めることができない
次の臨月までの　黒い年月
目の奥の湖にも
真緑にそよぐ柳の隣にも
不吉な固い椿の実は
沈めても　沈めても
浮きあがってくるのだった

（二〇一三・二月）

椿を沈める

いたみは　文明のなかでそだつのだ
それとはしらず　そしらぬ顔で
そして三月　文明の臨月が
大地を揺らし　海を揺らした

あんなにも悲鳴は近くまで届いたのに
牛も犬も猫も青光りしながら叫んだのに

おお　恥シラズ
私たちの心のなかに　またしても
そだちつつある椿の実のような胎児
わたしこそが文明だ　とささやく黒いもの

梅が香る二月　如月
とこしえに春はめぐるが
私たちは　それを止めることができない
次の臨月までの　黒い年月
目の奥の湖にも
真緑にそよぐ柳の隣にも
不吉な固い椿の実は
沈めても沈めても
浮きあがってくるのだった

（二〇一三・二月）

――稲葉真弓

三五×六九（㎝）墨書

『心のてのひらに』（港の人二〇一五）

身にせまる津波つぶさに告ぐる声みだれざるま、をとめかへらず

——岡野弘彦

一七〇×五〇・八（㎝）墨書

『美しく愛しき日本』（角川書店二〇一二）

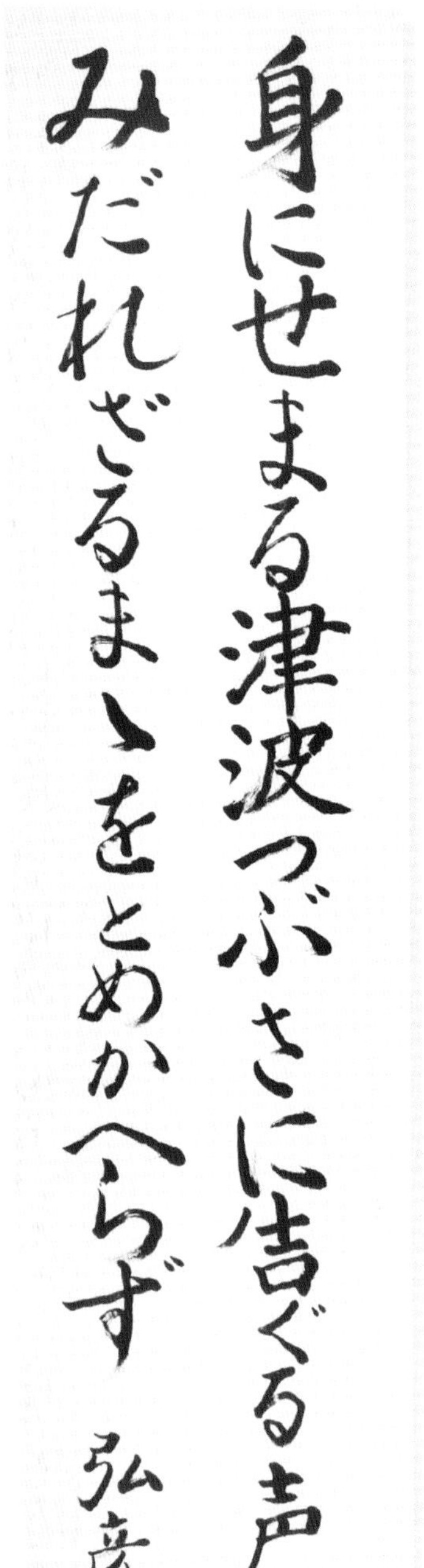
身にせまる津波つぶさに告ぐる声
みだれざるまゝをとめかへらず
弘彦

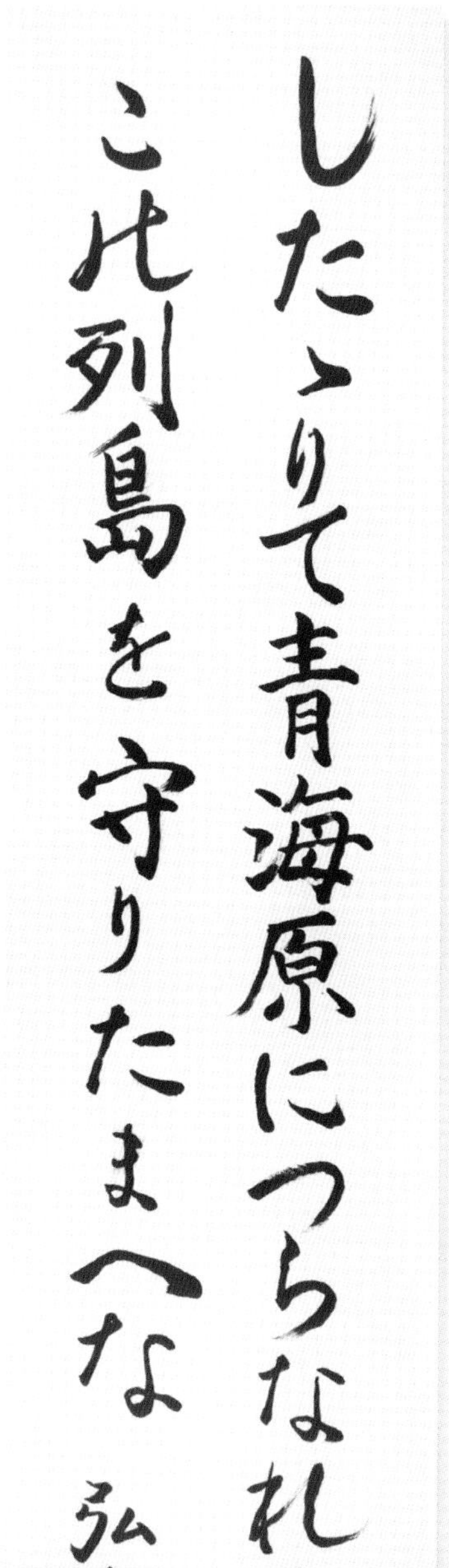
したゝりて青海原につらなれる
この列島を守りたまへな
弘彦

した、りて青海原につらなれるこの列島を守りたまへな
——岡野弘彦
一七〇×五〇・八（㎝）墨書
『美しく愛しき日本』（角川書店二〇一二）

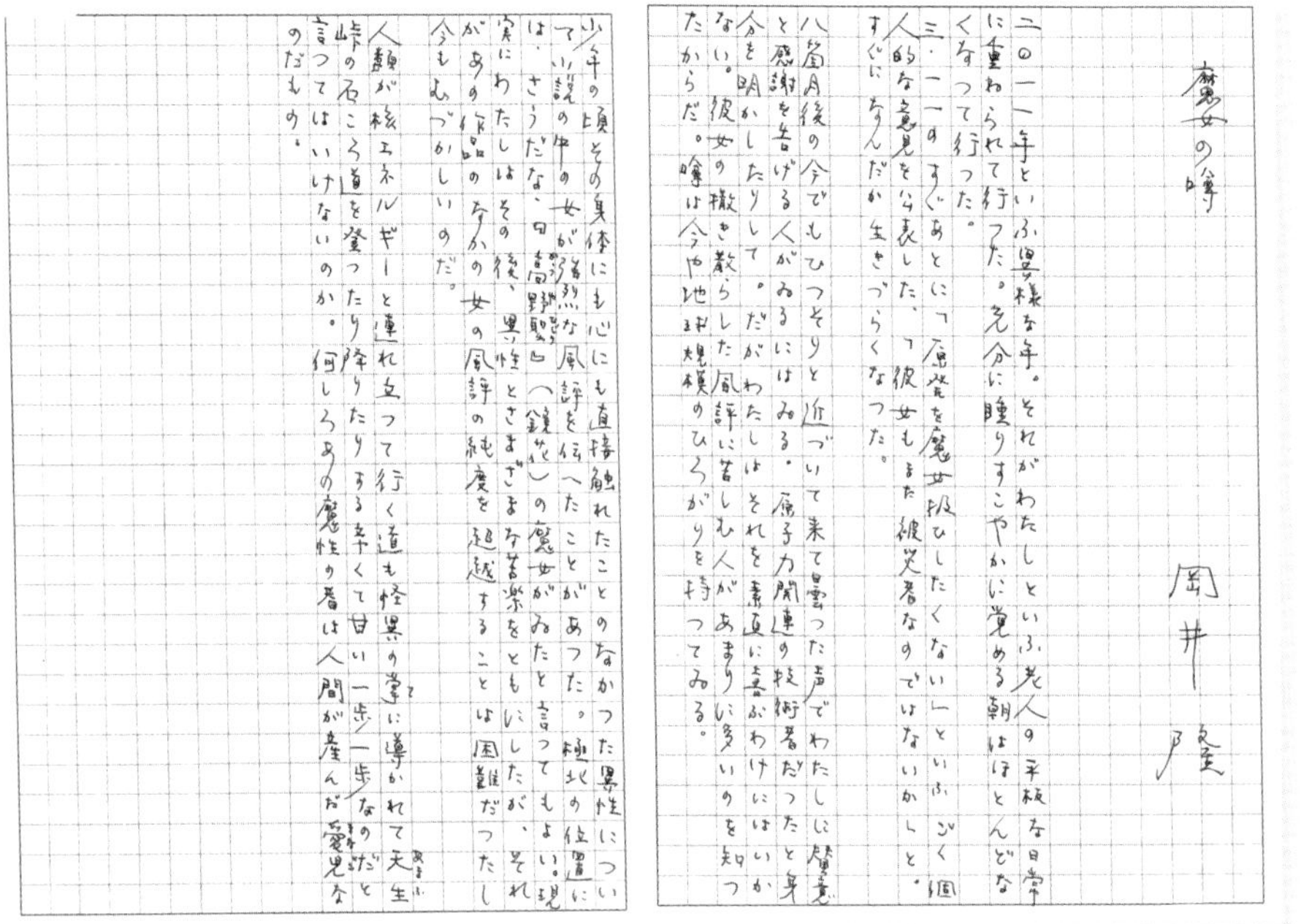

魔女の噂

岡井隆

二〇一一年といふ異様な年。それがわたしといふ老人の平板な日常に重ねられて行つた。気分に睡りすこやかに覚める朝はほとんどなくなつて行つた。

三・一一のすぐあとに「原発を魔女扱ひしたくない」といふごく個人的な意見を公表した、「彼女もまた被災者なのではないか」と。すぐになんだか生きづらくなつた。

八箇月後の今でもひつそりと近づいて来て曇つた声でわたしに賛意と感謝を告げる人がゐるにはゐる。原子力関連の技術者だつたと身分を明かしたりして。だがわたしはそれを素直に喜ぶわけにはいかない。彼女の撒き散らした風評に苦しむ人があまりに多いのを知つたからだ。噂は今や地球規模のひろがりを持つてゐる。

少年の頃その身体にも心にも直接触れたことのなかつた異性について小説の中の女が猛烈《もうれつ》な風評を伝へたことがあつた。極北の位置には、さうだな、『高野聖《かうやひじり》』（鏡花）の魔女がゐたと言つてもよい。現実にわたしはその後、異性とさまざまな苦楽をともにしたが、それがあの作品のなかの女の風評の純度を超越することは困難だつたし今もむづかしいのだ。

人類が核エネルギーと連れ立つて行く道も怪異の掌に導かれて天生《あまふ》峠の石ころ道を登つたり降りたりする辛くて甘い一歩一歩なのだと言つてはいけないのか。何しろあの魔性の者は人間が産んだ愛児なのだもの。

魔女の噂

二〇一一年といふ異様な年。それがわたしといふ老人の平板な日常に重ねられて行つた。充分に睡りすこやかに覚める朝はほとんどなくなつて行つた。
三・一一のすぐあとに「原発を魔女扱ひしたくない」といふごく個人的な意見を公表した、「彼女もまた被災者なのではないか」と。すぐになんだか生きづらくなつた。

八箇月後の今でもひつそりと近づいて来て曇つた声でわたしに賛意と感謝を告げる人がゐるにはゐる。原子力関連の技術者だつたと身分を明かしたりして。だがわたしはそれを素直に喜ぶわけにはいかない。彼女の撒き散らした風評に苦しむ人があまりに多いのを知つたからだ。噂は今や地球規模のひろがりを持つてゐる。

少年の頃その身体にも心にも直接触れたことのなかつた異性について小説の中の女が強烈な風評を伝へたことがあつた。極北の位置には、さうだな、『高野《かうや》聖《ひじり》』（鏡花）の魔女がゐたと言つてもよい。現実にわたしはその後、異性とさまざまな苦楽をともにしたが、それがあの作品のなかの女の風評の純度を超越することは困難だつたし今もむづかしいのだ。

人類が核エネルギーと連れ立つて行く道も怪異の掌《て》に導かれて天生《あまふ》峠の石ころ道を登つたり降りたりする辛くて甘い一歩一歩なのだと言つてはいけないのか。何しろあの魔性の者は人間が産んだ愛児《まなご》なのだもの。

――岡井隆

三六・四×二五・八（㎝）ペン書　『ヘイ龍カム・ヒアといふ声がする〈まつ暗だぜつていふ声が添ふ〉岡井隆詩歌集二〇〇九〜二〇一二』（思潮社二〇一三）

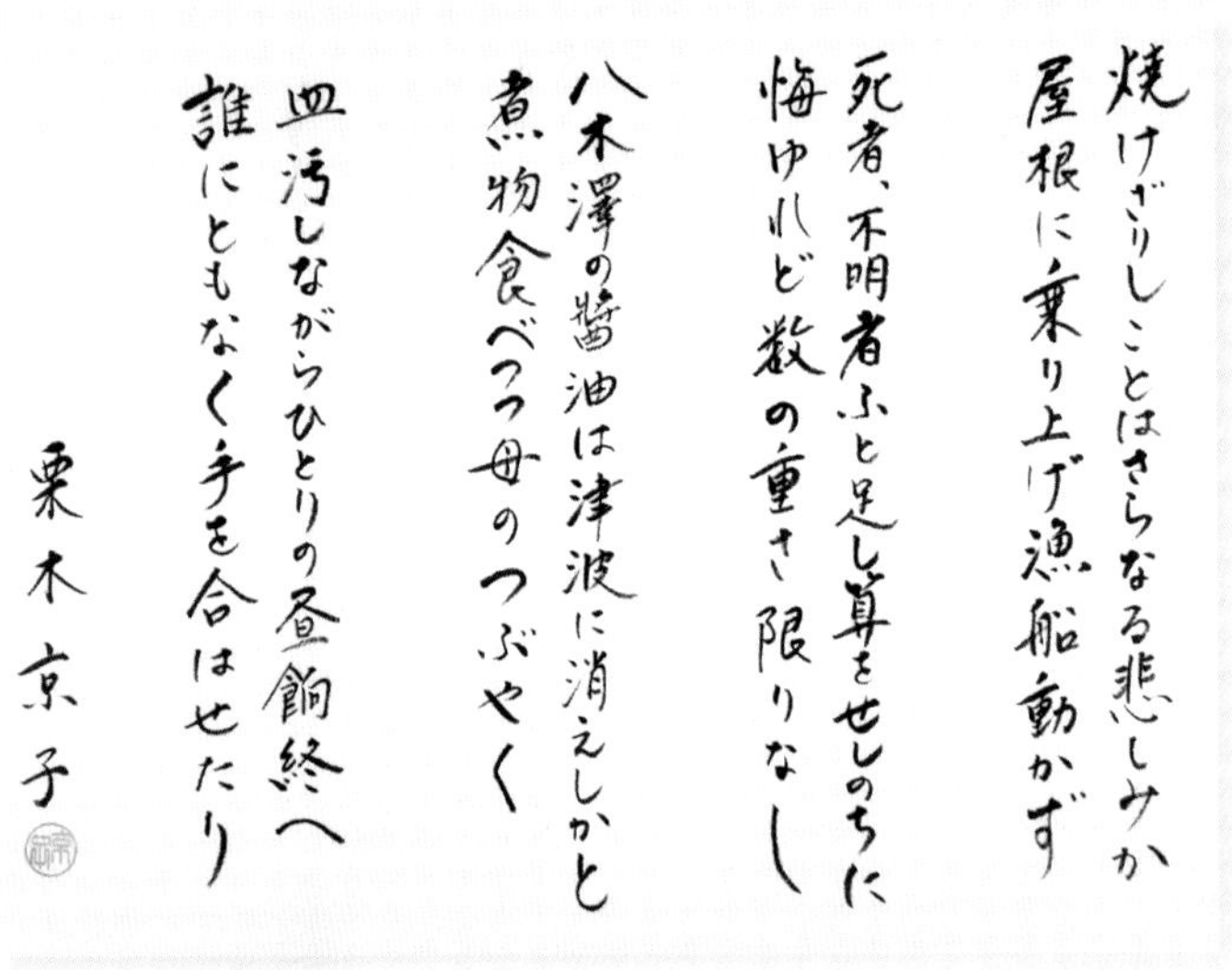
焼けざりしことはさらなる悲しみか
屋根に乗り上げ漁船動かず
死者、不明者ふと足し算をせしのちに
悔ゆれど数の重さ限りなし
八木澤の醬油は津波に消えしかと
煮物食べつつ母のつぶやく
皿汚しながらひとりの昼餉終へ
誰にともなく手を合はせたり
栗木京子

焼けざりしことはさらなる悲しみか
屋根に乗り上げ漁船動かず

死者、不明者ふと足し算をせしのちに
悔ゆれど数の重さ限りなし

八木澤の醬油は津波に消えしかと
煮物食べつつ母のつぶやく

皿汚しながらひとりの昼餉終へ
誰にともなく手を合はせたり

——栗木京子

三七×六三・七（㎝）墨書
『水仙の章』（砂子屋書房二〇一三）

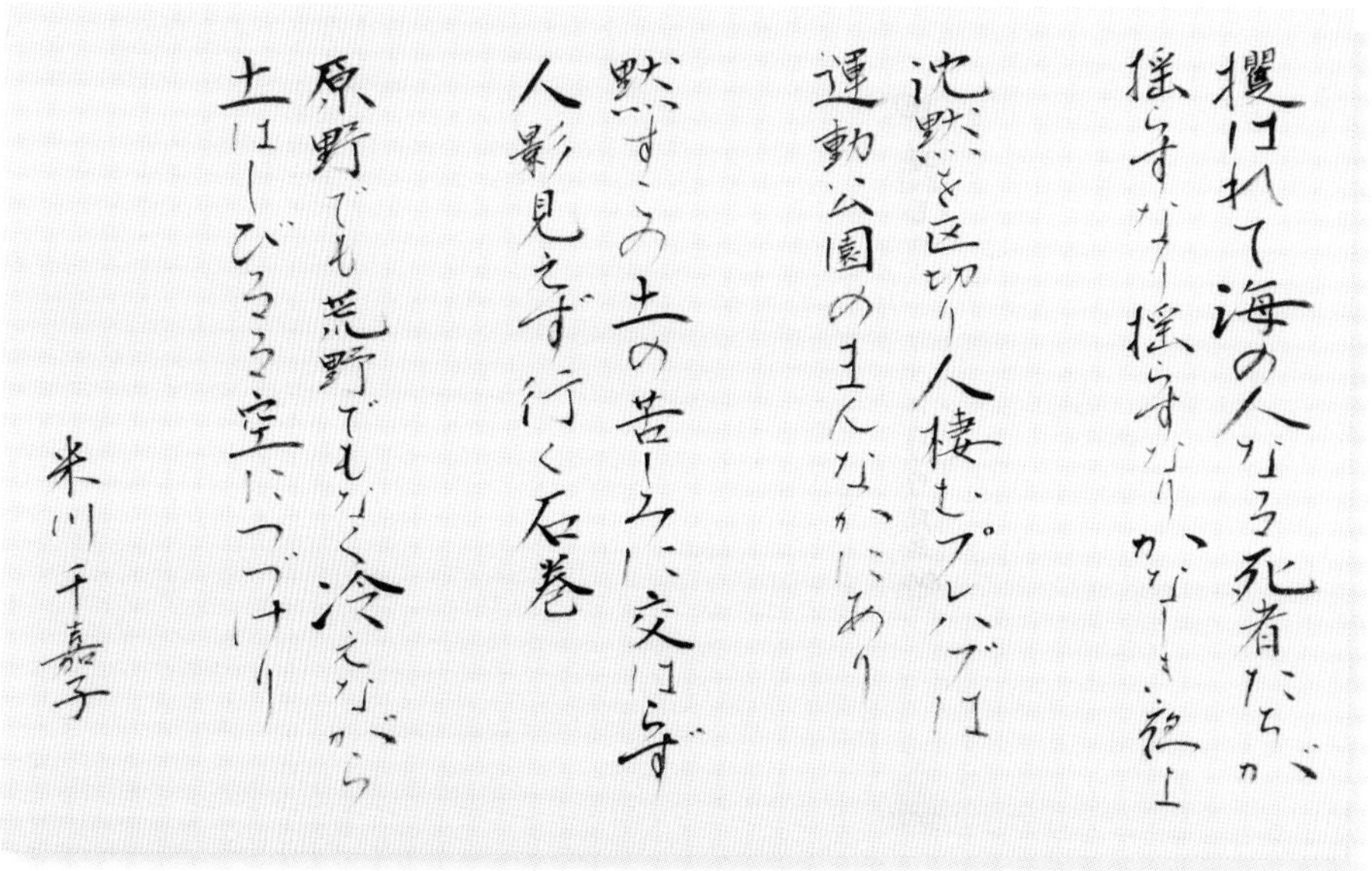

攫はれて海の人なる死者たちが
揺らすなり揺らすなりかなしき夜よ

沈黙を区切り人棲むプレハブは
運動公園のまんなかにあり

黙すこの土の苦しみに交はらず
人影見えず行く石巻

原野でも荒野でもなく冷えながら
土はしびるる空につづけり

——米川千嘉子

三六・六×六三・七（㎝）墨書

『あやはべる』（短歌研究社二〇一二）

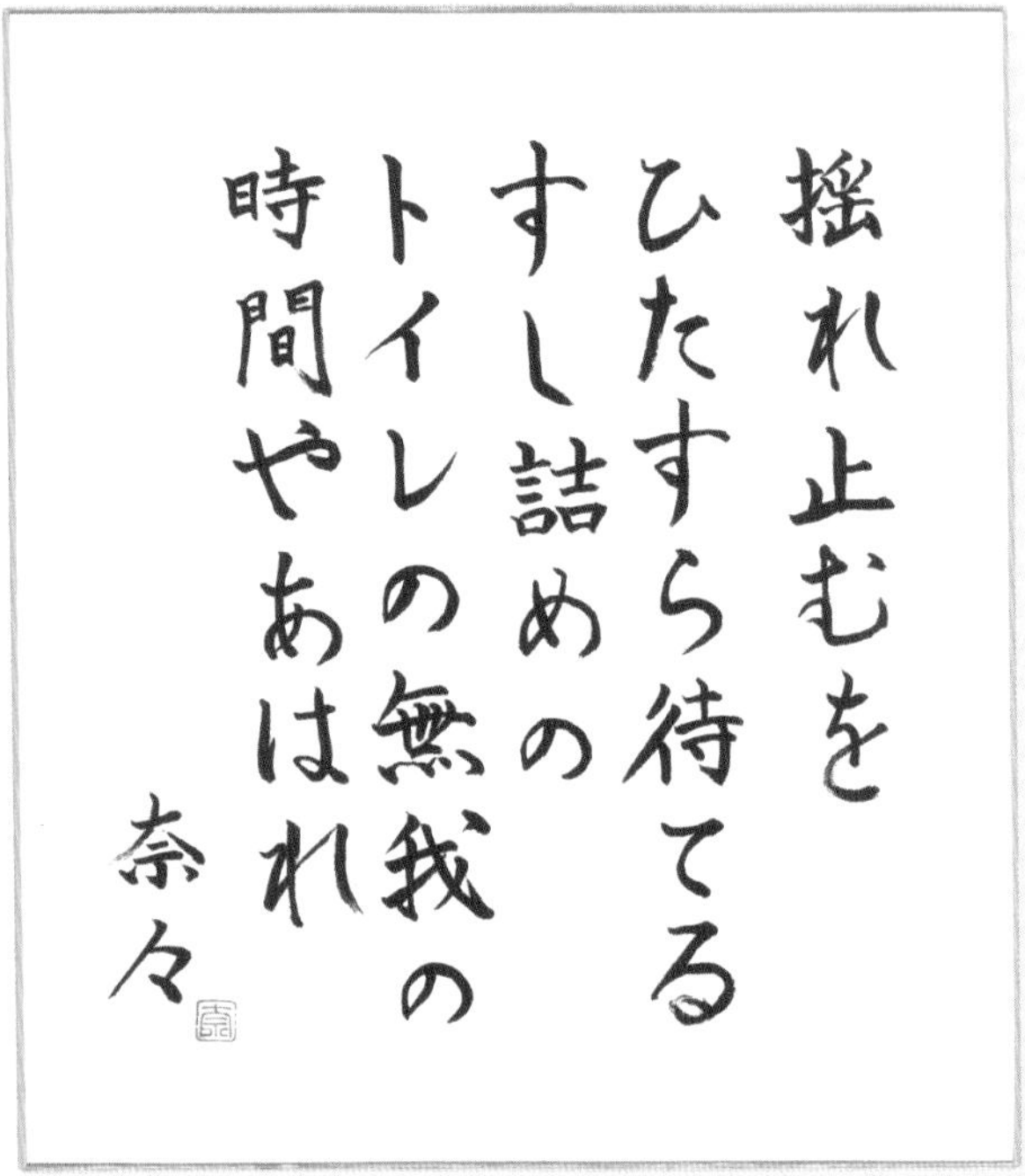
揺れ止むを
ひたすら待てる
すし詰めの
トイレの無我の
時間やあはれ
奈々

揺れ止むをひたすら待てるすし詰めのトイレの無我の時間やあはれ

――浦河奈々

二七・五×二四・二（cm）墨書

『サフランと釣鐘』

（短歌研究社二〇一三）

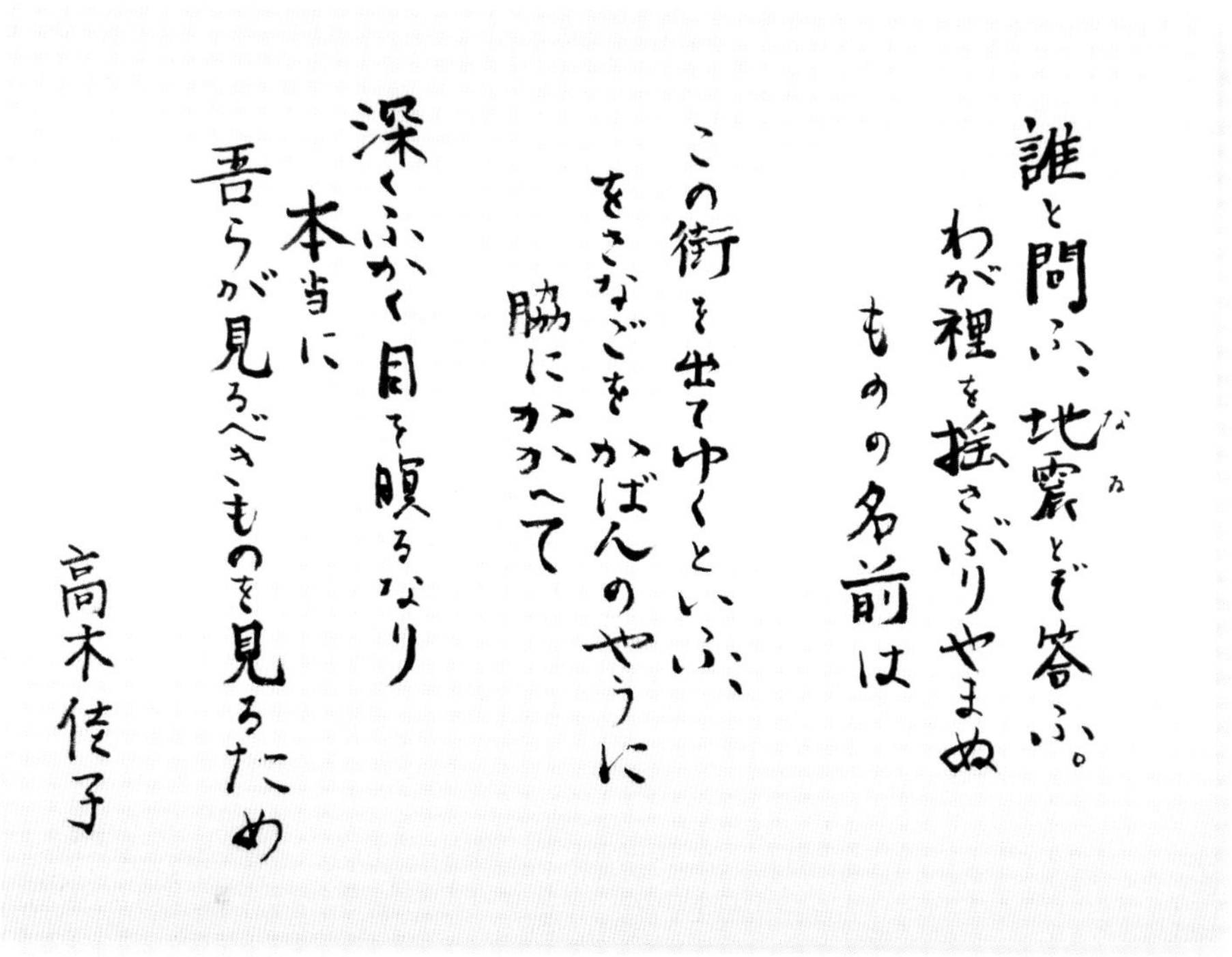
誰と問ふ、地震とぞ答ふ。
わが裡を揺さぶりやまぬ
ものの名前は
この街を出てゆくといふ、
をさなごをかばんのやうに
脇にかかへて
深くふかく目を瞑るなり
本当に
吾らが見るべきものを見るため
高木佳子

誰と問ふ、地震《なゐ》とぞ答ふ。
わが裡を揺さぶりやまぬ
ものの名前は

この街を出てゆくといふ、
をさなごをかばんのやうに
脇にかかへて

深くふかく目を瞑るなり
本当に
吾らが見るべきものを見るため

――高木佳子

三三×四四（㎝）墨書
『青雨記』（いりの舎二〇一二）

削ぎ落とすものまう無かり燕来る
——菅原和子
二七・三×二四・二（㎝）墨書

洋上の一個の月を分け合いぬ
——宇多喜代子

一七〇×五〇・八（㎝）墨書
『宇多喜代子俳句集成』（角川学芸出版二〇一四）

生前は松もひまわりも垂直
――宇多喜代子

一七〇×五〇・八（㎝）墨書
『宇多喜代子俳句集成』（角川学芸出版二〇一四）

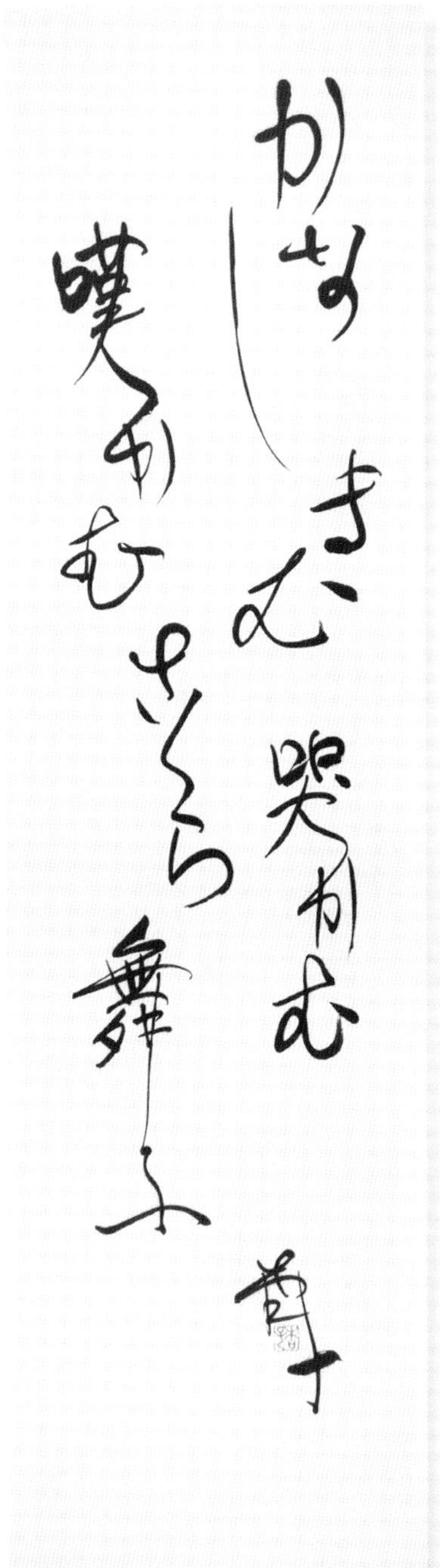

かなしまむ哭かむ嘆かむさくら舞ふ
――黒田杏子
一七〇×五一・三（cm）墨書
『銀河山河』（KADOKAWA 二〇一三）

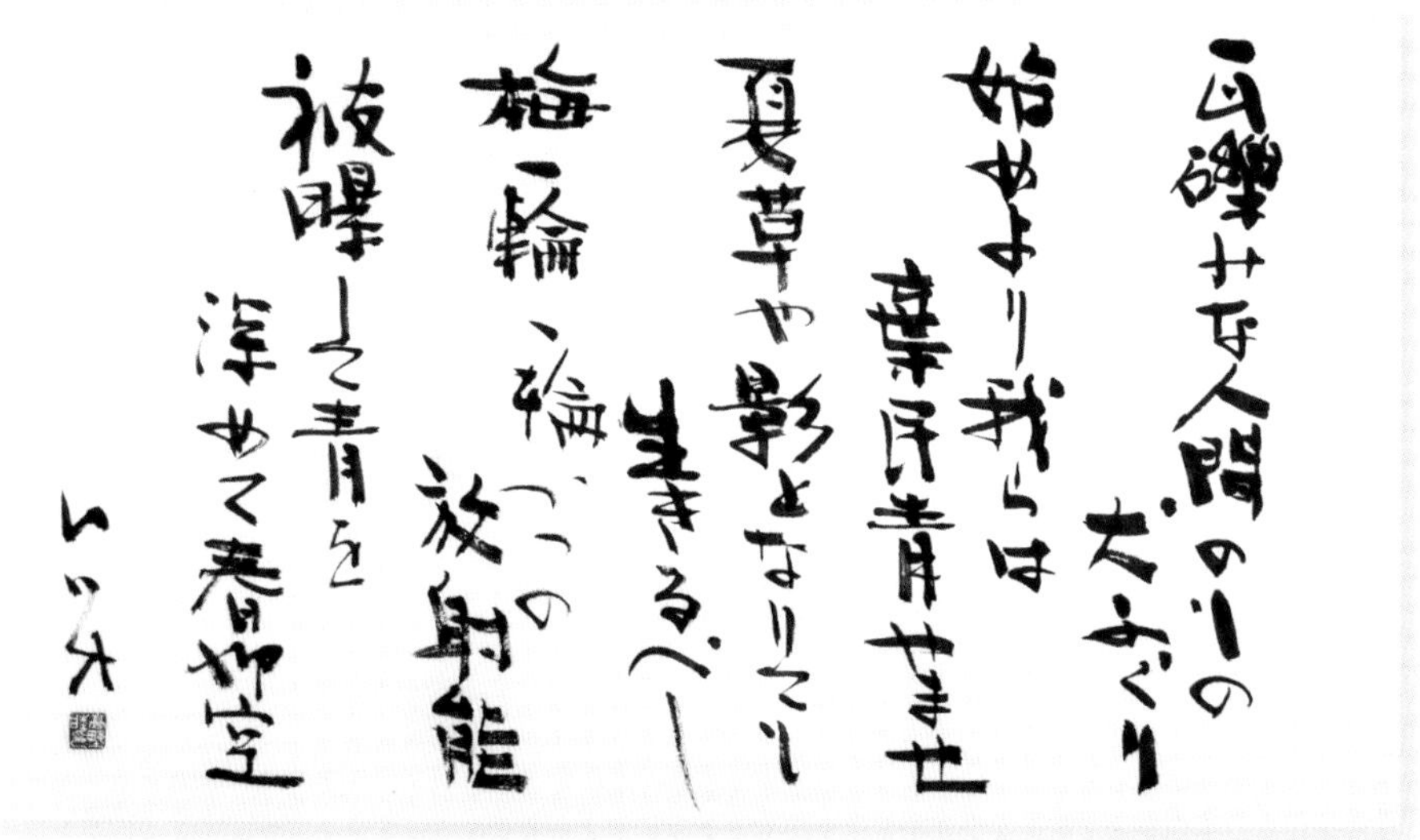

瓦礫みな人間のもの犬ふぐり

始めより我らは棄民青やませ

夏草や影となりても生きるべし

梅一輪一輪づつの放射能

被曝して青を深めて春御空

——高野ムツオ

三六・九×六三・五（㎝）墨書

『萬の翅』（KADOKAWA 二〇一四）

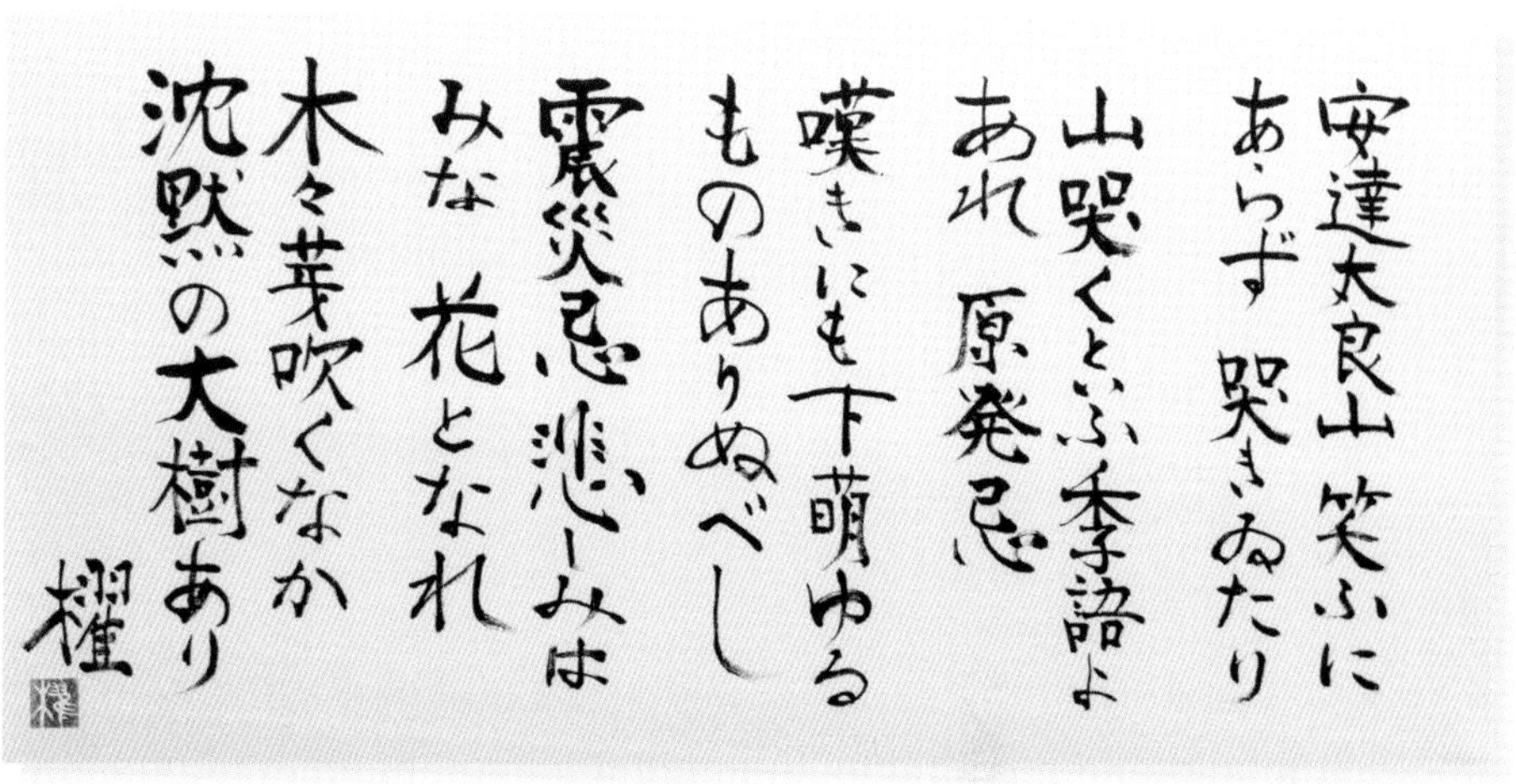

安達太良山笑ふにあらず　哭きゐたり
山哭くといふ季語よあれ　原発忌
嘆きにも下萌ゆるものありぬべし
震災忌悲しみはみな　花となれ
木々芽吹くなか　沈黙の大樹あり

——長谷川櫂

三三・六×六六・六（cm）墨書
『柏餅』（青磁社二〇一三）

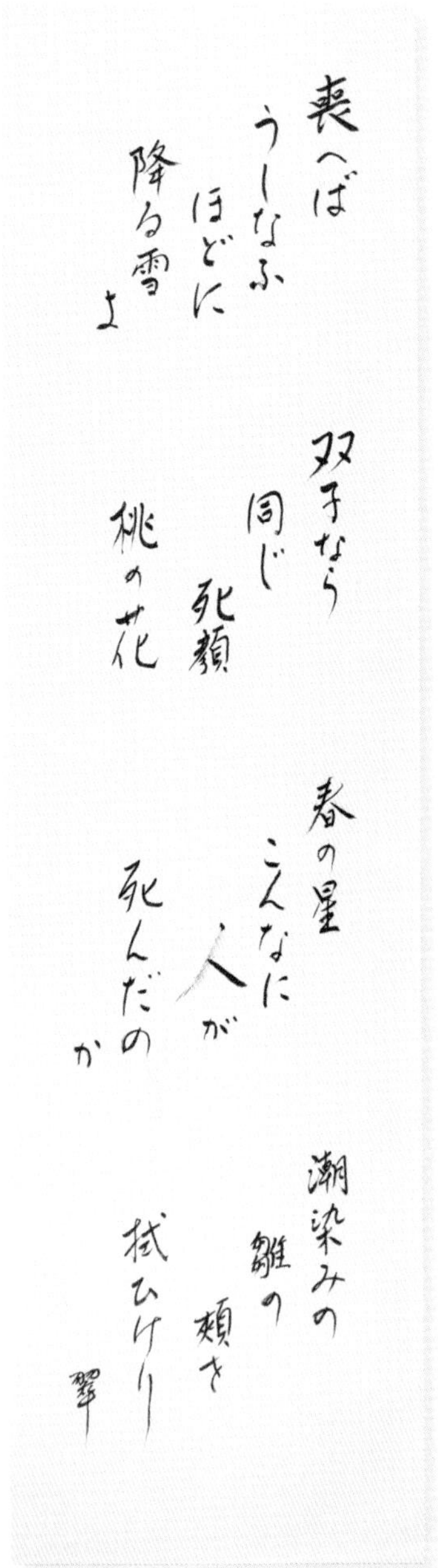
喪へば
うしなふ
ほどに
降る雪
よ
双子なら
同じ
死顔
桃の花
春の星
こんなに
人が
死んだの
か
潮染みの
雛の
頬を
拭ひけり
翠

喪へばうしなふほどに降る雪よ
双子なら同じ死顔桃の花
春の星こんなに人が死んだのか
潮染みの雛の頬を拭ひけり

――照井翠

一七〇×五〇・八（cm）墨書／『龍宮』（角川書店二〇一三）

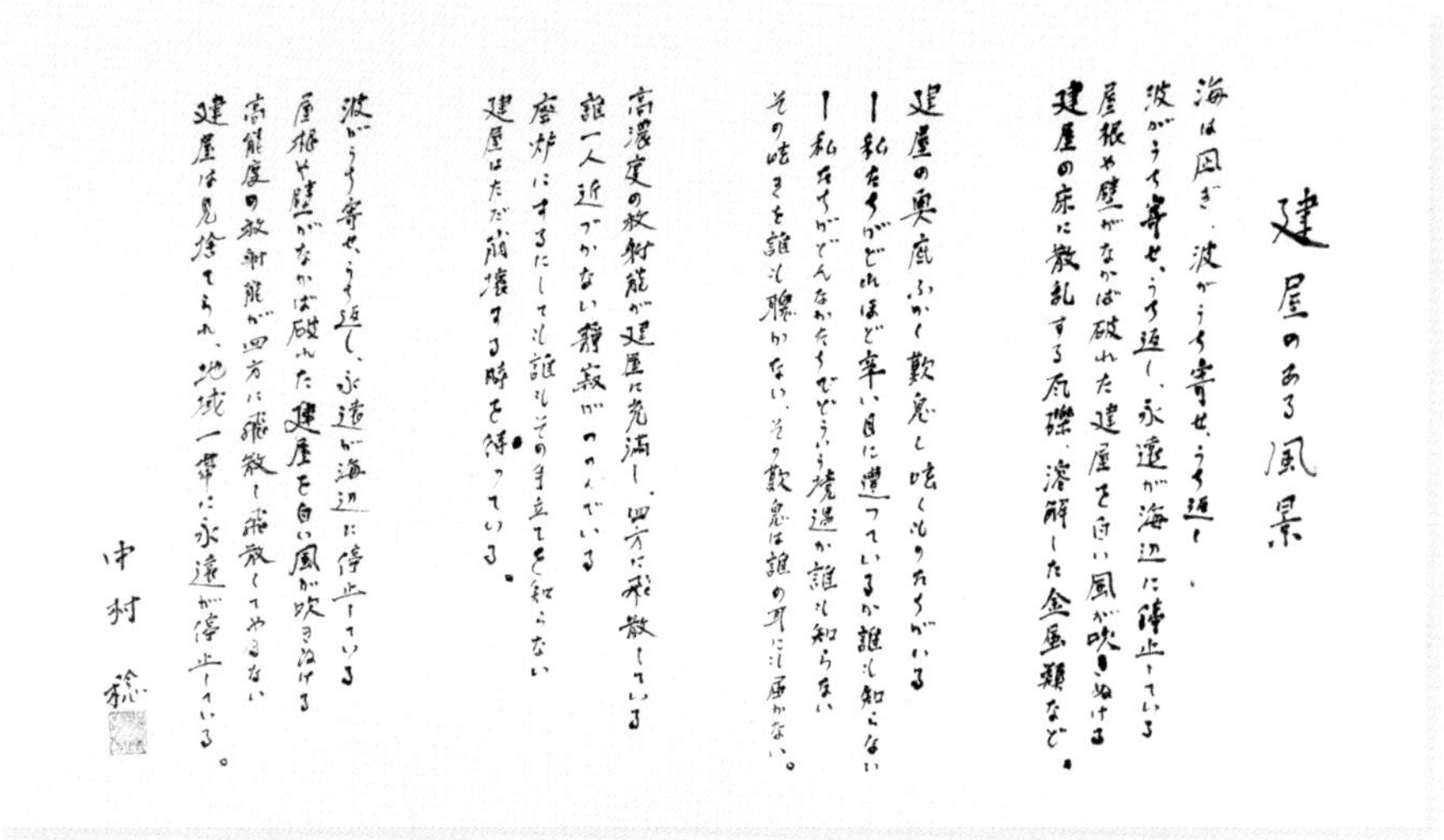

建屋のある風景

海は凪ぎ、波がうち寄せ、うち返し、
波がうち寄せ、うち返し、永遠が海辺に停止している
屋根や壁がなかば破れた建屋を白い風が吹きぬける
建屋の床に散乱する瓦礫、溶解した金属類など。

建屋の奥底ふかく歎息し呟くものたちがいる
――私たちがどれほど辛い目に遭っているか誰も知らない
――私たちがどんなかたちでどういう境遇か誰も知らない
その呟きを誰も聴かない。その歎息は誰の耳にも届かない。

高濃度の放射能が建屋に充満し、四方に飛散している
誰一人近づかない静寂がつつんでいる
廃炉にするにしても誰もその手立てを知らない
建屋はただ崩壊する時を待っている。

波がうち寄せ、うち返し、永遠が海辺に停止している
屋根や壁がなかば破れた建屋を白い風が吹きぬける
高濃度の放射能が四方に飛散し飛散してやまない
建屋は見捨てられ、地域一帯に永遠が停止している。

――中村稔

三六・三×六六・九（cm）墨書／『寂かな場所へ』（青土社二〇一二）

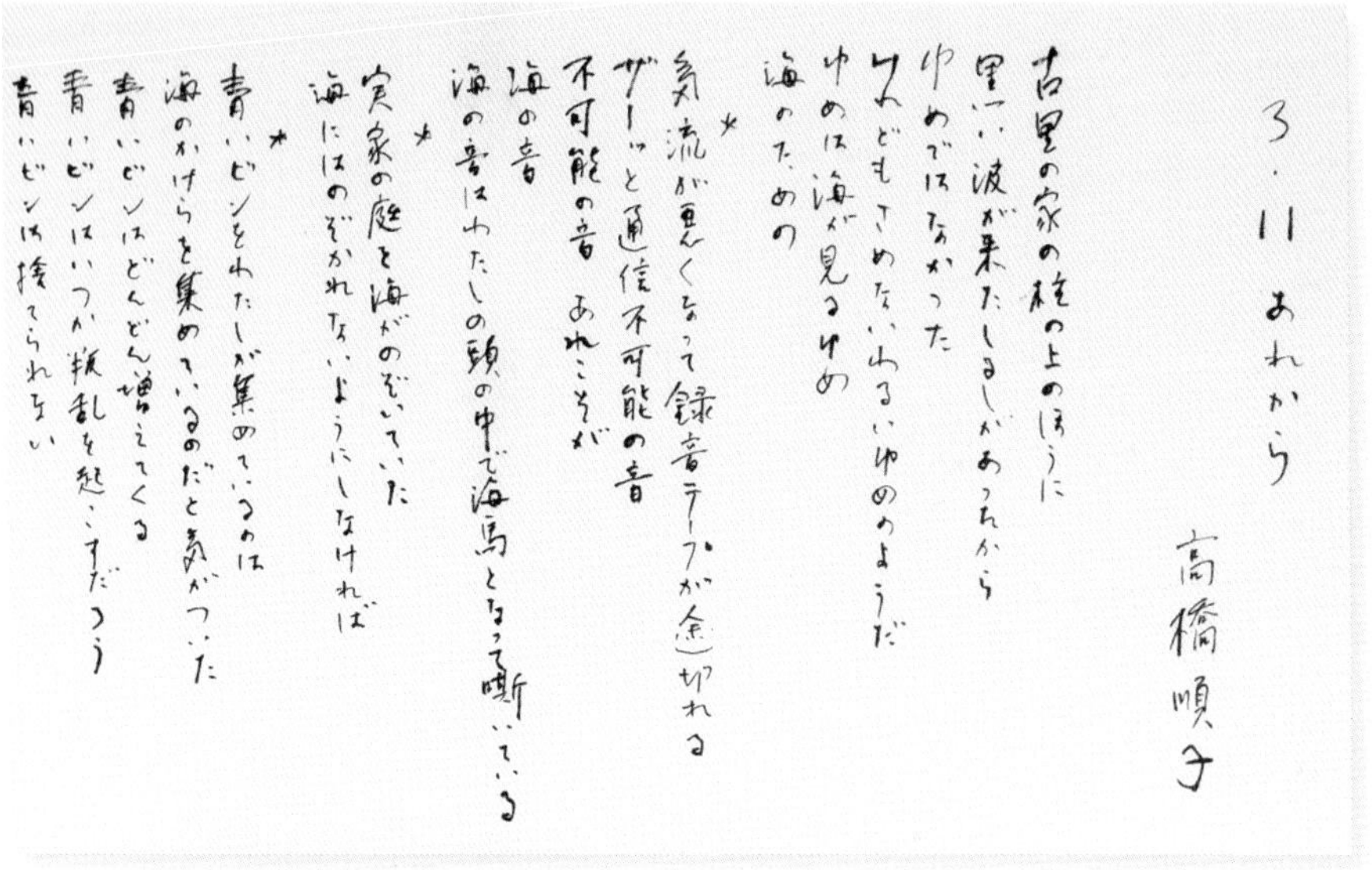

3・11　あれから

古里の家の柱の上のほうに
黒い波が来たしるしがあったから
ゆめではなかった
けれどもさめないわるいゆめのようだ
ゆめは海が見るゆめ
海のための

＊

気流が悪くなって録音テープが途切れる
ザーッと通信不可能の音
不可能の音　あれこそが
海の音
海の音はわたしの頭の中で海馬となって嘶いている

＊

実家の庭を海がのぞいていた
海にはのぞかれないようにしなければ

＊

青いビンをわたしが集めているのは
海のかけらを集めているのだと気がついた
青いビンはどんどん増えてくる
青いビンはいつか叛乱を起こすだろう
青いビンは捨てられない

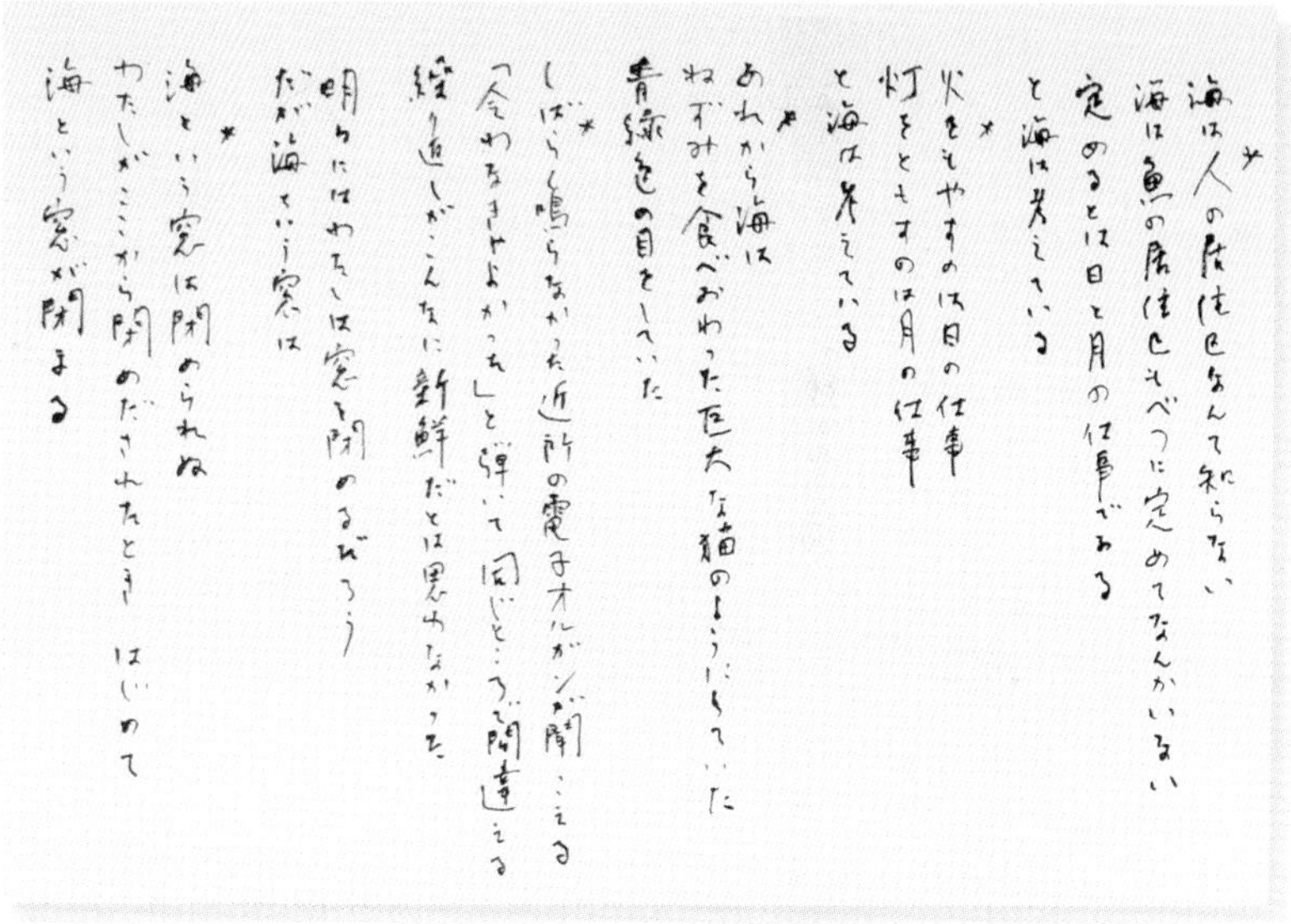

＊
海は人の居住区なんて知らない
海は魚の居住区もべつに定めてなんかいない
定めるとは日と月の仕事である
と海は考えている
＊
火をもやすのは日の仕事
灯をともすのは月の仕事
と海は考えている
＊
あれから海は
ねずみを食べおわった巨大な猫のようにしていた
青緑色の目をしていた
＊
しばらく鳴らなかった近所の電子オルガンが聞こえる
「会わなきゃよかった」と弾いて同じところで間違える
繰り返しがこんなに新鮮だとは思わなかった
明日にはわたしは窓を閉めるだろう
だが海という窓は
＊
海という窓は閉められぬ
わたしがここから閉めだされたとき　はじめて
海という窓が閉まる

――高橋順子

三六・三×一〇八・二（㎝）墨書
『海へ』（書肆山田二〇一四）

海老の神社

小池　昌代

時は流れてなどいない
干上がった川底に
無情の石としてただ置かれていることもある
机のうえの　不安定なコップ
わたしの肘の　ほんのひとつきで倒れ

水浸し
だめにした大事な手紙が
硬く乾くころには
なにもかもが終わっていた
フカギャクとは
むかし誰かがつぶやいた呪いの言葉
つぶやいた人さえその意味を知らなかった
鍵穴に鍵がはまるように
意味がはまる
きのうわたしは

かわいらしいそばかすだらけの女の子に
道を聞かれた
わたしよりはるかに流暢な英語で
どこから来たの　わたしは聞く
where are you from ?
where are you going ?
そして　どこへ行くの
中国から来た女の子は
カメラをかかえ地図を差し出す
目と目が合い　逸れ　そして合い

そこまで　いっしょに行こうとわたしは言う
途中まで
前にも誰かに言った言葉を
その子のなかにぱっと輝きが生まれ
わたしたちのなかに点火されたものがあり
わたしたちは　ともに向きを変え歩きだす
あのときも　そうだった
同じ方角へ　歩調を合わせた一瞬
幸福だった　わたしたちは
いつだって

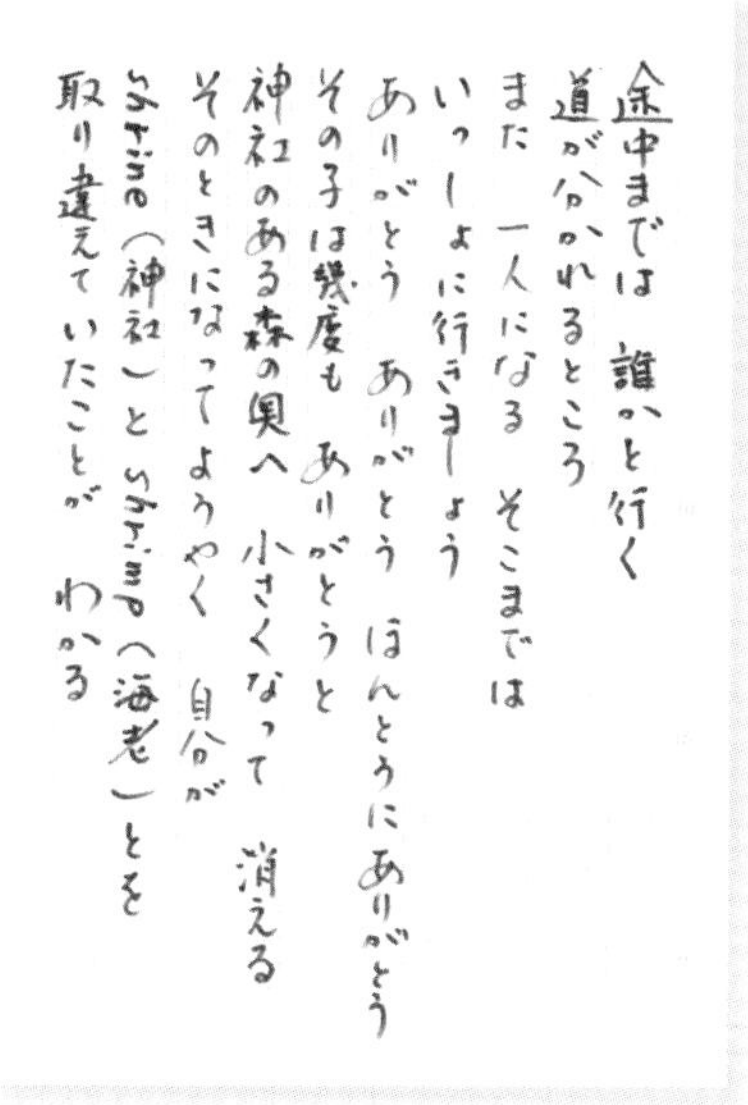
途中までは 誰かと行く
道が分かれるところ
また 一人になる そこまでは
いっしょに行きましょう
ありがとう ありがとう ほんとうにありがとう
その子は幾度も ありがとうと
神社のある森の奥へ 小さくなって 消える
そのときになってようやく 自分が
shrine(神社)と shrimp(海老)とを
取り違えていたことが わかる

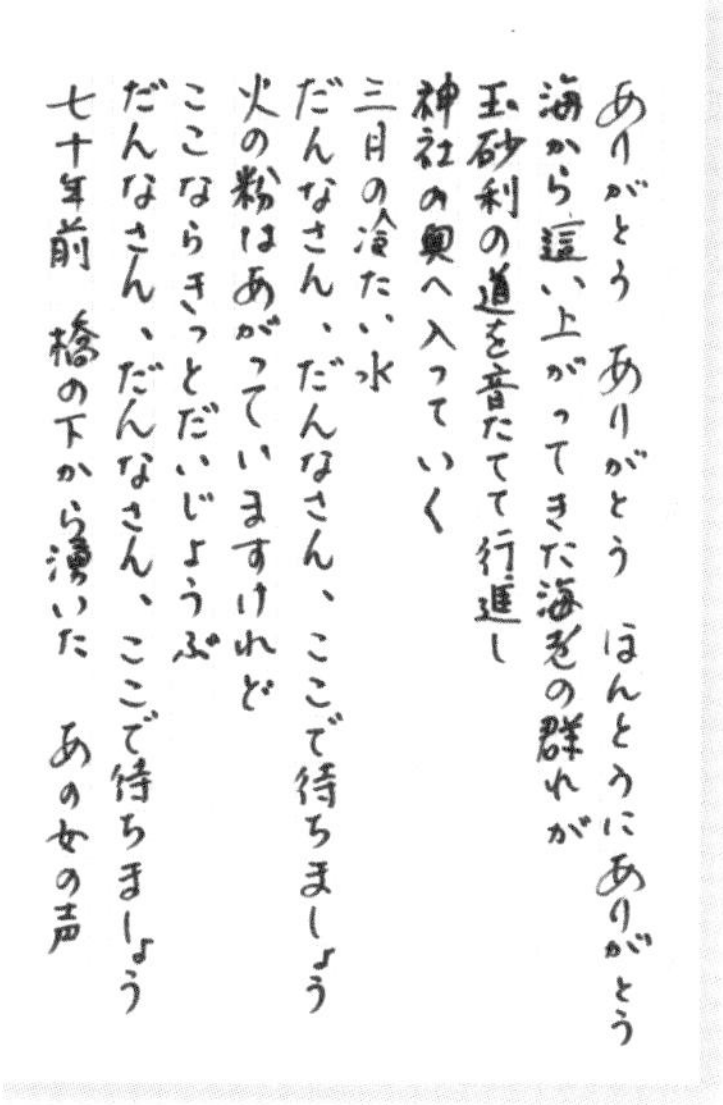
ありがとう ありがとう ほんとうにありがとう
海から這い上がってきた海老の群れが
玉砂利の道を音たてて行進し
神社の奥へ入っていく
三月の冷たい水
だんなさん、だんなさん、ここで待ちましょう
火の粉はあがっていますけれど
ここならきっとだいじょうぶ
だんなさん、だんなさん、ここで待ちましょう
七十年前 椿の下から湧いた あの女の声

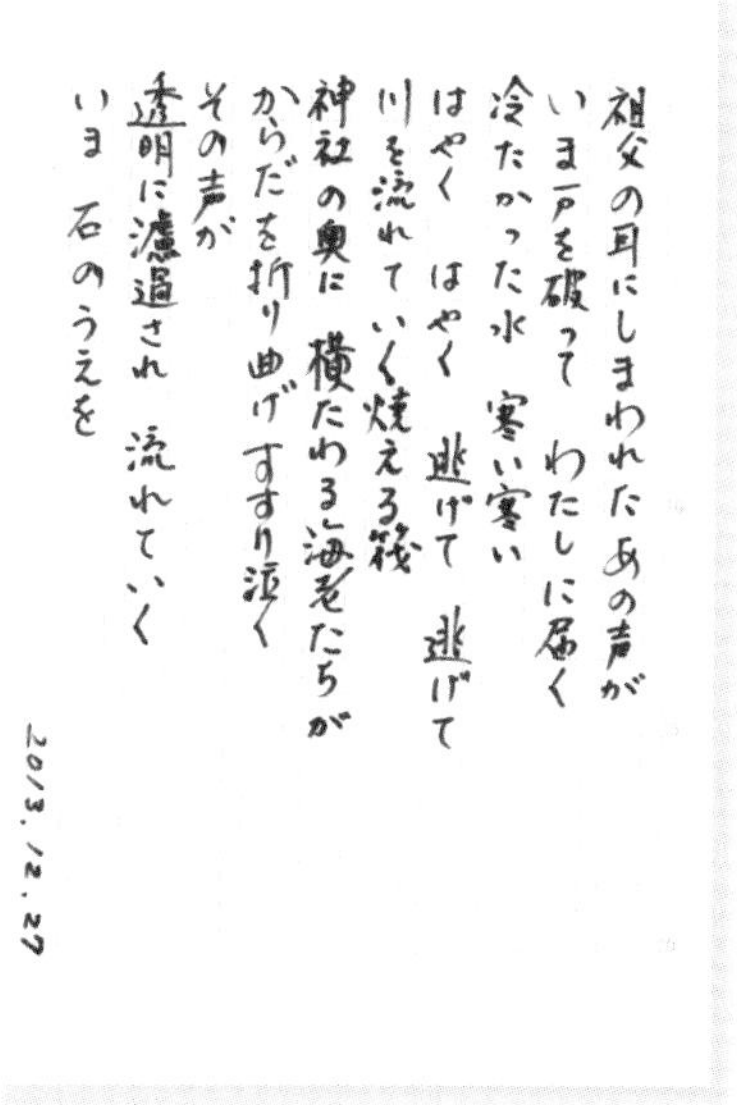
祖父の耳にしまわれたあの声が
いま戸を破って わたしに届く
冷たかった水 寒い寒い
はやく はやく 逃げて 逃げて
川を流れていく燃える筏
神社の奥に 横たわる海老たちが
からだを折り曲げすすり泣く
その声が
透明に濾過され 流れていく
いま 石のうえを
2013.12.27

海老の神社
——小池昌代
二四・四×一六・六(cm)ペン書
『赤牛と質量』(思潮社二〇一八)

海老の神社

時は流れてなどいない
干上がった川底に
無情の石としてただ置かれていることもある
机のうえの　不安定なコップ
わたしの肘の　ほんのひとつきで倒れ
水浸し
だめにした大事な手紙が
硬く乾くころには
なにもかもが終わっていた
フカギヤクとは
むかし誰かがつぶやいた呪いの言葉
つぶやいた人さえその意味を知らなかった
鍵穴に鍵がはまるように
意味がはまる
きのうわたしは

かわいらしいそばかすだらけの女の子に
道を聞かれた
わたしよりはるかに流暢な英語で
どこから来たの　わたしは聞く
Where are you from ?
そして　どこへ行くの
Where are you going ?
中国から来た女の子は
カメラをかかえ地図を差し出す
目と目が合い　逸れ　そして合い
そこまで　いっしょに行こうとわたしは言う
途中まで
前にも誰かに言った言葉を
その子のなかにぱっと輝きが生まれ
わたしたちのなかに点火されたものがあり
わたしたちは　ともに向きを変え歩きだす
あのときも　そうだった
同じ方角へ　歩調を合わせた一瞬
幸福だった　わたしたちは
いつだって

途中までは　誰かと行く
道が分かれるところ
また　一人になる　そこまでは
いっしょに行きましょう
ありがとう　ありがとう　ほんとうにありがとう
その子は幾度も　ありがとうと
神社のある森の奥へ　小さくなって　消える
そのときになってようやく　自分が
Shrine（神社）とshrimp（海老）とを
取り違えていたことが　わかる
ありがとう　ありがとう　ほんとうにありがとう
海から這い上がってきた海老の群れが
玉砂利の道を音たてて行進し
神社の奥へ入っていく
三月の冷たい水
だんなさん、だんなさん、ここで待ちましょう
火の粉はあがっていますけれど
ここならきっとだいじょうぶ
だんなさん、だんなさん、ここで待ちましょう
七十年前　橋の下から湧いた　あの女の声
祖父の耳にしまわれたあの声が
いま戸を破って　わたしに届く
冷たかった水　寒い寒い
はやく　はやく　逃げて　逃げて
川を流れていく燃える筏
神社の奥に　横たわる海老たちが
からだを折り曲げすすり泣く
その声が
透明に濾過され　流されていく
いま　石のうえを

2013.12.27
――小池昌代

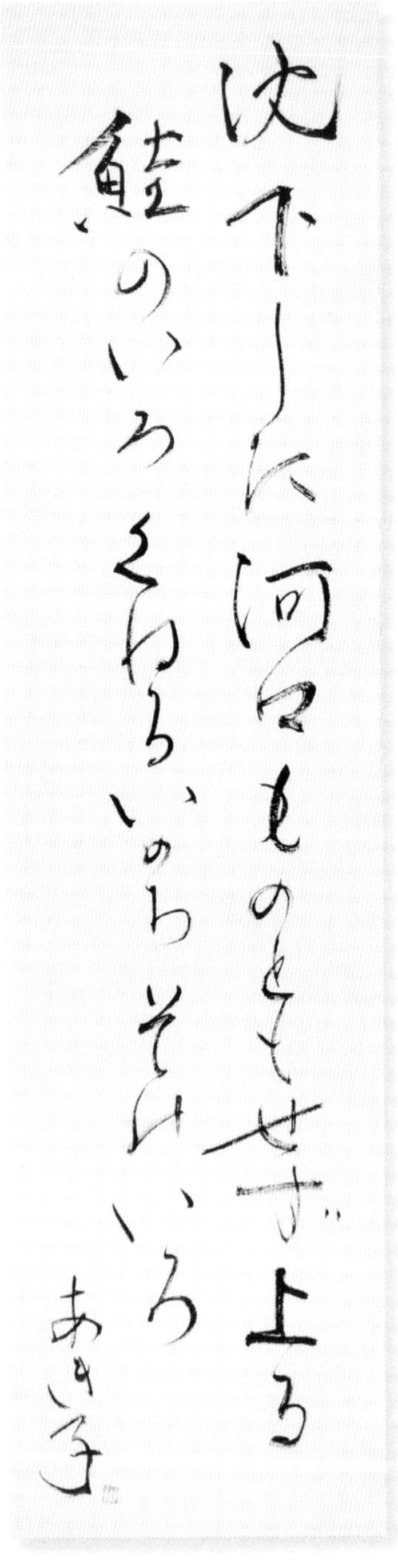

沈下した河口ものともせず上る鮭のいろくねるいのちそのいろ

——馬場あき子

一八六×五二・五（㎝）墨書／『あかゑあをゑ』（本阿弥書店二〇一三）

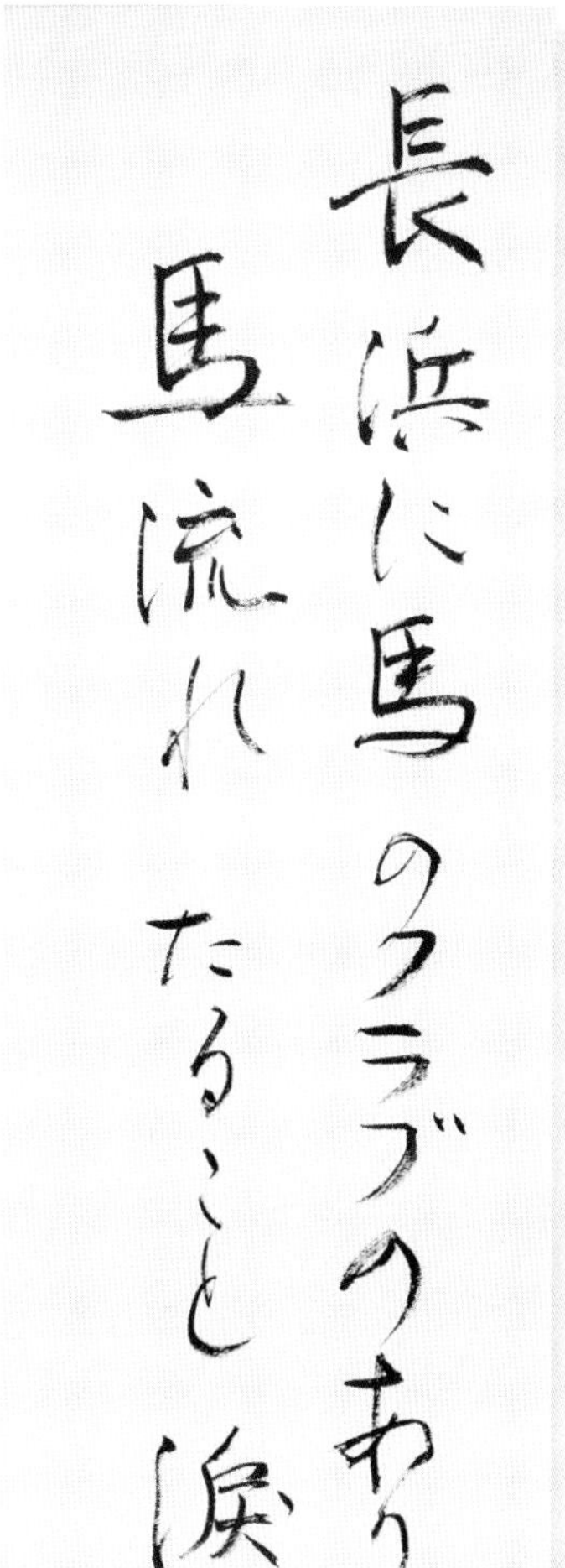
長浜に馬のクラブのありしなり
馬流れたること涙なり
あき子

長浜に馬のクラブのありしなり馬流れたること涙なり

——馬場あき子

一八六×四六・八（cm）墨書／『あかゐあをゐ』（本阿弥書店二〇一三）

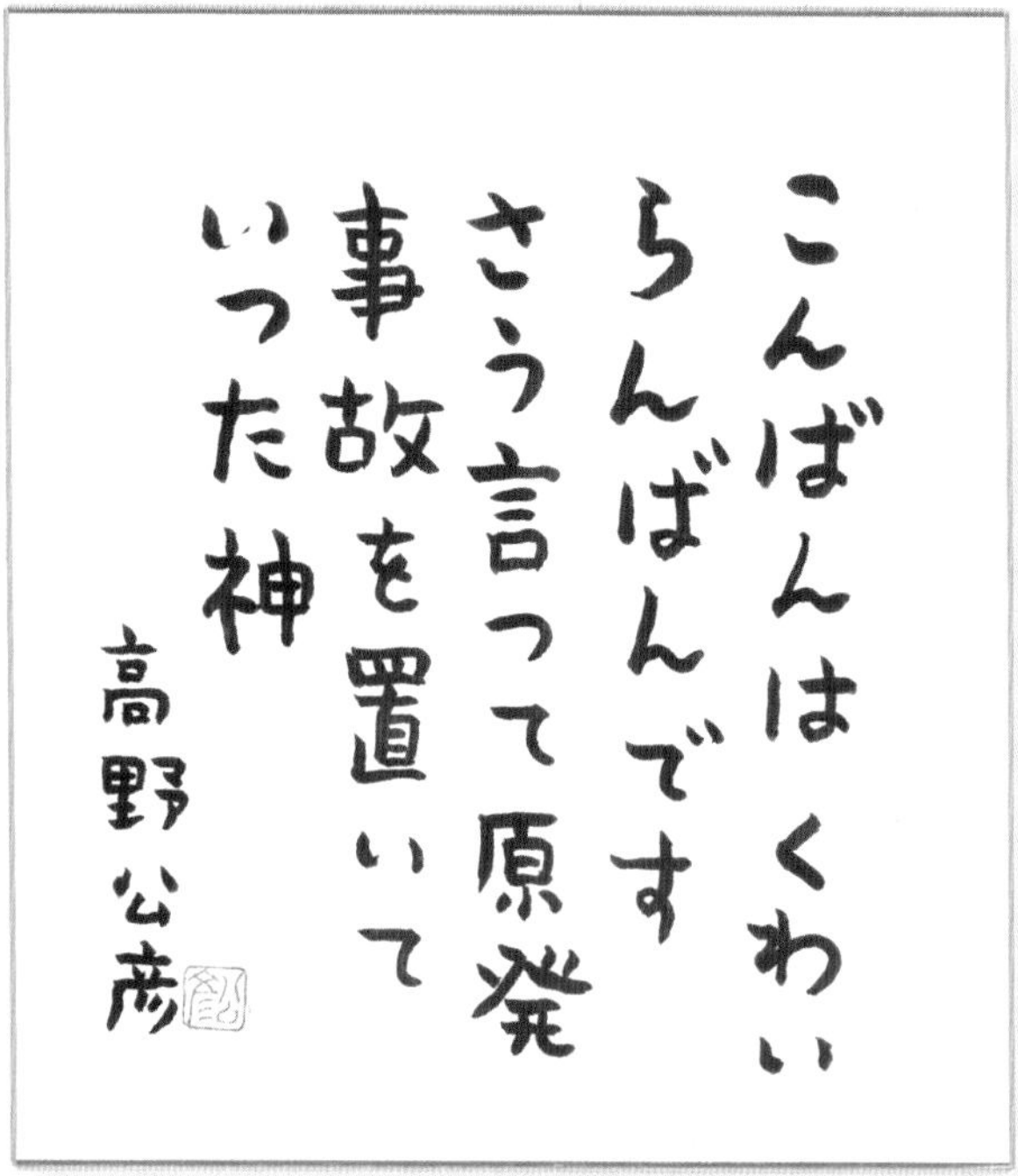
こんばんはくわい
らんばんです
さう言つて原発
事故を置いて
いつた神
高野公彦

こんばんはくわいらんばんですさう言つて原発事故を置いていつた神

——高野公彦

二七×二四（㎝）墨書

『流木』（KADOKAWA二〇一四）

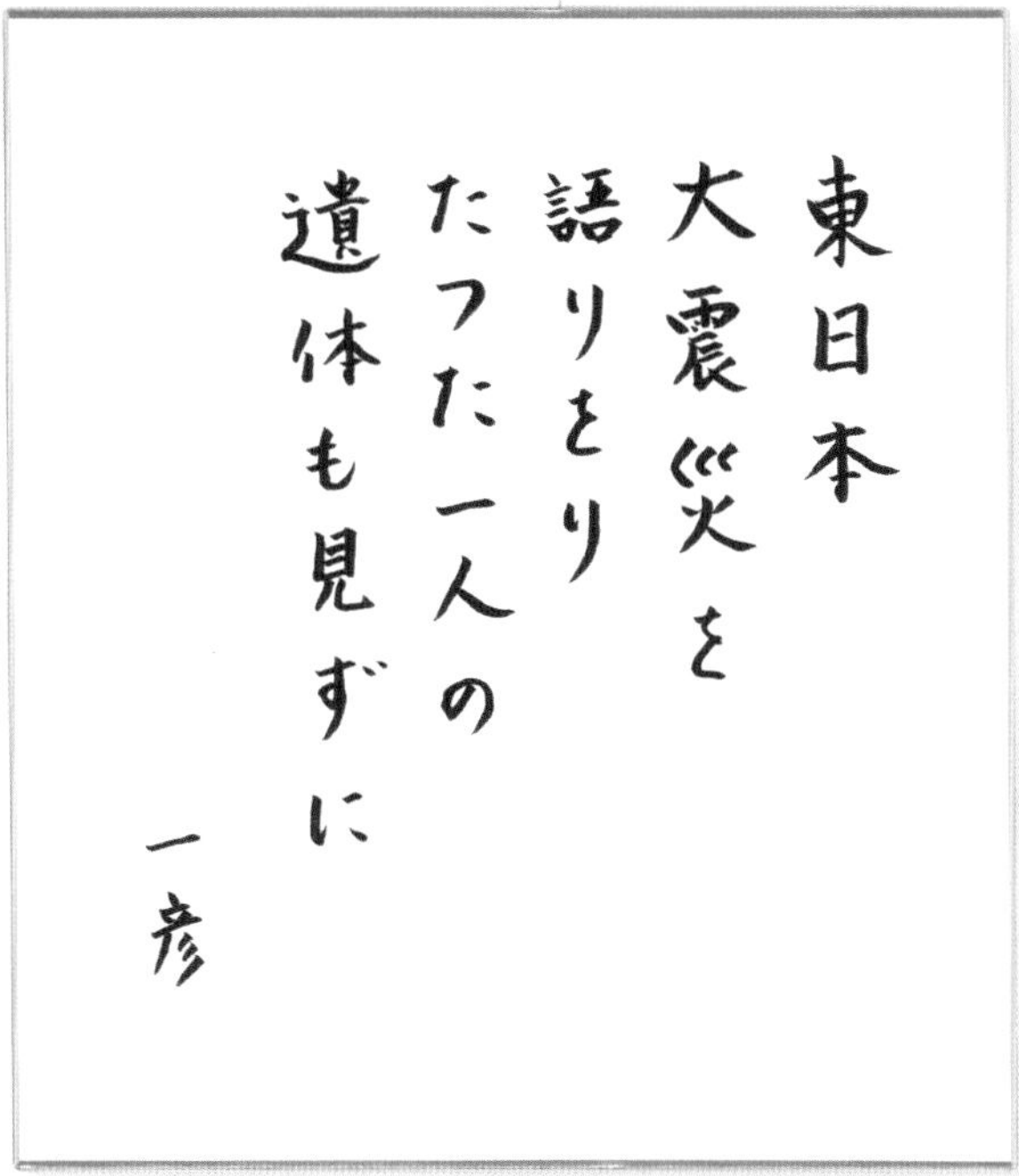
東日本
大震災を
語りをり
たつた一人の
遺体も見ずに
一彦

東日本大震災を語りをりたつた一人の遺体も見ずに
——伊藤一彦
二七×二四（㎝）墨書
『待ち時間』（青磁社二〇一二）

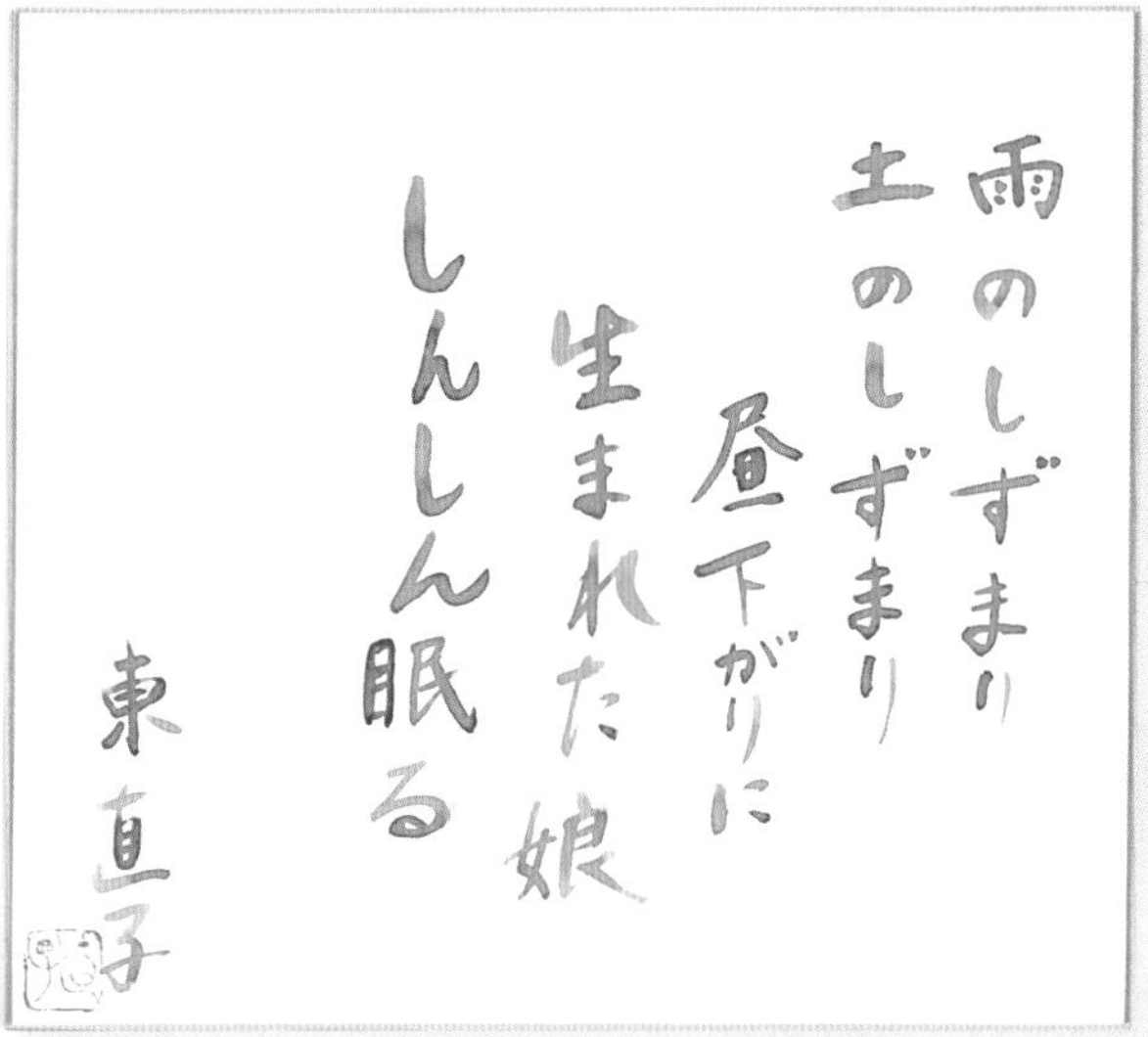
雨のしずまり
土のしずまり
昼下がりに
生まれた娘
しんしん眠る
東直子

雨のしずまり土のしずまり昼下がりに生まれた娘しんしん眠る

――東直子

二四×二七（cm）墨書

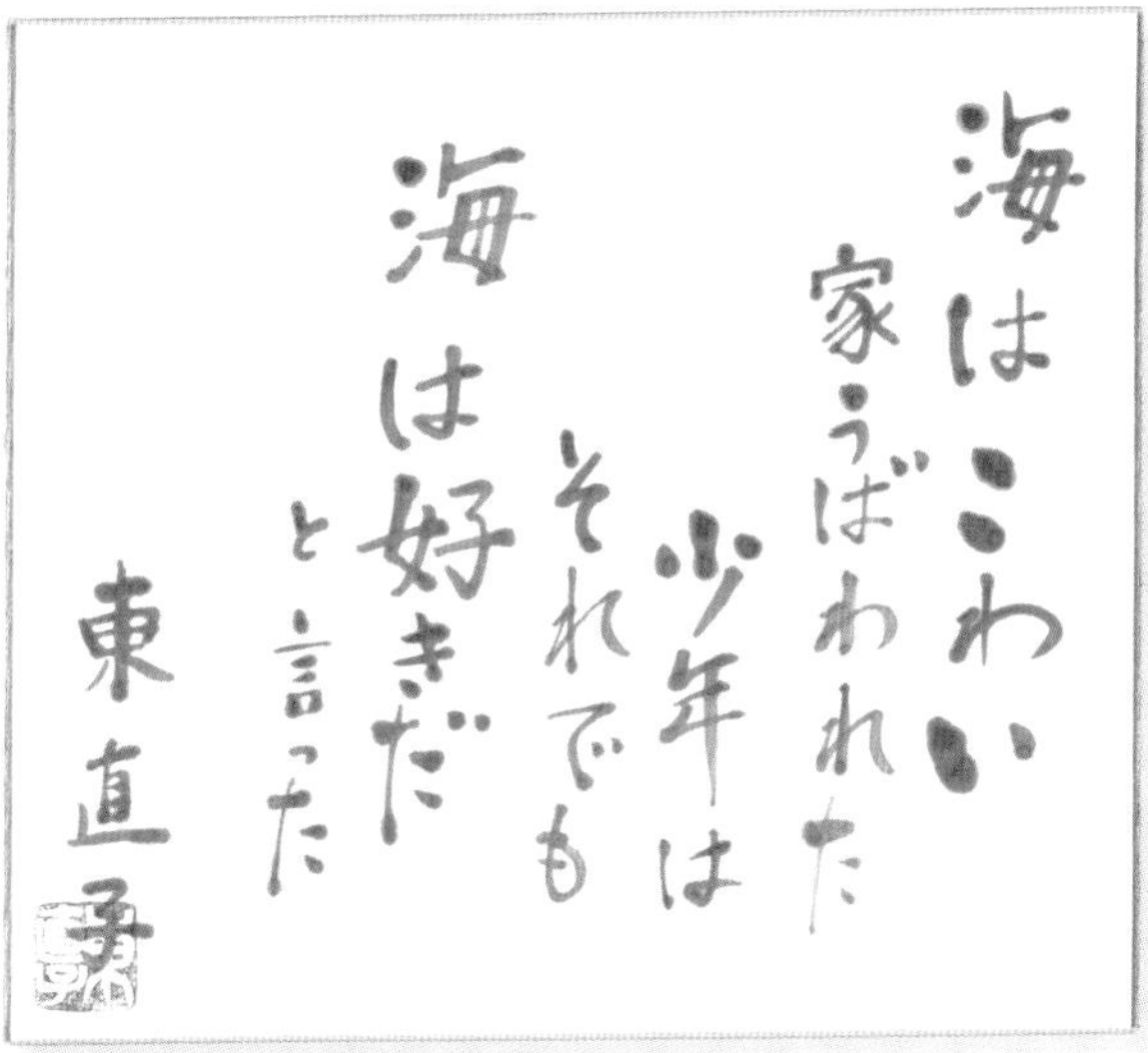

海はこわい家うばわれた少年はそれでも海は好きだと言った

——東直子

二四×二七（cm）墨書

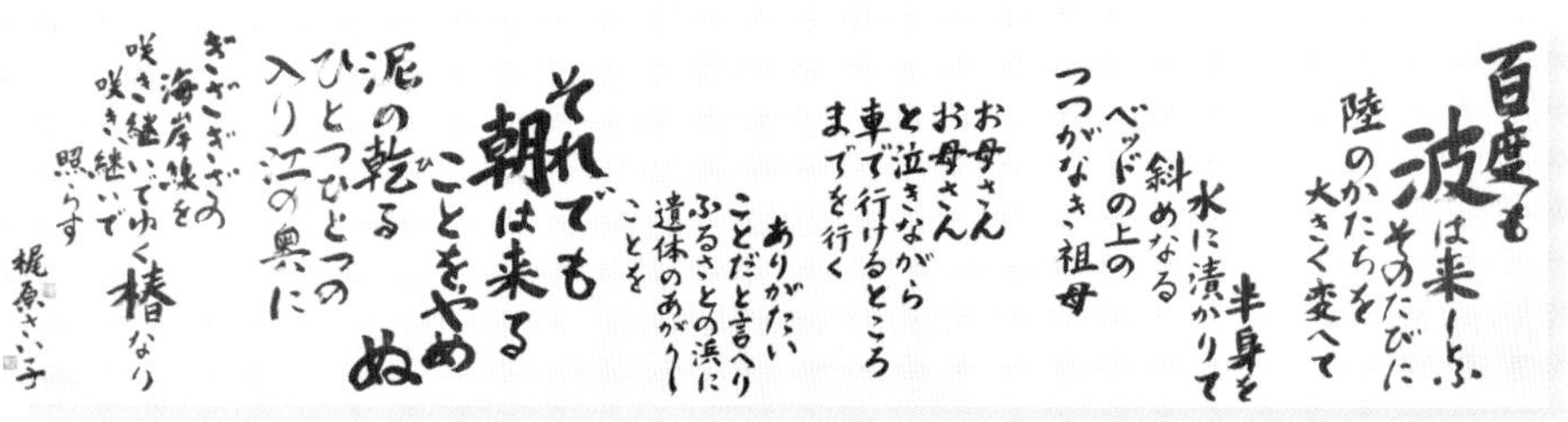

百度も波は来しとふそのたびに
陸のかたちを大きく変へて

半身を水に漬かりて斜めなる
ベッドの上のつつがなき祖母

お母さんお母さんと泣きながら
車で行けるところまでを行く

ありがたいことだと言へり
ふるさとの浜に遺体のあがりしことを

それでも朝は来ることをやめぬ
泥の乾《ひ》るひとつひとつの入り江の奥に

ぎざぎざの海岸線を咲き継いでゆく椿なり
咲き継いで照らす

――梶原さい子

四〇×一七一・五（cm）墨書
『リアス／椿』（砂子屋書房二〇一四）

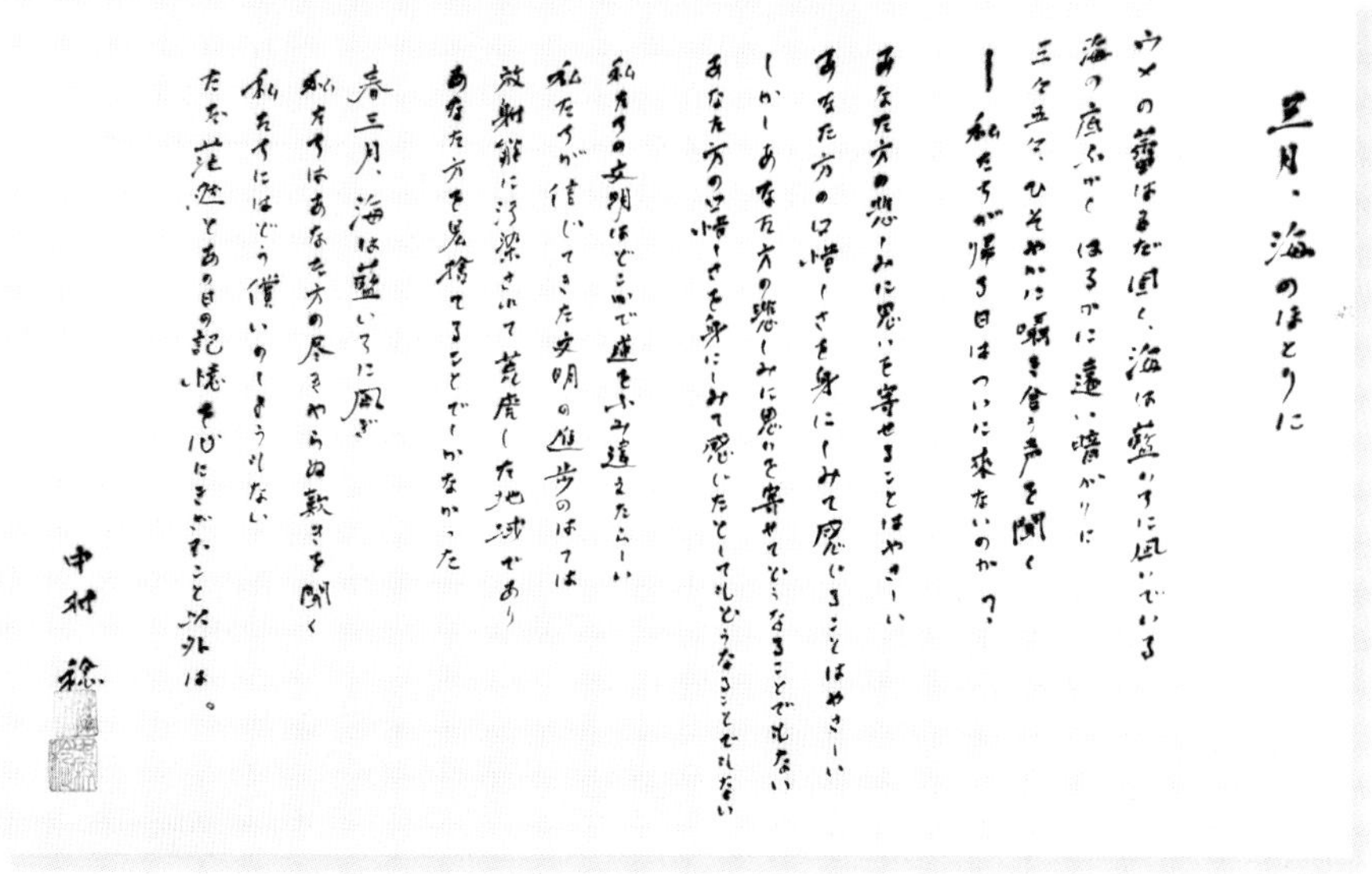

三月、海のほとりに

ウメの蕾はまだ固く、海は藍いろに凪いでいる
海の底ふかくはるかに遠い暗がりに
三々五々、ひそやかに囁き合う声を聞く
――私たちが帰る日はついに来ないのか?

あなた方の悲しみに思いを寄せることはやさしい
あなた方の口惜しさを身にしみて感じることはやさしい
しかしあなた方の悲しみに思いを寄せてどうなることでもない
あなた方の口惜しさを身にしみて感じたとしてもどうなることでもない

私たちの文明はどこかで道をふみ違えたらしい
私たちが信じてきた文明の進歩のはては
放射能に汚染されて荒廃した地域であり
あなた方を見捨てることでしかなかった

春三月、海は藍いろに凪ぎ
私たちはあなた方の尽きやらぬ歎きを聞く
私たちにはどう償いのしようもない
ただ茫然とあの日の記憶を心にきざむこと以外は。

――中村稔

四〇×一〇二(㎝)墨書/『寂かな場所へ』(青土社二〇二二)

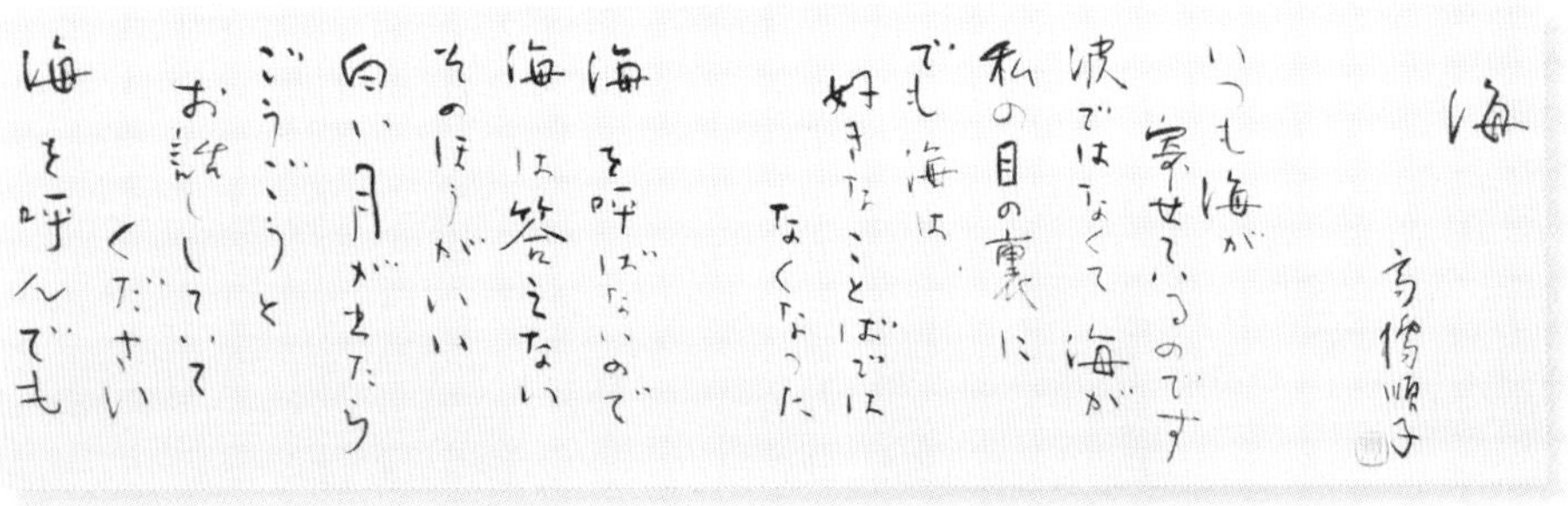

海

いつも海が寄せているのです
波ではなくて　海が
私の目の裏に
でも海は
好きなことばではなくなった

海　を呼ばないので
海　は答えない
そのほうがいい
白い月が出たら
ごうごうと
お話ししていてください
海　を呼んでも

――高橋順子

三四・八×一三五・五（㎝）墨書
『海へ』（書肆山田二〇一四）

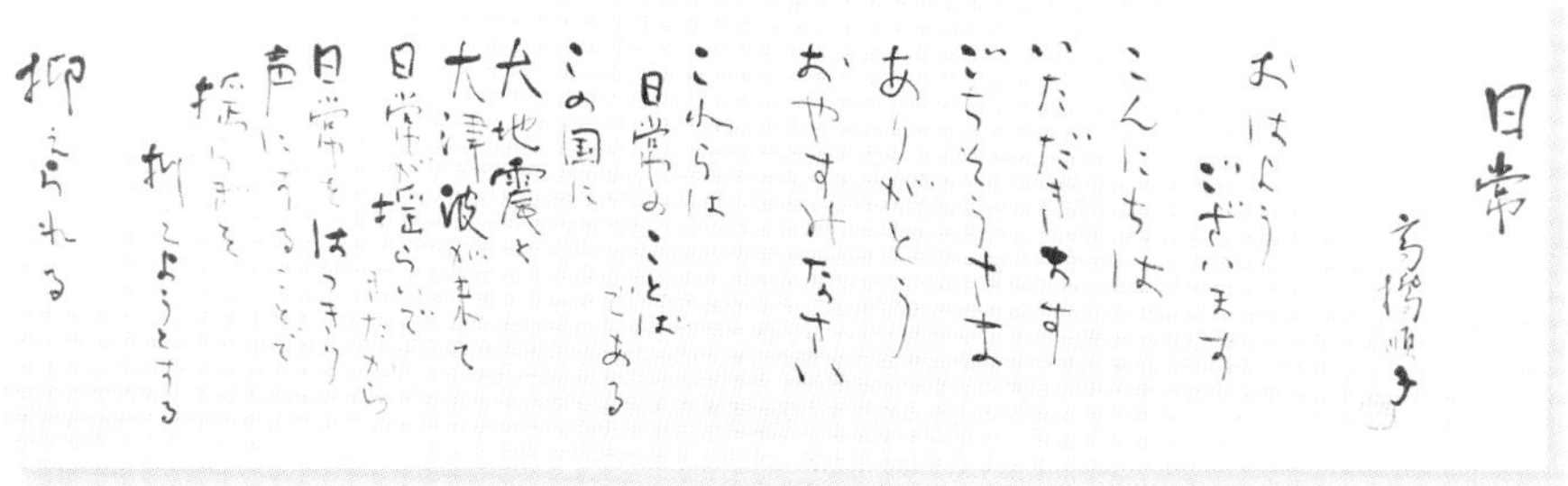
日常
高橋順子
おはよう　ございます
こんにちは
いただきます
ごちそうさま
ありがとう
おやすみなさい
これらは
日常のことばである
この国に
大地震と
大津波が来て
日常が揺らいできたから
日常をはっきり
声にすることで
揺らぎを
抑えようとする
抑えられる

日常

おはようございます
こんにちは
いただきます
ごちそうさま
ありがとう
おやすみなさい

これらは
日常のことばである
この国に
大地震と
大津波が来て
日常が揺らいできたから
日常をはっきり
声にすることで
揺らぎを抑えようとする

抑えられる

――高橋順子

四〇×一六五（cm）墨書
『海へ』（書肆山田二〇一四）

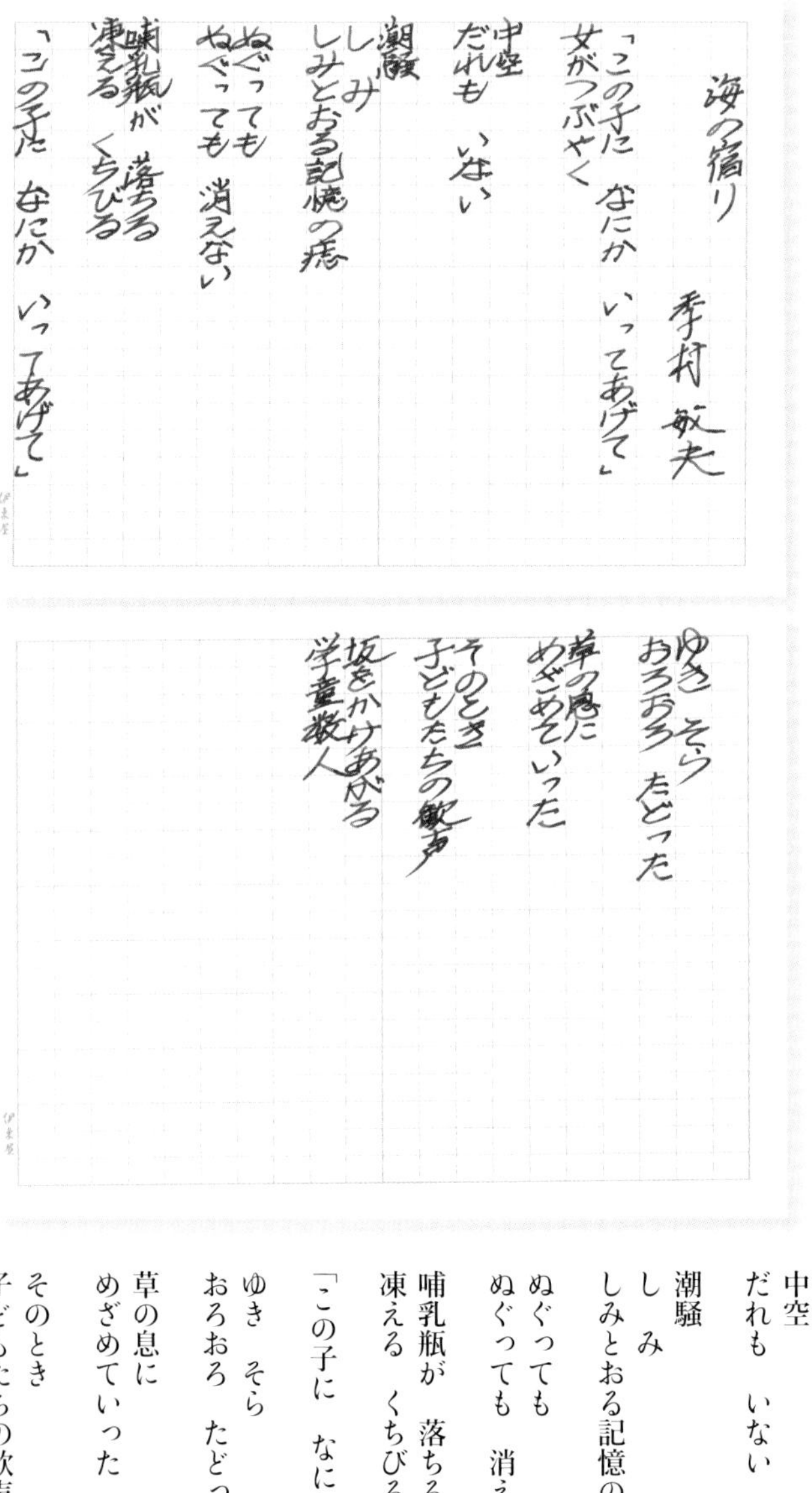
海の宿り　季村敏夫
「この子に　なにか　いってあげて」
女がつぶやく
中空
だれも　いない
潮騒
しみ
しみとおる記憶の痣
ぬぐっても
ぬぐっても　消えない
哺乳瓶が　落ちる
凍える　くちびる
「この子に　なにか　いってあげて」
ゆき　そら
おろおろ　たどった
草の息に
めざめていった
そのとき
子どもたちの歓声
坂をかけあがる
学童数人

海の宿り

「この子に　なにか　いってあげて」
女がつぶやく

中空
だれも　いない

潮騒
しみ
しみとおる記憶の痣

ぬぐっても
ぬぐっても　消えない
哺乳瓶が　落ちる
凍える　くちびる
「この子に　なにか　いってあげて」

ゆき　そら
おろおろ　たどった
草の息に
めざめていった

そのとき
子どもたちの歓声
坂をかけあがる
学童数人

――季村敏夫

二五・五×三六（cm）ペン書
『豆手帖から』（書肆山田二〇一二）

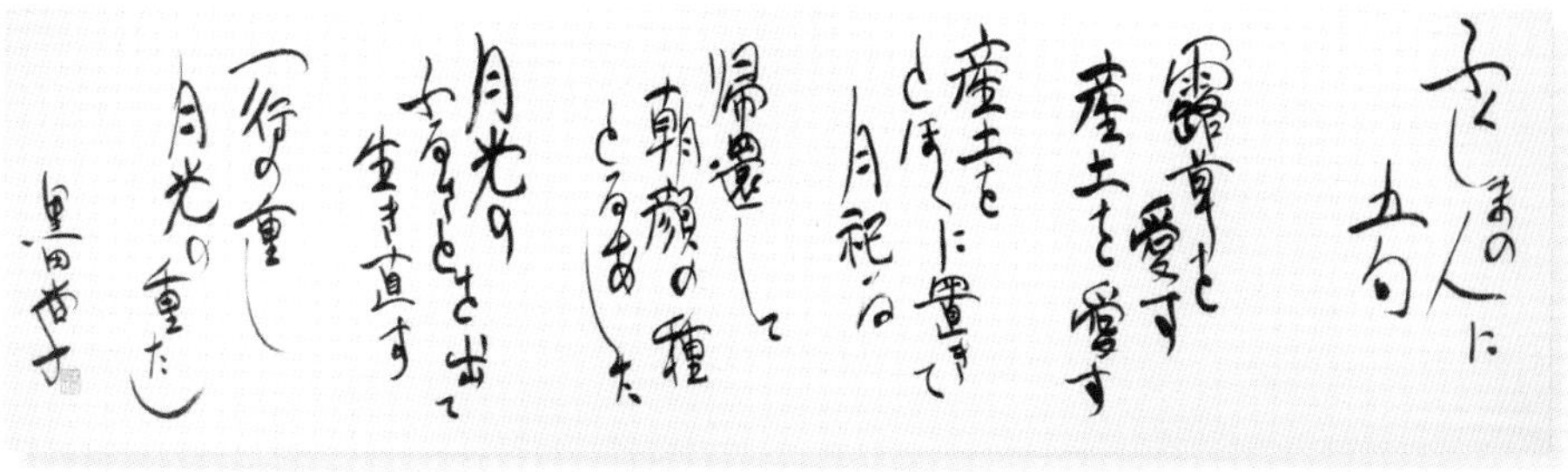

ふくしまの人に五句

露草を愛す産土を愛す
産土をとほくに置きて月祀る
帰還して朝顔の種とるあした
月光のふるさとを出て生き直す
一行の重し月光の重たし

――黒田杏子

四七×一六八（㎝）墨書

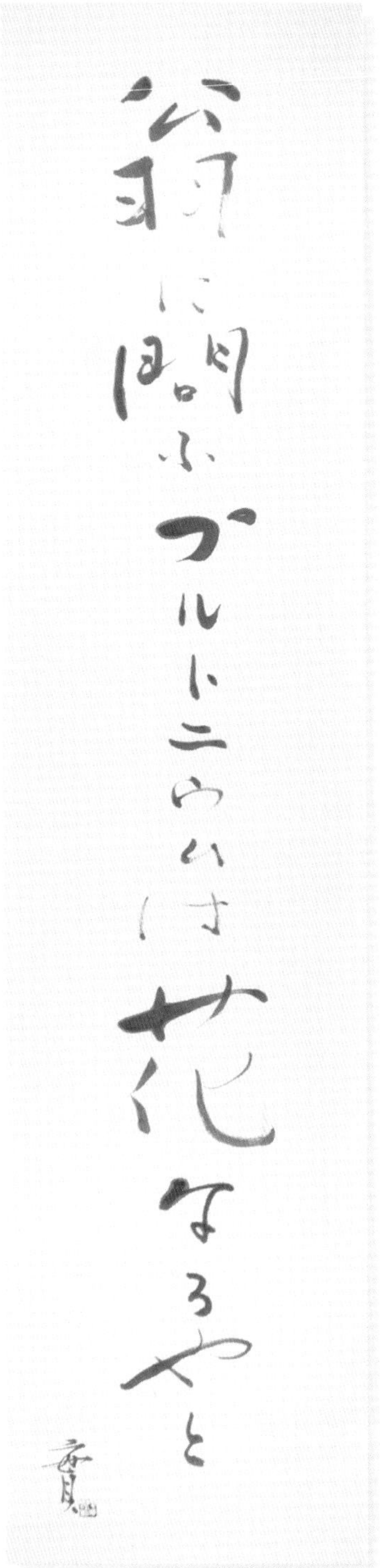

翁に問ふプルトニウムは花なるやと
——小澤實
一八六×四六・八（㎝）墨書

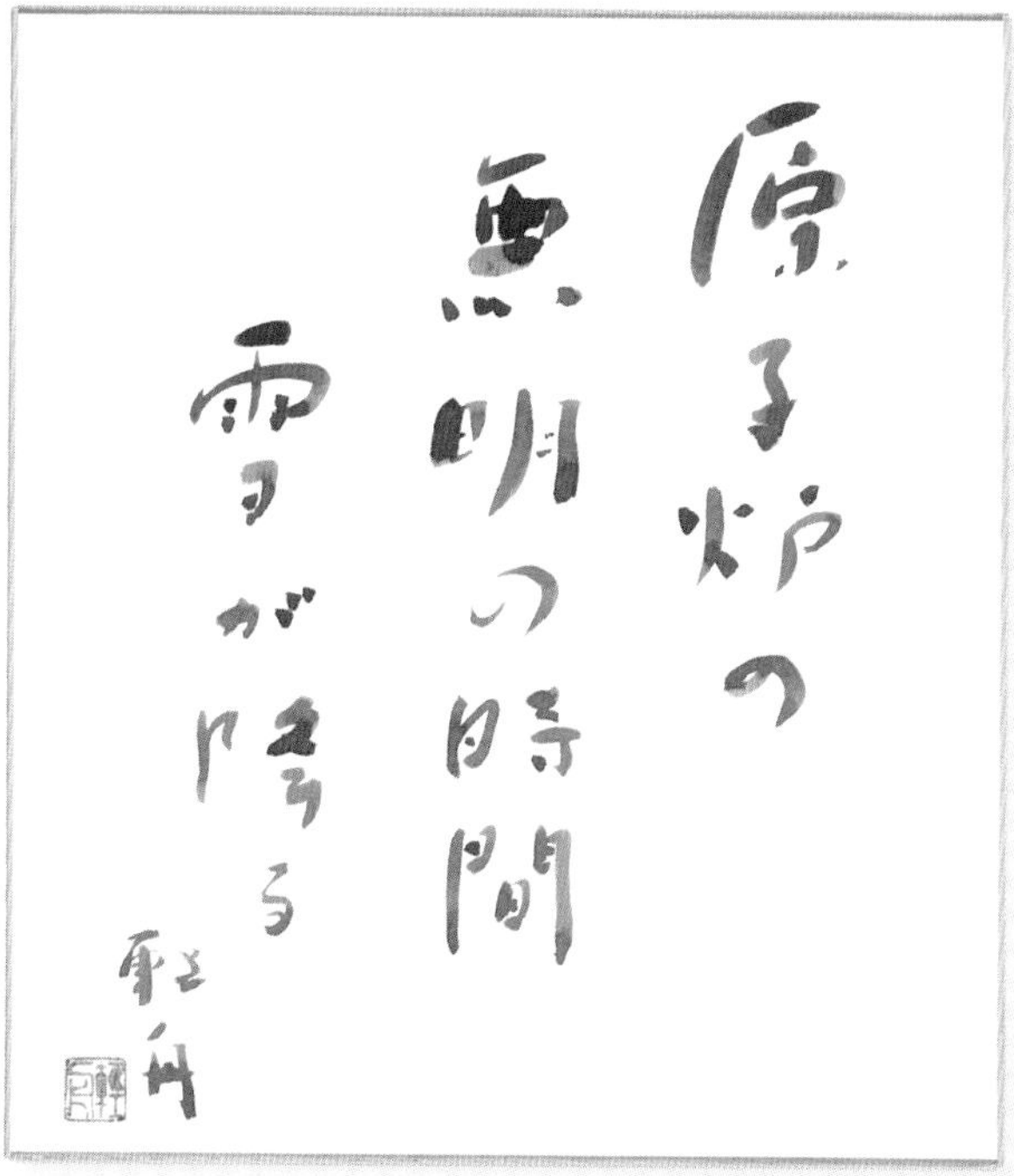

原子炉の無明の時間雪が降る

――小川軽舟

二七×二四（㎝）墨書

『呼鈴』（角川書店二〇一二）

●エッセイ　漂流者

照井翠

死なば泥三月十日十一日　　翠
死に河豚の垂直のまま流れをり　〃
三月を喪ひつづく砂時計　〃

東日本大震災から、もうじき五年目を迎えようとしている。あの日以来、ここ釜石で、一日一日祈るような気持ちで生きてきた。

大地震に襲われた時の恐怖やパニック、その後の必死の対応や避難所生活をひと月送った経験などは、とうに遠景に退いている。

辛かったことも忘れ、平凡な日常を送っている私だが、歯磨きなどで口を漱ぐ時に使う陶器のマグカップだけは、あの地震で床に落ち縁が少し欠けたものを使い続けている。

水を口に含む時、欠けて刃のようになった縁にうっかり唇を当てると、少し切って血が滲む。あ、いけないと唇を離し、違う飲み口から水を含む。こんなことを、あれから五年も続けている。生活のどこかに、震災を留めておかないと、幸せな日常に埋もれてしまいそうだ。そして私は、自分自身にそうした安寧をまだ許すことができないでいる。

雪積みし屍の袋並べらる　　翠
春の泥抱き起すたび違ふ顔　〃
雪間より青きを摘めり柩花　〃

震災の時、亡骸は、遺体安置所に運ばれ横たえられた。安置所と言っても、小学校の体育館であったり、教室であったりした。柩があるはずもなく、シートを被せられたり大きな袋に収められたりして並べられた。

震災の後、どうしたわけか連日雪が降った。冬も温暖な三陸沿岸にしては珍しい連日の大雪に、この世に神はいないのかと恨めしい思いで黙々と雪を掻いた。そんな荒天の中、家族を捜して、いくつもの遺体安置所を巡る人々が大勢いた。運良く亡骸に出会えた人もいた。しかし、ご遺体に手向ける花とてない。外へ出て雪を掻き分けてみると、辛うじて青い下草が生えている。それを摘み取り、せめてもの供花とし、皆で掌を合わせた。

生き死にの釜石の川鮭上る　翠
鮭は産む朝の光を撥ね上げて　〃
いくたびも水面を打ちて鮭逝きぬ　〃

今年も、もうじき、鮭が遡上してくる。

震災の年の十一月初め、甲子川を鮭が上る姿を発見した時は心が震えた。川底には、彼らにとって大変危険なはずの瓦礫が、撤去されずにたくさん残されていた。その隙間をかい潜って、一心不乱に上流へと遡っていく鮭の生き様に、どれだけ励まされたことか。

震災後、私は、何をしてもただ虚しく感じられ、気分がくさくさしていた。母なる川を上る鮭には、何ら迷いがないようだった。鮭と比べて、人間である私の方が、生き物として数段劣っているように感じられた。

鮭は未来に命を繋ぐため、雄と雌がタイミングを合わせ川底に卵を産みつけていた。水面を激しく波立たせる営みを見ていると、私は今確かに生きているのだと感じた。大変なこともあったが、ここまで生きてこられた、そしてこれからも生きていくのだという思いが肚の底から湧いてくるようだった。

霧がなあ霧が海這ひ魂呼ぶよ　翠
夏の星耳澄ましゐてどれも声　〃
話すから螢袋を耳にあてよ　〃

震災後、「亡くなった人の声が聴こえる」という話をする方が周囲に何人もいた。夢に現れたという方もいれば、鳥の鳴き声の中に聴き取ったという方もいた。そしてどなたも一様に、声を聴くことができて、とても嬉しかった、幸せだったと言っておられた。

白日の眩しい光のもとへは、魂は現れない。暗がりや闇のもとで、ひそかに感じあうものだろう。被災地の闇は深い。闇の密度が違う。ぼんやりしていると、引き込まれる。遺族はその闇をじっと見つめ、耳を澄ませる。

螢や握りしめゐて喪ふ手　　翠
別々に流されて逢ふ天の川　〃
よちよちと来て向日葵を透き抜くる〃

家族など大切な人を津波に呑まれた方々は、皆一様に自分を責めた。なぜすぐに家に戻ってやらなかったのか、なぜ手を離してしまったのか、なぜいのちを救えなかったのか。

勤務場所が高台にあったため、自分は助かったが、家族全員を津波に呑まれて亡くした友人がいる。昇天した家族は、彼の世で、一人一人別々に暮らしているのだろうか。せめて、天の川の畔ででもいいから、もう一度家族全員が会えますようにと願うばかりだ。

初明り海だけ元に戻りけり　翠
寄するもの容るるが湾よ春の雪　〃
秋濤へ血を乳のごと与へをり　〃

海は流れ、波立ち、湾はすべてを受け容れる。私も流れ、人も流れている。何百年かに一度、この穏やかな海が津波と化し、夥しい数の尊いいのちを呑み込み、奪い去る。

海が、わからない。海とは、何だ。喪った悲しみとの向き合い方は、誰も教えてはくれない。そしてその悲しみは、喪った本人にしかわからない。一人ひとりが、終わりのない旅を、流れのままに続けていくばかりだ。

「日本近代文学館年誌」第一一号（二〇一六・三）

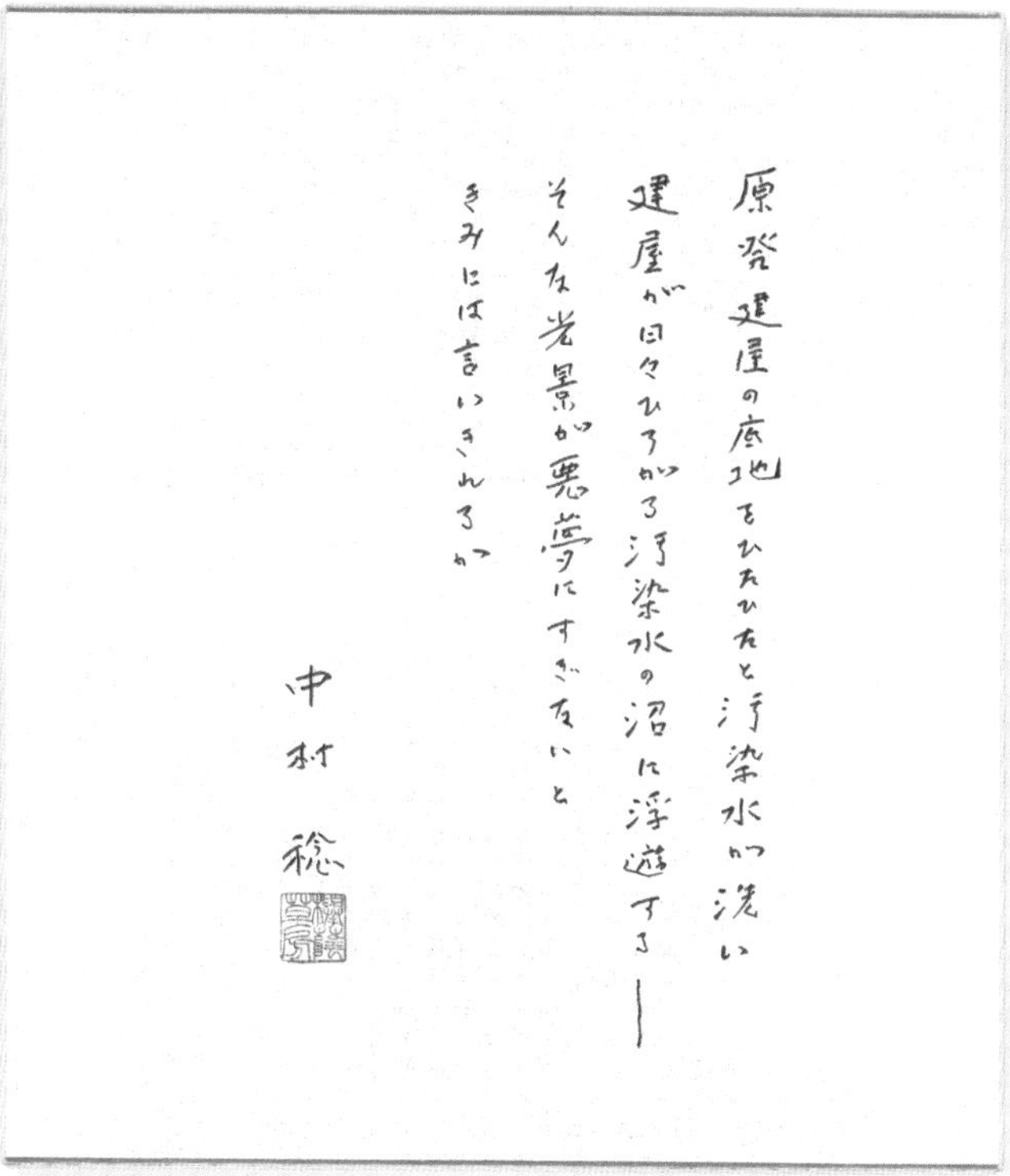

「浮遊する原発建屋」より

原発建屋の底地をひたひたと汚染水が洗い
建屋が日々ひろがる汚染水の沼に浮遊する――
そんな光景が悪夢にすぎないと
きみには言いきれるか

――中村稔

二七×二四（cm）墨書

『寂かな場所へ』（青土社二〇一二）

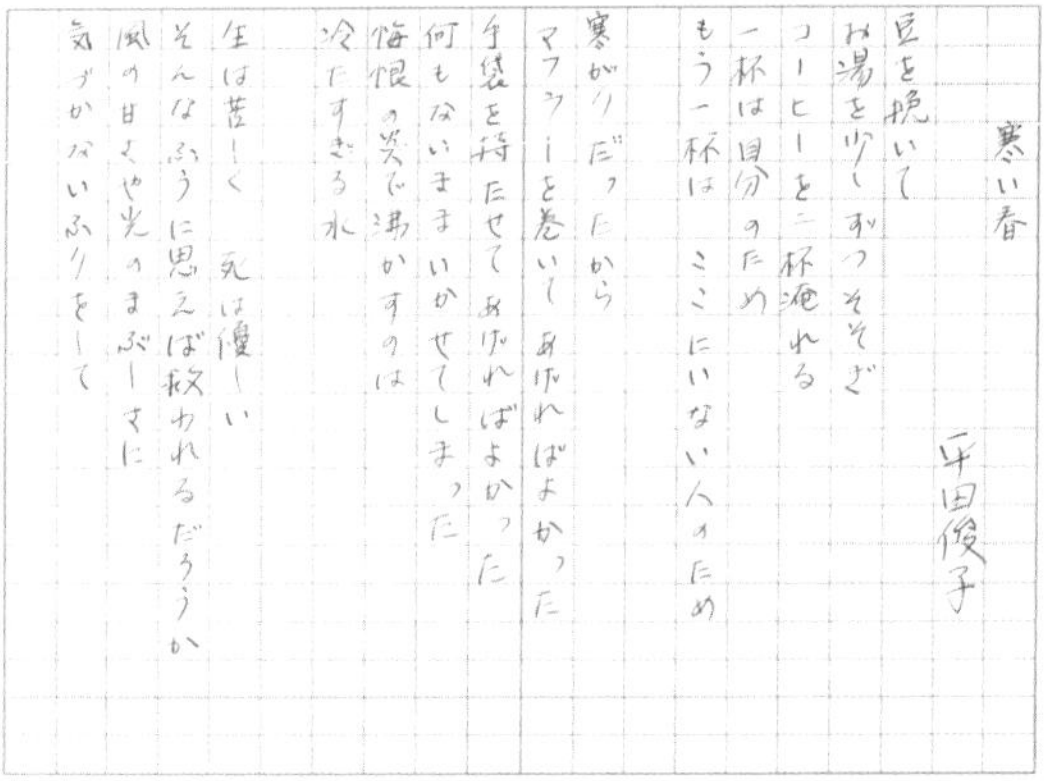

寒い春

平田俊子

豆を挽いて
お湯を少しずつそそぎ
コーヒーを二杯淹れる
一杯は自分のため
もう一杯は　ここにいない人のため

寒がりだったから
マフラーを巻いてあげればよかった
手袋を持たせてあげればよかった
何もないままいかせてしまった
悔恨の炎で沸かすのは
冷たすぎる水

生は苦しく　死は優しい
そんなふうに思えば救われるだろうか
風の甘さや光のまぶしさに
気づかないふりをして

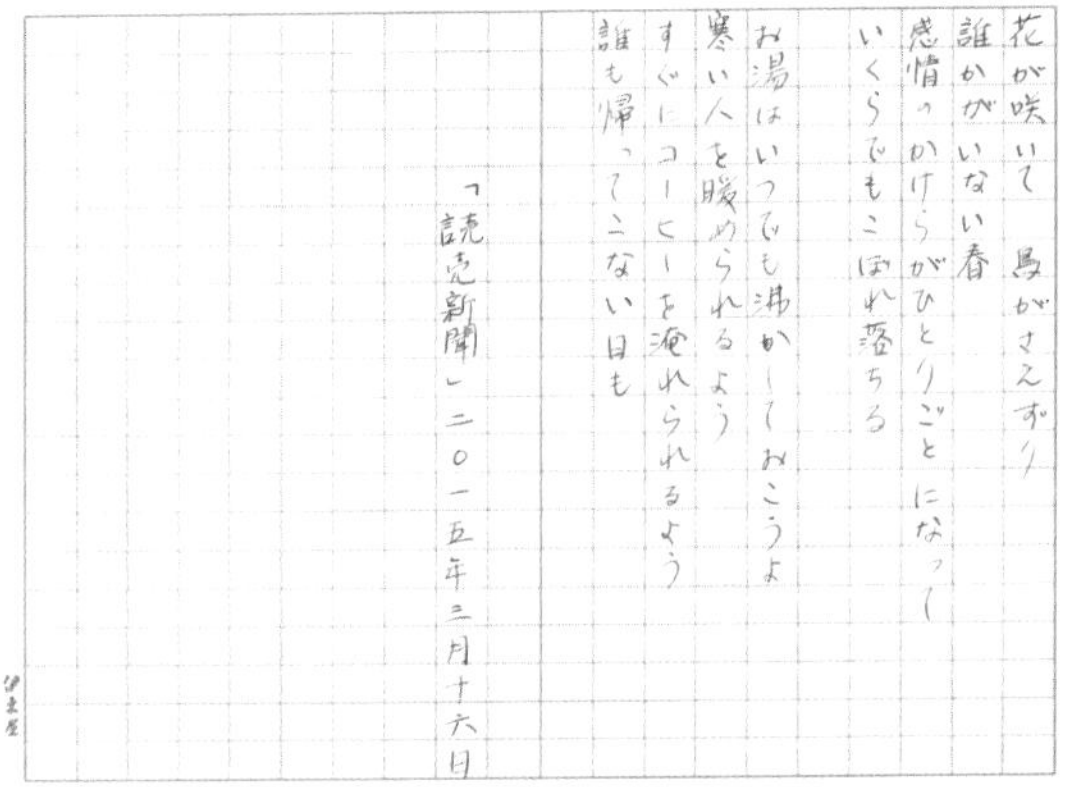

花が咲いて　鳥がさえずり
誰かがいない春
感情のかけらがひとりごとになって
いくらでもこぼれ落ちる

お湯はいつでも沸かしておこうよ
寒い人を暖められるよう
すぐにコーヒーを淹れられるよう
誰も帰ってこない日も

「読売新聞」二〇一五年三月十六日

寒い春

豆を挽いて
お湯を少しずつそそぎ
コーヒーを二杯淹れる
一杯は自分のため
もう一杯は　ここにいない人のため

寒がりだったから
マフラーを巻いてあげればよかった
手袋を持たせてあげればよかった
何もないままいかせてしまった
悔恨の炎で沸かすのは
冷たすぎる水

生は苦しく　死は優しい
そんなふうに思えば救われるだろうか
風の甘さや光のまぶしさに
気づかないふりをして

花が咲いて　鳥がさえずり
誰かがいない春
感情のかけらがひとりごとになって
いくらでもこぼれ落ちる

お湯はいつでも沸かしておこうよ
寒い人を暖められるよう
すぐにコーヒーを淹れられるよう
誰も帰ってこない日も

「読売新聞」二〇一五年三月十六日

――平田俊子

二五・五×三六（㎝）ペン書
『戯れ言の自由』（思潮社二〇一五）

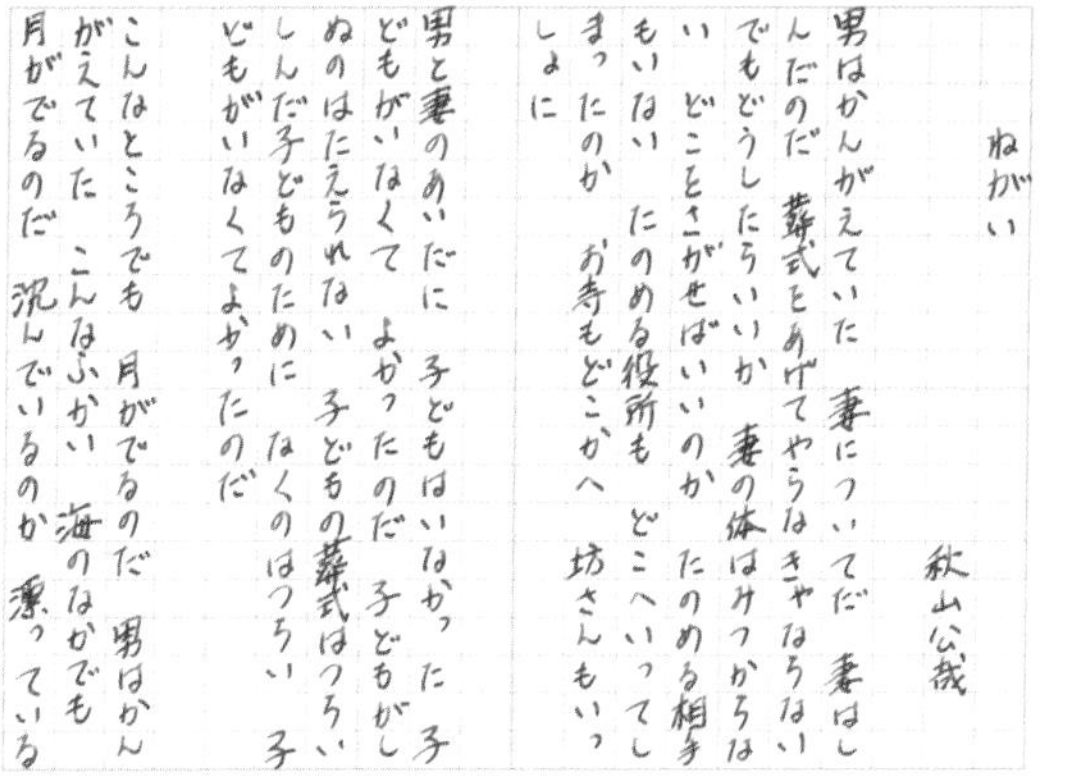

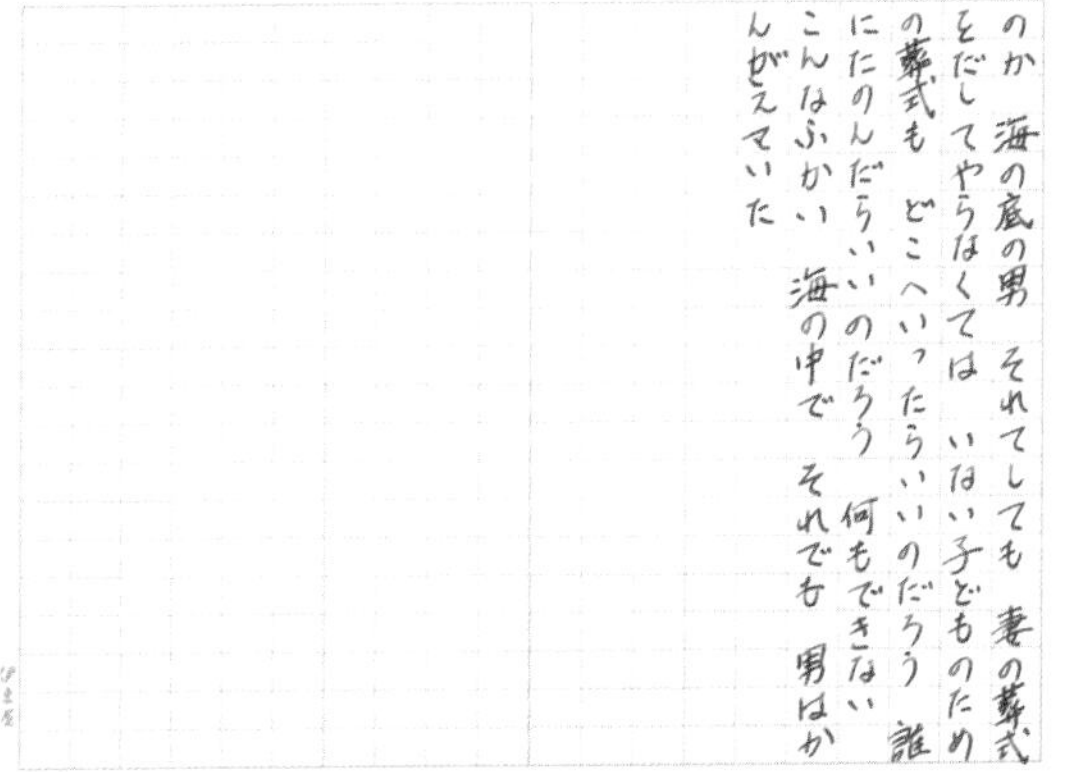

ねがい

男はかんがえていた 妻についてだ 妻はしんだのだ 葬式をあげてやらなきゃならない でもどうしたらいいか 妻の体はみつからない どこをさがせばいいのか たのめる相手もいない たのめる役所も どこへいってしまったのか お寺もどこかへ 坊さんもいっしょに

男と妻のあいだに 子どもはいなかった 子どもがいなくて よかったのだ 子どもがしぬのはたえられない 子どもの葬式はつらい しんだ子どものために なくのはつらい 子どもがいなくてよかったのだ

こんなところでも 月がでるのだ 男はかんがえていた こんなふかい 海のなかでも 月がでるのだ 沈んでいるのか 漂っているのか 海の底の男 それにしても 妻の葬式をだしてやらなくては いない子どものための葬式も どこへいったらいいのだろう 誰にたのんだらいいのだろう 何もできない こんなふかい 海の中で それでも 男はかんがえていた

――秋山公哉

二五・五×三六（cm）ペン書

『約束の木』（土曜美術社二〇一五）

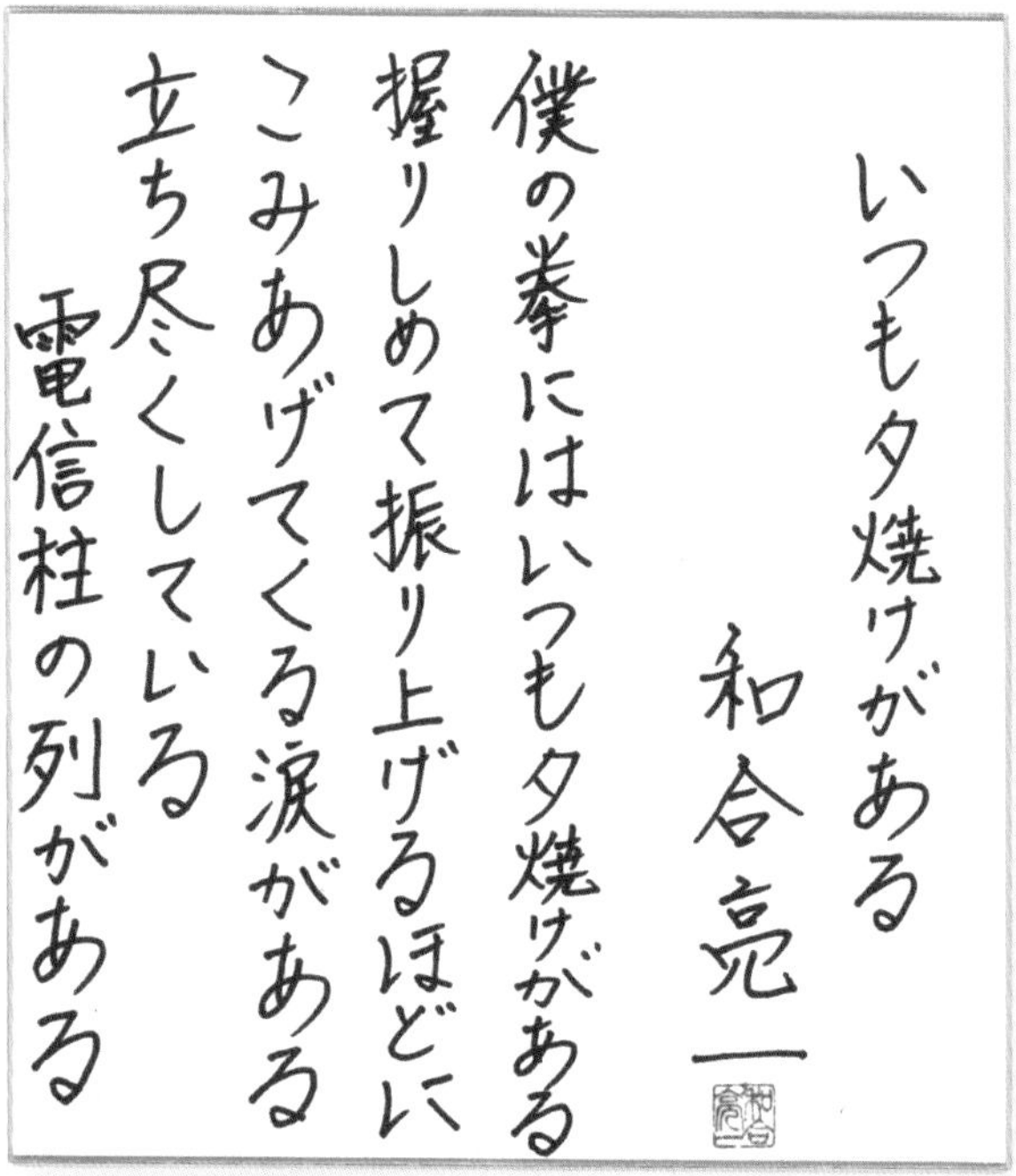
いつも夕焼けがある
和合亮一
僕の拳にはいつも夕焼けがある
握りしめて振り上げるほどに
こみあげてくる涙がある
立ち尽くしている
電信柱の列がある

いつも夕焼けがある

僕の拳にはいつも夕焼けがある
握りしめて振り上げるほどに
こみあげてくる涙がある
立ち尽くしている電信柱の列がある

――和合亮一

二七×二四（㎝）ペン書
『昨日ヨリモ優シクナリタイ』（徳間書店二〇一六）

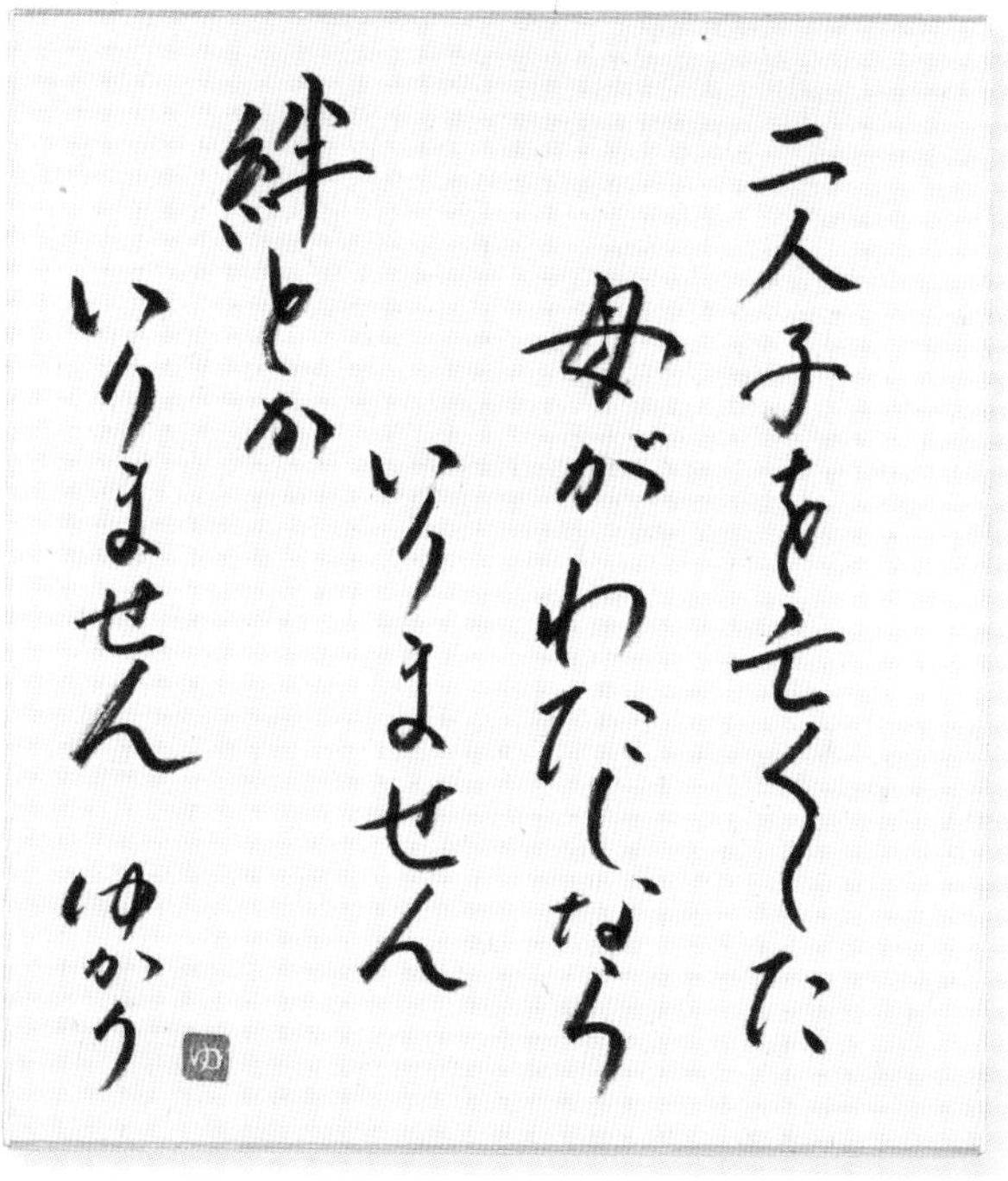

二人子を亡くした母がわたしなら
いりません絆とかいりません
――小島ゆかり

二七×二四（㎝）墨書
『泥と青葉』（青磁社二〇一四）

●エッセイ　言葉は残る

小島ゆかり

東日本大震災ののち、何度か被災地へ出かけたが、とりわけ昨年の五月に訪問したとき、関東圏で日々を暮らす自分と、被災地の方々との気持ちの隔たりに愕然とした。震災直後の驚きや悲しみが、複雑に個別な困難へと変化し、絶望や諦念や、言い難い苦しみとともにある被災者の方々に会い、自分のなかの痛みがいかに漠然としたものであるかを思い知らされた。それは生々《なまなま》しく切ない体験だった。

そして再び思い出したことがある。姜尚中《カンサンジュン》さんが被災地で一人のボランティアの青年と出会い『心』という小説を書かれた。そのモデルになった青年は、わたしのよく知る蛭間龍矢《ひるまたつや》くんである。彼は、下の娘の中学時代の同級生で、家も近く、就職するまではよく遊びに来ていた。

彼は海難救助のライセンスを持っており、大震災のあとすぐに被災地へ出かけた。宮城、岩手、福島の三県を二週間ずつ回り、地元の漁師さんの船で沖へ出て、海に潜《もぐ》ってはご遺体を引き揚げる作業に携わったという。「一週間も潜ってるとわかるようになるんだ、匂いで。牛なのか人なのか犬なのか。時には大人か子どもかすらわかる。赤ちゃんだと気づいたとき、潜りながら涙が止まらなくなった。腕だけしか拾えない日もある。だんだん心が変になって、一緒に行った仲間が次々帰って行った」。それでも、三県で二十八人の遺体を引き揚げた。「ぼくが引き揚げた人はみんな、家族のもとに帰ることができた。それだけが嬉しかった」。そして、どんなにシャワーを浴びても匂いが消えないからと、髪をスポーツ刈りにしていた。紙面からは、映像からは何の匂いもしない。わたしは、匂いに気づかないで歌を作っていたのだ。それは本当に情けない事実だった。しかし彼はこうも言ってくれた。「おばちゃんは短歌が作れるからいいいね。いろんな気持ち、残せるもんね」。

いま、この文章を書きながら改めて、彼の言葉を思う。東日本大震災から五年、「三・一一文学館からのメッセージ」展は四回目を迎える。全国の文学館が同時期に「震災に心を寄せる」というテーマで展覧を開催する、画期的な企画である。一人一人の立場や方法は違っても、文芸に関わる作者たちが、それぞれのスタイルと言葉をもって参加することに、大きな意義があると思う。

開催のために力を尽くしてくださっているすべての方々に感謝し、言葉が残ることを祈ります。

展覧会に寄せて――館報「日本近代文学館」第二七〇号（二〇一六・三）

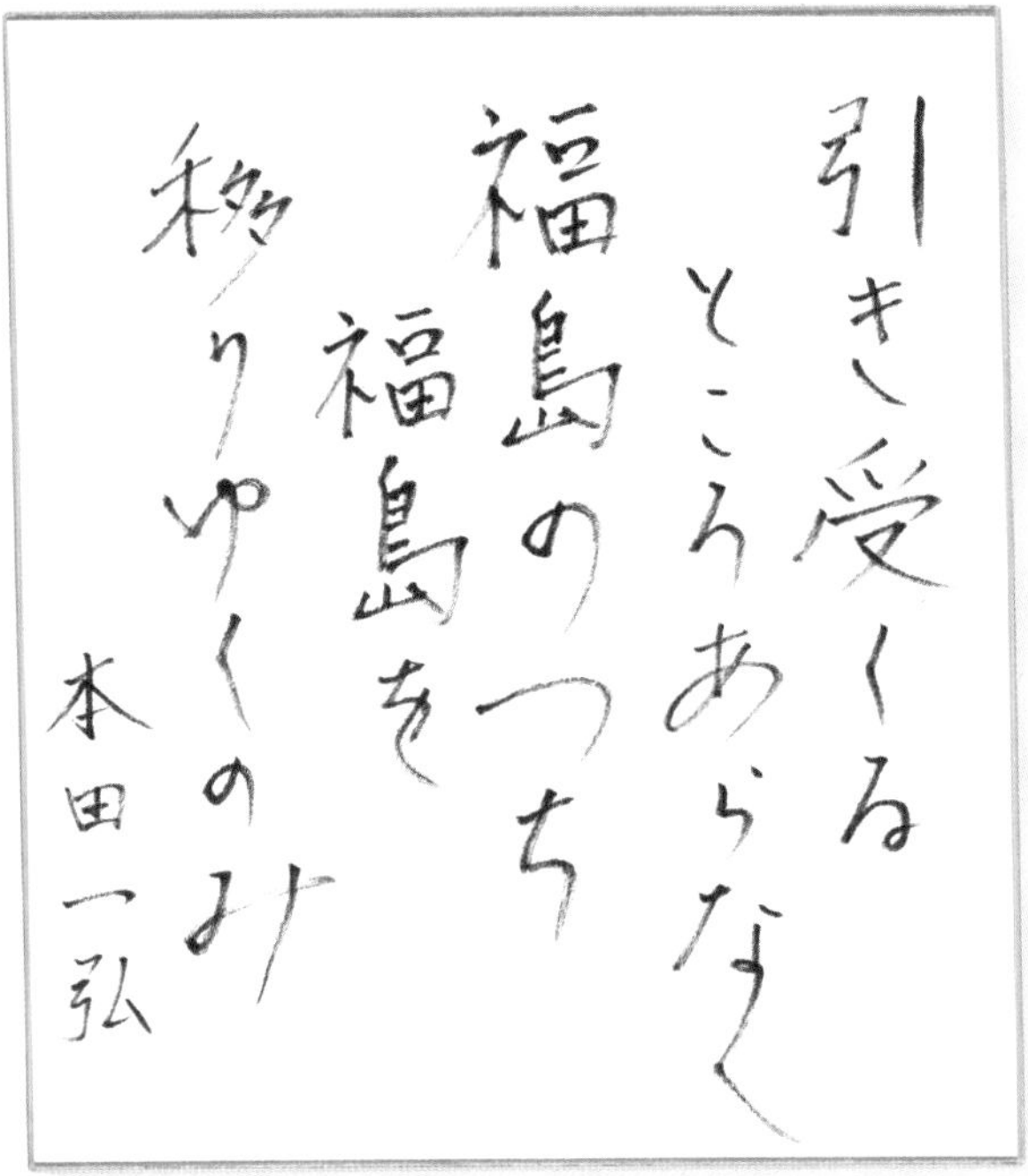

引き受くるところあらなく福島のつち福島を移りゆくのみ

――本田一弘

二七×二四（㎝）墨書

『磐梯』（青磁社二〇一四）

蜃気楼原発へ行く列に礼

――永瀬十悟

一八四×四五・五（㎝）墨書

『橋朧　ふくしま記』（コールサック社二〇一三）

また めぐりきた 三月十一日に

私たちは地震を予期できない。
私たちは地震がひきおこす津波を予期できない。
私たちは地震を制御できない。また、津波を制御できない。
無力な私たちはひたすら耐えなければならない。

津波が隆起し、次々に隆起し、そそり立って川を溯上し、
川辺の家々を呑みこみ、町々をふみにじり、
海底から人々を攫っていった。すさまじいエネルギーの恐怖。
空中に、地上に、放射能が充満した、あの日！

私たちはあの日を忘れたい。
私たちの記憶からあの日を抹消したい。
予期できない、制御できない、地震、津波に無力である以上、
私たちがあの日を語りつぐことに何の意味があるか。

しかし、私たちはあの日を忘れない。
私たちはあの日を語りついでいかねばならぬ。
無数の死者たちのために、滅び去った町々のために、
そして私たちが耐えることができる存在であることの証しとして。

中村稔

また めぐりきた三月十一日に

私たちは地震を予期できない。
私たちは地震がひきおこす津波を予期できない。
私たちは地震を制御できない、また、津波を制御できない。
無力な私たちはひたすら耐えなければならない。

津波が隆起し、次々に隆起し、そそり立って川を遡上し、
川辺の家々を呑みこみ、町々をふみにじり、
海底ふかく人々を攫っていった、すさまじいエネルギーの恐怖。
空中に、地上に、放射能が充満した、あの日！

私たちはあの日を忘れたい。
私たちの記憶からあの日を抹消したい。
予期できない、制御できない、地震、津波に無力である以上、
私たちがあの日を語りつぐことに何の意味があるか。

しかし、私たちはあの日を忘れない。
私たちはあの日を語りついでいかねばならぬ。
無数の死者たちのために、滅び去った町々のために、
そして私たちが耐えることができる存在であることの証しとして。

――中村稔

四四・五×五七・二（㎝）墨書
『寂かな場所へ』（青土社二〇一二）

また会おう

伊藤悠子

二〇一一年三月十九日午後二時、三日前に亡くなった義母の納棺のために家族親戚が集まる。私は兄嫁と左右に分かれ手甲をつけた。指の下をくぐらせて上でしっかり結んでください。納棺師の声はしめやかだ。しっかり結んでから一礼して退く。納棺を終えて兄弟だけになり棺のほとりで車座になる。こういう葬式はおふくろが最後になると思う。長兄が言う。六人がうなずく。自分の死ぬときもそれぞれはっきりと思っているのだ。雲が流れていく。私たちは流れていく。くっついたり離れたりしながら流れていく。さようなら。知人でも友人でもなく私たちは家族だったみたいね。それから健康法の話。ピロリ菌の話。添加物の話。震災のことはあまり言わない。もう日暮れ。二十四日また会おう。手を振りながら別れていく。二十四日通夜。肌寒い暮れ方有意の何百もの人が会場にひたひたと順く。義母は微笑んでいる。通夜ぶるまいが終わる。おいしかったね。おかあさんに食べさせてもらっているみたいね。昔のように。もう夜更け。明日また会おう。明日は早いよ。告別式。火葬場。扉が閉まるとき血のつながる者だけに走っていく何かがある。これで。これが。私はただ手を合わせみつめている。壇払いが終わる。ご馳走さま。おかあさん料理上手だったね。おかあさん譲りの同じようなものを食べているうちに私たち似てきたかもしれない。四十九日にまた会おう。墓の改修工事もそれに間に合うよ。家に帰れば空しさから庭を見るしかない。悲しみを底辺として三角を成すように十八本の白い西洋水仙はうなだれている。一本の白いチューリップがそのかたわらに立っている。細い茎の先のはなびらで手を合わせている。その向こうはしんしんと闇。四十九日忌。納骨。新しい幾枚もの卒塔婆を少年が掲げ持って。そして会食も終わった。もう遅い春の午後。終わったね。とうとう終わってしまった。お疲れさまと散っていく。春の午後はあてどなく広い。歩行者天国では祭りをやっている。どこかでまた会うかしら。どこで会ってもなんとなく似てきたから判るわね。おにいさんたち。おねえさんたち。この世はあてどなく。

それからひと月ほどして梔子《くちなし》の木を一輩の梔子の花が覆った。だれかを包んであげたいような白い花。包みきれないことでしょう。あまり多くて。それからひと月もしないで夏が来てさびしく気づいた。亡くなった義母のほとりに避難していたから過ごせた今年の春だったのだし。私の、あるいは私たちの、避難所だったのだと。

大きな雲が夏の空を動かない。

また会おう

二〇一一年三月十九日午後二時、三日前に亡くなった義母の納棺のために家族親戚が集まる。私は兄嫁と左右に分かれ手甲をつけた。指の下をくぐらせて上でしっかり結んでください。納棺師の声はしめやかだ。しっかり結んでから一礼して退く。納棺を終えて兄弟だけになり棺のほとりで車座になる。こういう葬式はおふくろで最後になると思う。長兄が言う。六人がうなずく。自分の死ぬときをそれぞれほっそりと思っているのだ。雲が流れていく。私たちは流れていく。くっついたり離れたりしながら流れていく。さようなら。知人でも友人でもなく私たちは家族だったみたいね。それから健康法の話。ピロリ菌の話。添加物の話。震災のことはあまり言わない。もう夕暮れ。二十四日また会おう。手を振りながら別れていく。二十四日通夜。肌寒い暮れ方弔意の何百もの人が会場にひたひたと傾く。義母は微笑んでいる。通夜ぶるまいが終わる。おいしかったね。おかあさんに食べさせてもらっているみたいね。昔のように。もう夜更け。明日また会おう。明日は早いよ。告別式。火葬場。扉が閉まるとき血のつながる者だけに走っていく何かがある。これで。これが。私はただ手を合わせみつめている。壇払いが終わる。ご馳走さま。おかあさん料理上手だったね。おかあさん譲りの同じようなものを食べているうちに私たち似てきたかもしれない。四十九日にまた会おう。墓の改修工事もそれに間に合うよ。家に帰れば坐して窓から庭を見るしかない。悲しみを底辺として三角を成すように十八本の白い西洋水仙はうなだれている。一本の白いチューリップがそのかたわらに立っている。細い茎の先のはなびらで手を合わせている。その向こうはしんしんと闇。四十九日忌。納骨。新しい幾枚もの卒塔婆を少年が掲げ持って。そして会食も終わった。もう遅い春の午後。終わったね。とうとう終わってしまった。お疲れさまと散っていく。春の午後はあてどなく広い。歩行者天国では祭りをやっている。どこかでまた会うかしら。どこで会ってもなんとなく似てきたから判るわね。おにいさんたち。おねえさんたち。この世はあてどなく。それからひと月ほどして梔子《くちなし》の木を一重の梔子の花が覆った。だれかを包んであげたいような白い布。包みきれないことでしょう。あまり多くて。それからひと月もしないで夏が来てさびしく気づいた。亡くなった義母のほとりに避難していたから過ごせた今年の春だったのだと。私の、あるいは私たちの、避難所だったのだと。大きな雲が夏の空を動かない。

――伊藤悠子

二五・七×三六（㎝）　ペン書

『まだ空はじゅうぶん明るいのに』（思潮社二〇一六）

●エッセイ　この頃思うこと

伊藤悠子

東日本大震災のとき、障害のある孫娘を夫の車に乗せ終えると「バンザイ、バンザイ」と叫んで津波にのまれていった女の人がいた。その女の人のご主人が仮設住宅で語られる言葉は少なかった。

去年の七夕、近くのスーパーマーケットでは例年通り七夕飾りが入口にあった。一枚の短冊にこう書いてあった。「おとうさんが天国でおばあちゃんと会えますように」名前と年齢が記されていた。小学生であった。

死にゆく人は遺す家族を祈り、遺された子は亡くなった家族を祈っている。

詩「また会おう」は二〇一一年の夏に書いた。あの頃、まだ私は、日本はこの災厄から学び、これからは力を合わせ慎ましく生きると思っていたのではないか。その年の冬だったか、皆既月食があった。地球の影に隠れた月は赤く、原子炉を思わせ気持ちが塞いだ。黒く枯れたフキを見れば死んだ人の姿に思えた。エッセイ「いとけなさ」は震災から三年となる二〇一四年三月十一日に書き始めた。神奈川県に住む私たち家族の震災の日の記録に過ぎないが、その頃には、既に政治の流れは私の願っていた方向には行っていないと分からせられていた。それからもその勢いは加速度的に増しているように思う。福島から横浜へ避難してきた子供への子供によるいじめがつい最近報じられた。大人は防げなかった。報じられたのは最近だが、いじめはだいぶ前のことだ。そして被災地でなくとも離散はあった。離散があれば困窮はある。問題は深く複雑に社会に浸透している。

失望に慣れるということをこの頃思う。被災者ではない自分が失望に慣れてしまっては、被災者は、亡くなった方は、どうなるのだろう。静かな裏切りではないか。自分自身への裏切りでもある。東日本大震災のときのあの不安を遠ざけ、震災数日後亡くなることによって親族一同を呼び寄せてくれたような義母を忘れがちになり、被災地岩手県一関市の揺れてずれていく墓の下で眠っていた私の父の願いを思い出すこと少なくなれば、二〇一一年三月十一日、いっしょに家路へと必死に向かった孫たちの生きる未来は危ういものになるのではないか。

サンコファという「西アフリカの神話に由来する」「心象」の鳥を、桑原文子著『オーガスト・ウィルソン　アメリカの黒人シェイクスピア』（白水社　二〇一四年）で知った。「この鳥は頭を後ろに向けたまま、前に飛ぶとされる」、つまりふり返りながら飛ぶ。「過去の知恵は未来を計画する際の指針になるという意味をもつ」とあった。本で知っただけの鳥であるが、サンコファの心を持ってこの展覧会で今一度震災を見つめ直したい。

展覧会に寄せて――館報「日本近代文学館」第二七六号（二〇一七・三）

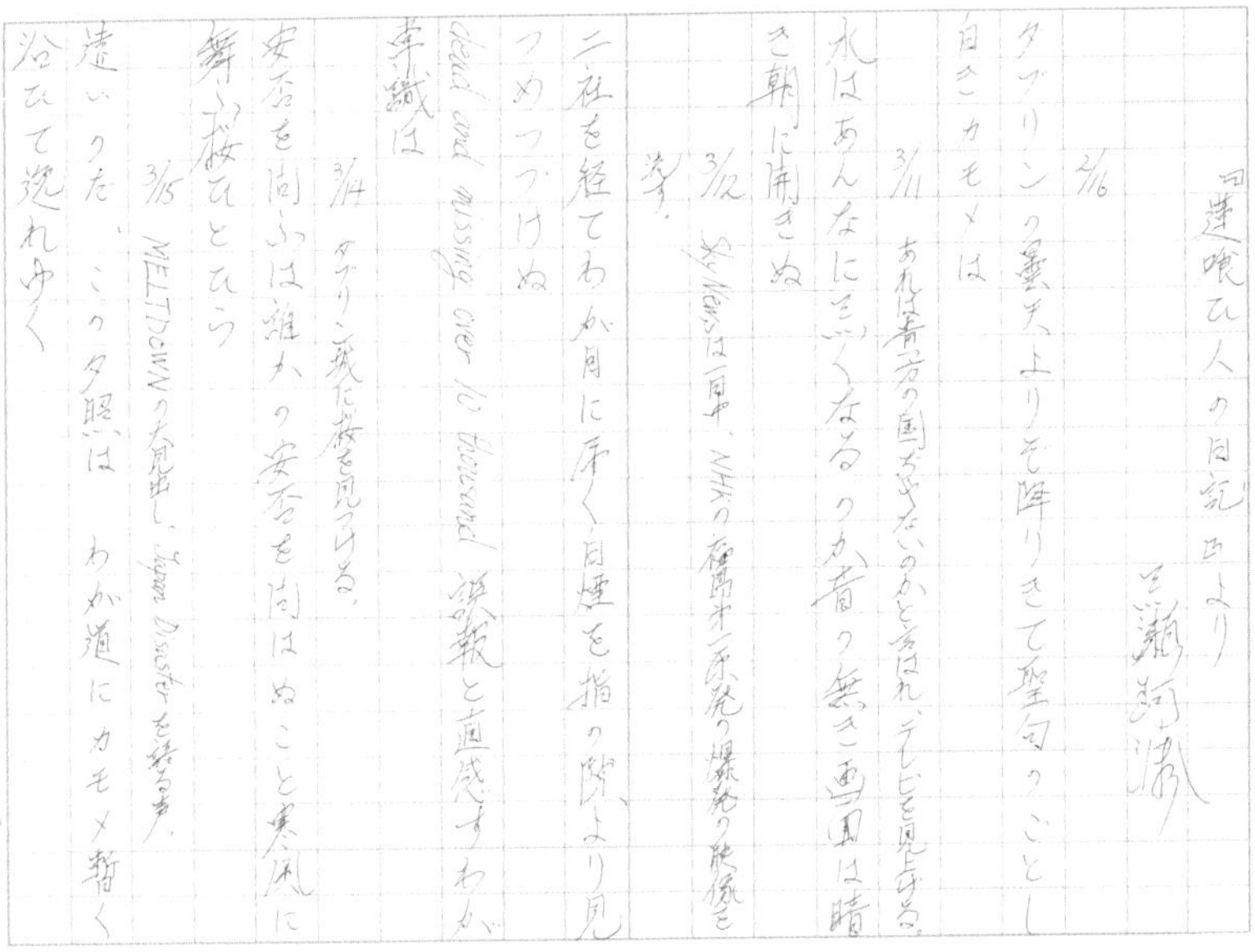
『蓮喰ひ人の日記』より　黒瀬珂瀾
2/16
ダブリンの曇天よりぞ降りきて聖句のごとし白きカモメは
3/11 あれは貴方の国ぢやないのかと言はれ、テレビを見上げる。
水はあんなに黒くなるのか音の無き画面は暗き朝に開きぬ
3/12 Sky Newsは一日中、NHKの福島第一原発の爆発の映像を流す。
二社を経てわが目に届く白煙を指の隙より見つめつづけぬ
dead and missing over 10 thousand　誤報と直感すわが常識は
3/14 ダブリン城に桜を見つける。
安否を問ふは誰かの安否を問はぬこと寒風に舞ふ桜ひとひら
3/15 MELTDOWNの大見出し、Japan Disasterを語る声。
遠いのだ、ここの夕照は　わが道にカモメ暫く沿ひて逸れゆく
伊東屋

『蓮喰ひ人の日記』より

2/16

ダブリンの曇天よりぞ降りきて聖句のごとし白きカモメは

3/11　あれは貴方の国ぢやないのかと言はれ、テレビを見上げる。

水はあんなに黒くなるのか音の無き画面は暗き朝に開きぬ

3/12　Sky Newsは一日中、NHKの福島第一原発の爆発の映像を流す。

二社を経てわが目に届く白煙を指の隙より見つめつづけぬ

dead and missing over 10 thousand　誤報と直感すわが常識は

3/14　ダブリン城に桜を見つける。

安否を問ふは誰かの安否を問はぬこと寒風に舞ふ桜ひとひら

3/15　MELTDOWNの大見出し。Japan Disasterを語る声。

遠いのだ、ここの夕照は　わが道にカモメ暫く沿ひて逸れゆく

3/17
パレードは揺れて迫るを迫りたる水を知らねば手を翳したり

3/20
ロンドンに向けてダブリン空港を飛び立つと、すぐに海。
生まれ来るまで幾度の海峡を渡る児か母を美しくして

4/11
アパート管理人のクウェーシー氏はアフリカ系。実にゆっくり話す人。
紙面より津波は引きて英国風に終はる桜を見送りにけり

4/12
「東京の滅びたらむとおもほえば部屋に立ちつつ何かを為さむ」。一九二三年九月三日、ミュンヘンの茂吉。
円高の話は地震《なゐ》に行き着くを燻製鯖に油浮きをり

4/23
「一つの都市全体の人口が死んで、また都市一つぶんの人口が生まれて、それがまた死ぬ」。(『ユリシーズ』)
フランスの山芋を擂るわが背後Fukushima 50《フィフティ》屈みつづけつ

5/4
「すべて変はつた、何もかも。恐るべき美が生まれ出る」(W・B・イエイツ)
All changed changed utterly《何もかもすべて変はつた》のか?・日本。汝《な》が昼はわが爽昧なるを

5/16「日本政府は原発事故ではなく、原発が造れなくなることを恐れてゐる」。（SOASシンポジウム）

鱈つつむ衣の厚きゆふぐれをhibakushaといふ響きするどし

5/20 セント・パンクラスで日本人母親の「なかよし会」。一人の母親が、

私たちは　ロンドンにゐて　よかつた　と子を抱きて言ふ　抱き締めて言ふ

5/21 英語教師のヘレンはスコットランド人。

「Fukushimaなんて誰も知らなかつた」のだと碧き眼は光芒を吸ひ込みてゆく

6/16 イギリス現政権は原発を推進する気らしい。

6/17「おお、薔薇、汝病めり！」（ウィリアム・ブレイク）

英国は薔薇か薔薇なら何を病む人が人智を治めえぬ世に

8/19 被災地支援のボランティア「モスリン・プロジェクト」に参加。

ラズベリー終はりてブラックベリー熟る死に安らげぬ不明者あまた

9/6 ロンドン一美味しい餡パンはソーホー中華街の金門餅店といふ結論に。

明日へわれらを送る時間の手を想ふ寝台に児をそつと降ろせば

――黒瀬珂瀾

二五・七×三六（cm）ペン書

『蓮喰ひ人の日記』（短歌研究社二〇一五）

三・一一を前に

私たちはじきに此処を立ち去るだろう。
私たちはフクシマを廃炉にすることができないまま、
これを私たちの遺産として
私たちの子孫に残していくより他はないだろう。

溶け落ちた核燃料がどういう状態にあるか、
七年の歳月が経ってもなお何も分っていない。
廃炉の工程表は三十年というが、
気の遠くなるほど先のことをあてにできるか。

廃炉にするための技術開発はつらく苛酷だが、
フクシマ一回限り、汎用性のない空しい作業だ。
そんな空しい作業もまた、私たちの遺産として
私たちの子孫に残さなければならないか。

私たちはフクシマを忘れることはない。
しかし、私たちは不安と不信をぬぐいきれない。
しかも、私たちにとって無念きわまるのは
この不安、不信を私たちが何ともできないことだ。

――中村稔

二七×五二・五（cm）墨書

『寂かな場所へ』（青土社二〇二二）

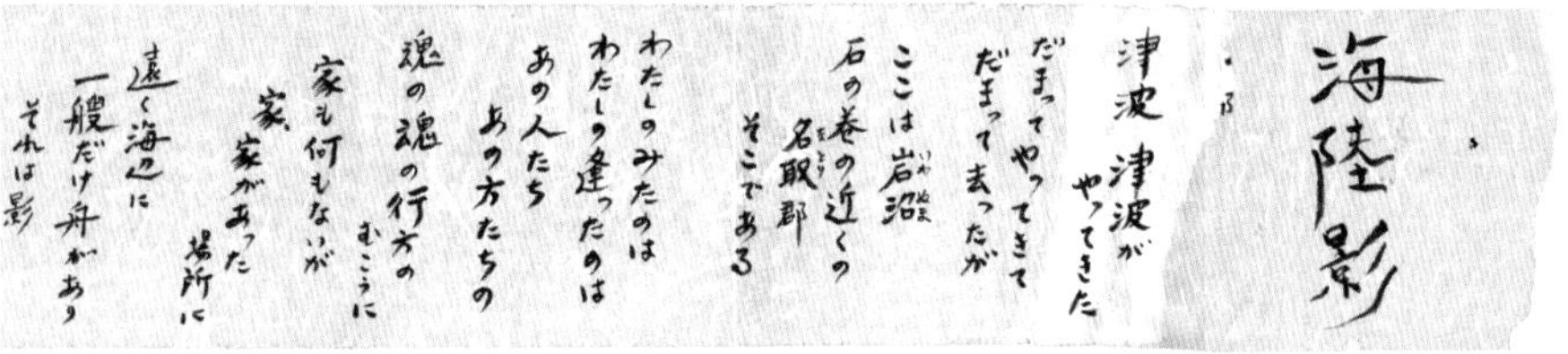

海陸影

津波 津波が
やってきた
だまってやってきて
だまって去ったが
ここは岩沼《いわぬま》
石の巻の近くの
名取《なとり》郡
そこである
わたしのみたのは
わたしの逢ったのは
あの人たち
あの方たちの
魂の魂の行方の
むこうに
家も何もないが
家、
家があった
場所に
遠く海辺に
一艘だけ舟があり
それは影

（誰ものっていない
幽霊になった
気おちした孤独な船で
あった）
こちら側には誰もいない
津波が去っていった
あとに
舟は一人で
のこっていた
人たちはまり 消え
現世には誰も
舟はかたくなに一人《ひとり》
いこじに
人々は集《あつ》まり
なくなった親族たちの今は
ヘイキョとなった家の
裏門《うらもん》にたち
その家、
沈黙であるのか、
その一《イッ》カクを
死は堂々と
そっちのけに
勇気の如く
あっけらかんと
死霊をピンポンの
ように
ただよわせていた
すっかり津波で
なくなった人々、
舟、今夜は
ねむれないであろう
あの舟がやってくる
人々は皆 死のくにに
行ってしまったあとの

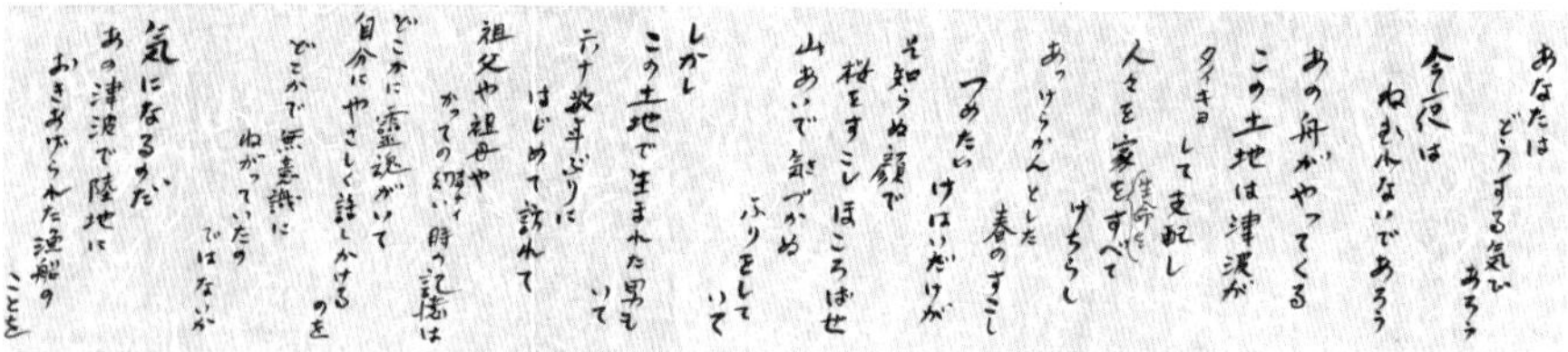

あなたは
どうする気で
あろう
今夜は
ねむれないであろう
あの舟がやってくる
この土地は津波が
タイキョ
して支配し
人々を家を生命をすべて
けちらし
あっけらかんとした
春のすこし
つめたい
けはいだけが
そ知らぬ顔で
桜をすこしほころばせ
山あいで気づかぬ
ふりをして
いて
しかし
この土地で生まれた男も
いて
六十数年ぶりに
はじめて訪れて
祖父や祖母や
かっての幼い時の記憶は
どこかに霊魂がいて
自分にやさしく話しかけるのを
どこかで無意識に
ねがっていたの
ではないか
気になるのだ
あの津波で陸地に
おきあげられた漁船の
ことを

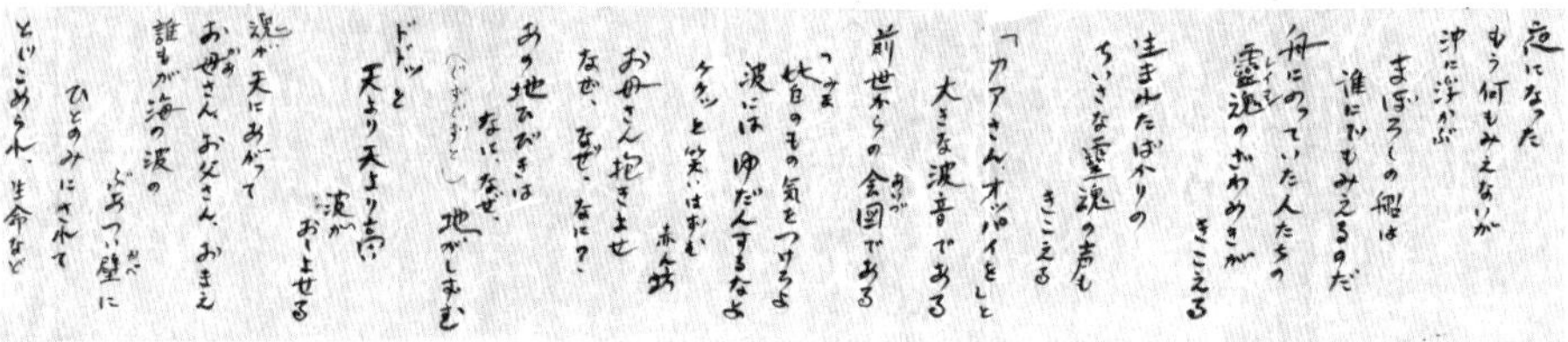

庭になった
もう何もみえないが
沖に浮かぶ
まぼろしの船は
誰にでもみえるのだ
舟にのっていた人たちの
霊魂《レイコン》のざわめきが
きこえる
生まれたばかりの
ちいさな霊魂の声も
きこえる
「カアさん、オッパイを」と
大きな波音である
前世からの合図《あいず》である
皆のもの気をつけろよ
波にはゆだんするなよ
ケケッと笑いはずむ
赤ん坊
お母さん抱きませ
なぜ、なぜ、なに？
あの地ひびきは
なに、なぜ、
（ごおごおと） 地がしずむ
ドドッと
天より天より高く
波が
おしよせる
魂が天にあがって
お母《かあ》さん、お父さん、おまえ
誰もが海の波の
ぶあつい壁《かべ》に
ひとのみにされて
とじこめられ、生命など

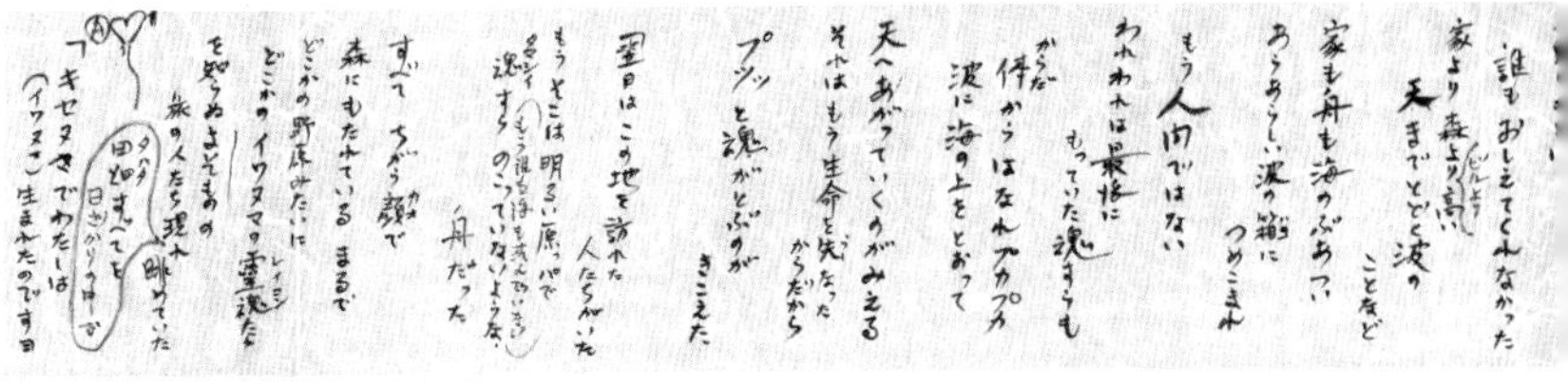

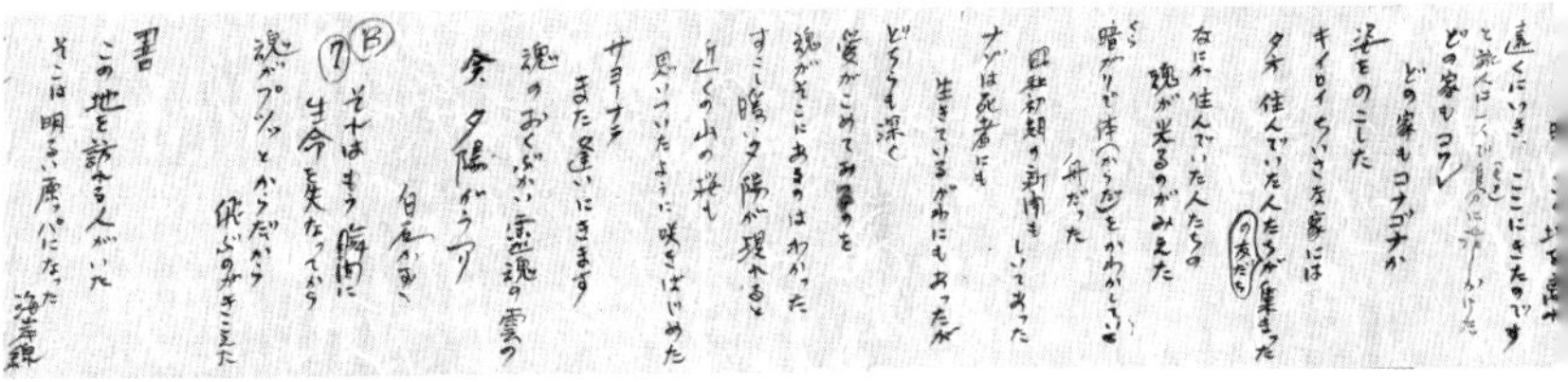

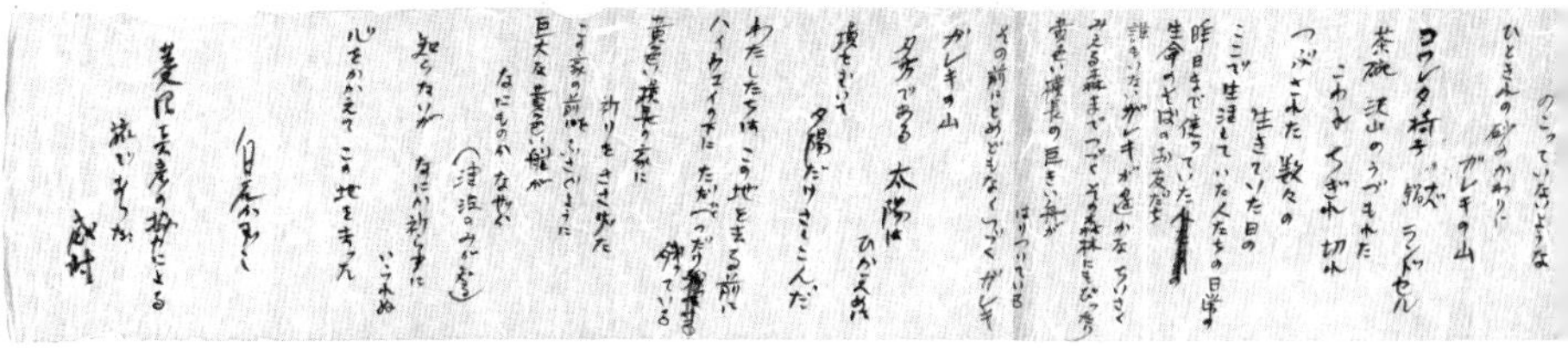

海陸影
――白石かずこ
二八×九〇八（cm）墨書

海陸影

津波 津波がやってきた
だまってやってきて
だまって去ったが

ここは岩沼《いわぬま》
石の巻の近くの
名《な》取《とり》郡そこである

わたしのみたのは
わたしの逢ったのは
あの人たち　あの方たちの
魂の塊の行方のむこうに
家も何もないが
家、家があった場所に

遠く海辺に
一艘だけ舟があり
それは影

（誰ものっていない幽霊になった
　気おちした孤独な船であった）
こちら側には誰もいない
津波が去っていったあとに

舟は一人でのこっていた
人たちは去り　消え

現世には誰も
舟はかたくなに一人《ひとり》いこじに

人々は集《あつ》まり
なくなった親族たちの今は
ハイキョとなった家の裏門《ウラモン》にたち
その家、
沈黙であるのか、その一《イッ》カクを
死は堂々とそっちのけに
勇気の如くあっけらかんと
死霊をピンポンのように
ただよわせていた
すっかり津波でなくなった人々、
舟、今夜は
ねむれないであろう

あの舟がやってくる
人々は皆　死のくにに
行ってしまったあとの
あなたはどうする気であろう

今夜はねむれないであろう

あの舟がやってくる
この土地は津波が
タイキョして支配し
人々を家を生命をすべてけちらし
あっけらかんとした春のすこし
つめたいけはいだけが
そ知らぬ顔で桜をすこしほころばせ
山あいで気《き》づかぬふりをしていて

しかし
この土地で生まれた男もいて
六十数年ぶりにはじめて訪れて
祖父や祖母やかっての幼い《オサナイ》時の記憶は
どこかに靈魂がいて
自分にやさしく話しかけるのを
どこかで無意識にねがっていたのではないか

気になるのだ
あの津波で陸地に
おきあげられた漁船のことを

夜になった
もう何もみえないが
沖に浮かぶ
まぼろしの船は

誰にでもみえるのだ
舟にのっていた人たちの
靈魂《レイコン》のざわめきがきこえる

生まれたばかりの
ちいさな靈魂の声もきこえる
「カアさん、オッパイを」と
大きな波音である
前世からの会図《あいづ》である

「皆《みな》のもの気をつけろよ
波にはゆだんするなよ
ケケッと笑いはずむ赤ん坊
お母さん抱きよせ
なぜ、なぜ、なに?

あの地ひびきは
なに、なぜ、
(ぐずぐずと)地がしずむ
ドドッと
天より天より高い
波がおしよせる

魂が天にあがって
お母《かあ》さん、お父さん、おまえ

誰もが海の波のぶあつい壁《かべ》に
ひとのみにされて
とじこめられ、生命など
一瞬のもとに
誰もおしえてくれなかった
家より森よりビルより高い
天までとどく波のことなど
家も舟も海のぶあつい
あらあらしい波の箱《ハコ》につめこまれ

もう人間ではない
われわれは最後にもっていた魂すらも
体《からだ》からはなれプカプカ
波は海の上をとおって

天へあがっていくのがみえる
それはもう生命を失《うし》なったからだから
プツッと魂がとぶのがきこえた

翌日はこの地を訪れた人たちがいた
もうそこは明るい原っパで
（もう誰も海も滅んでいない）
魂《タマシイ》すらのこっていないような、舟だった
すべて　ちがう顔《カオ》で

森にもたれている　まるで
どこかの野原みたいに
どこかのイワヌマの霊魂《レイコン》たち
を知らぬよそものの
旅の人たち現れ
田畑《タハタ》とすべてを日ざかりの中で
眺めていた

Ⓐ
「キセタマでわたしは
（イワヌマ）生まれたのですヨ
ちいさい時《とき》、この地を離れ
遠くにいき、ここにきたのです
と旅人は一人で自分に話しかけた
どの家もコワレ
どの家もコナゴナか
姿をのこした
キイロイちいさな家には
夕方　住んでいた人たちの友だちが集まった
なにか住んでいた人たちの
魂が光るのがみえた
暗《くら》がりで体（からだ）をかわかしている舟だった
昭和初期の新聞もしいてあった
ナゾは死者にも
生きているがわにもあったが

どちらも深く
愛がこめてあるのを
魂がそこにあるのはわかった
すこし暖い夕陽が現れると
近くの山の桜も
思いついたように咲きはじめた
サヨーナラ
また逢いにきます
魂のおくぶかい靈魂の雲の
今、夕陽がうつり

Ⓑ
それはもう瞬間に
生命を失なってから
魂がプツッとからだから飛ぶのがきこえた

翌日
この地を訪れる人がいた
そこは明るい原っパになった海岸線
タマシイすらのこっていないような
ひときれの砂のかわりにガレキの山
コワレタ椅子　鍋《ナベ》　ランドセル
茶碗　沢山のうづもれた
こわれ　ちぎれ　切れ
つぶされた　数々の
生きていた日の
ここで生活していた人たちの日常の
昨日まで使っていた
生命のそばのお友だち
誰もいないガレキが遥かなちいさく
みえる森までつづくその森林にもぴったり
黄色い横長の巨きい舟がはりついている
その前にとめどもなくつづくガレキ
ガレキの山

夕方である　太陽はひかえめに
横をむいて夕陽だけさしこんだ

わたしたちは　この地を去る前に
ハイウェイの下に　ただ一《ひと》つだけ残っている
黄色い横長の家に　祈りをささげた
この家の前をふさぐように
巨大な黄色い船が
なにものか　なぜか（津波のみが知る）
知らないが　なにか祈らずにいられぬ
心をかかえて　この地を去った

菱沼真彦の協力による旅であった　感謝

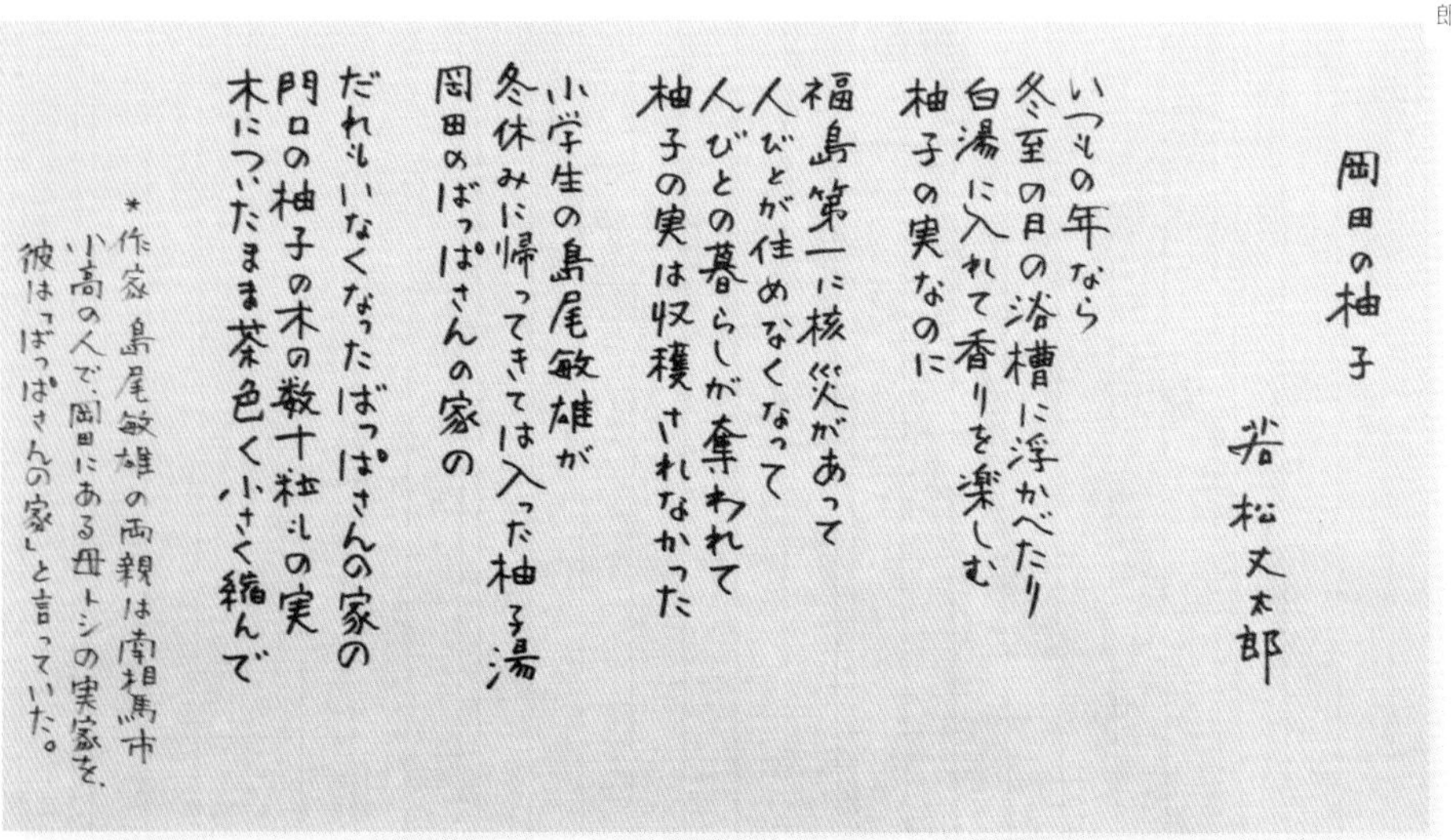

岡田の柚子

いつもの年なら
冬至の日の浴槽に浮かべたり
白湯に入れて香りを楽しむ
柚子の実なのに

福島第一に核災があって
人びとが住めなくなって
人びとの暮らしが奪われて
柚子の実は収穫されなかった

小学生の島尾敏雄が
冬休みに帰ってきては入った柚子湯
岡田のばっぱさんの家の

だれもいなくなったばっぱさんの家の
門口の柚子の木の数十粒もの実
木についたまま茶色く小さく縮んで

＊作家島尾敏雄の両親は南相馬市
小高の人で、岡田にある母トシの実家を、
彼は「ばっぱさんの家」と言っていた。

――若松丈太郎

三五×六八（㎝）墨書

『わが大地よ、ああ』（土曜美術社出版販売二〇一四）

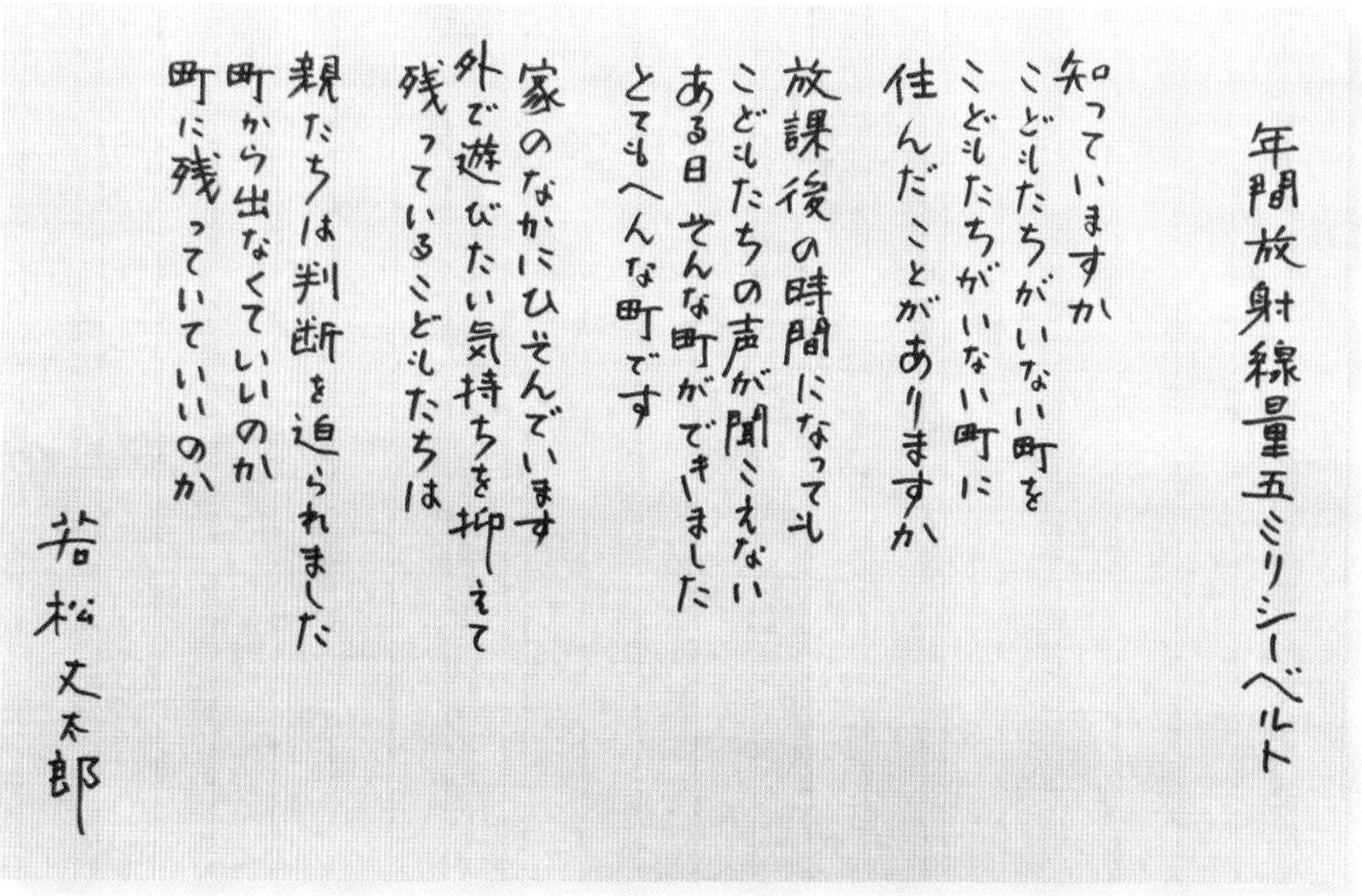

年間放射線量五ミリシーベルト

知っていますか
こどもたちがいない町を
こどもたちがいない町に
住んだことがありますか

放課後の時間になっても
こどもたちの声が聞こえない
ある日そんな町ができました
とてもへんな町です

家のなかにひそんでいます
外で遊びたい気持ちを抑えて
残っているこどもたちは

親たちは判断を迫られました
町から出なくていいのか
町に残っていていいのか

——若松丈太郎

三五×六八（㎝）墨書

『わが大地よ、ああ』（土曜美術社出版販売二〇一四）

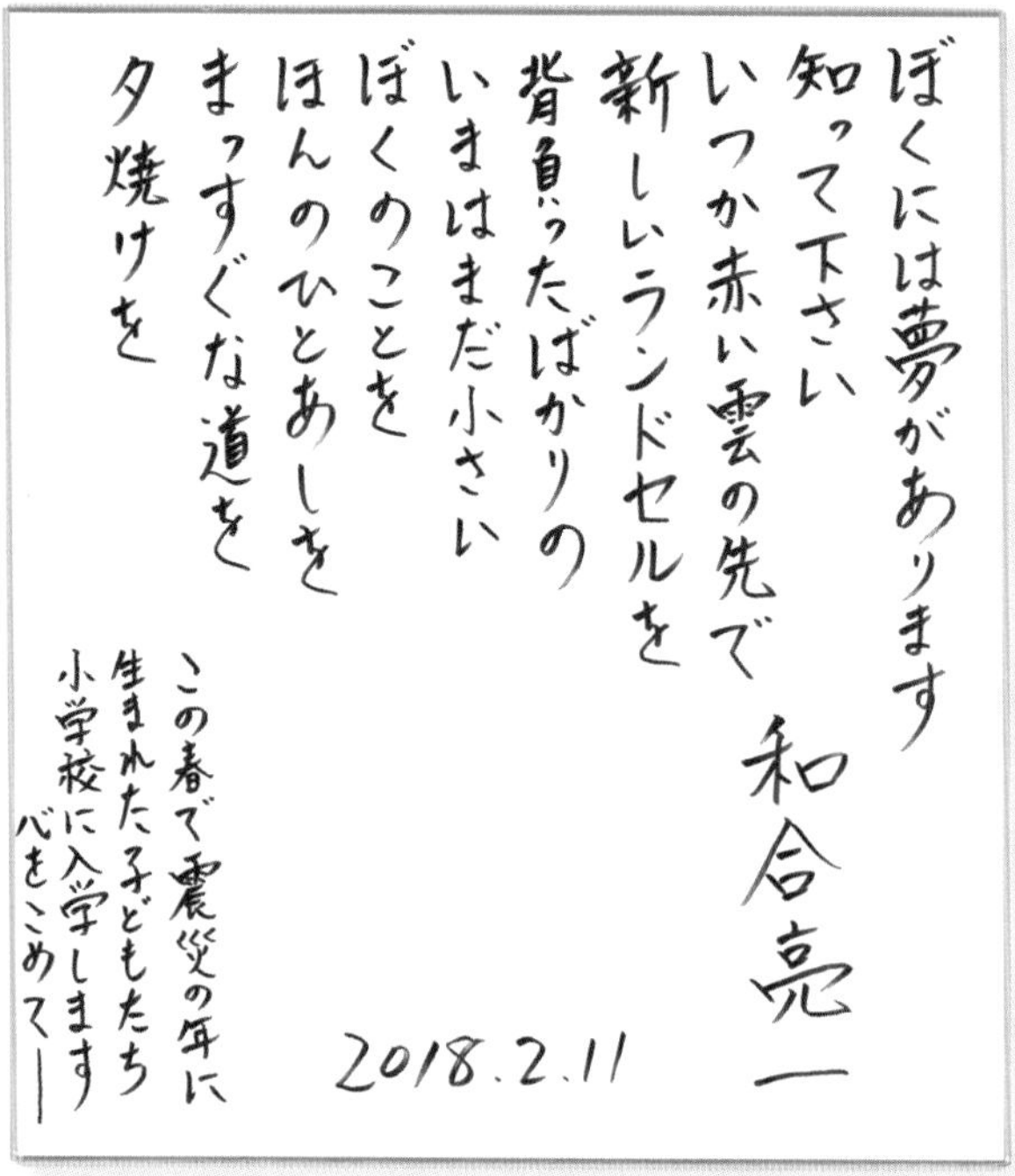

ぼくには夢があります
知って下さい
いつか赤い雲の先で
新しいランドセルを
背負ったばかりの
いまはまだ小さい
ぼくのことを
ほんのひとあしを
まっすぐな道を
夕焼けを

この春で震災の年に
生まれた子どもたち
小学校に入学します
心をこめて――

2018.2.11
――和合亮一
二七・二×二四・二（㎝）墨書

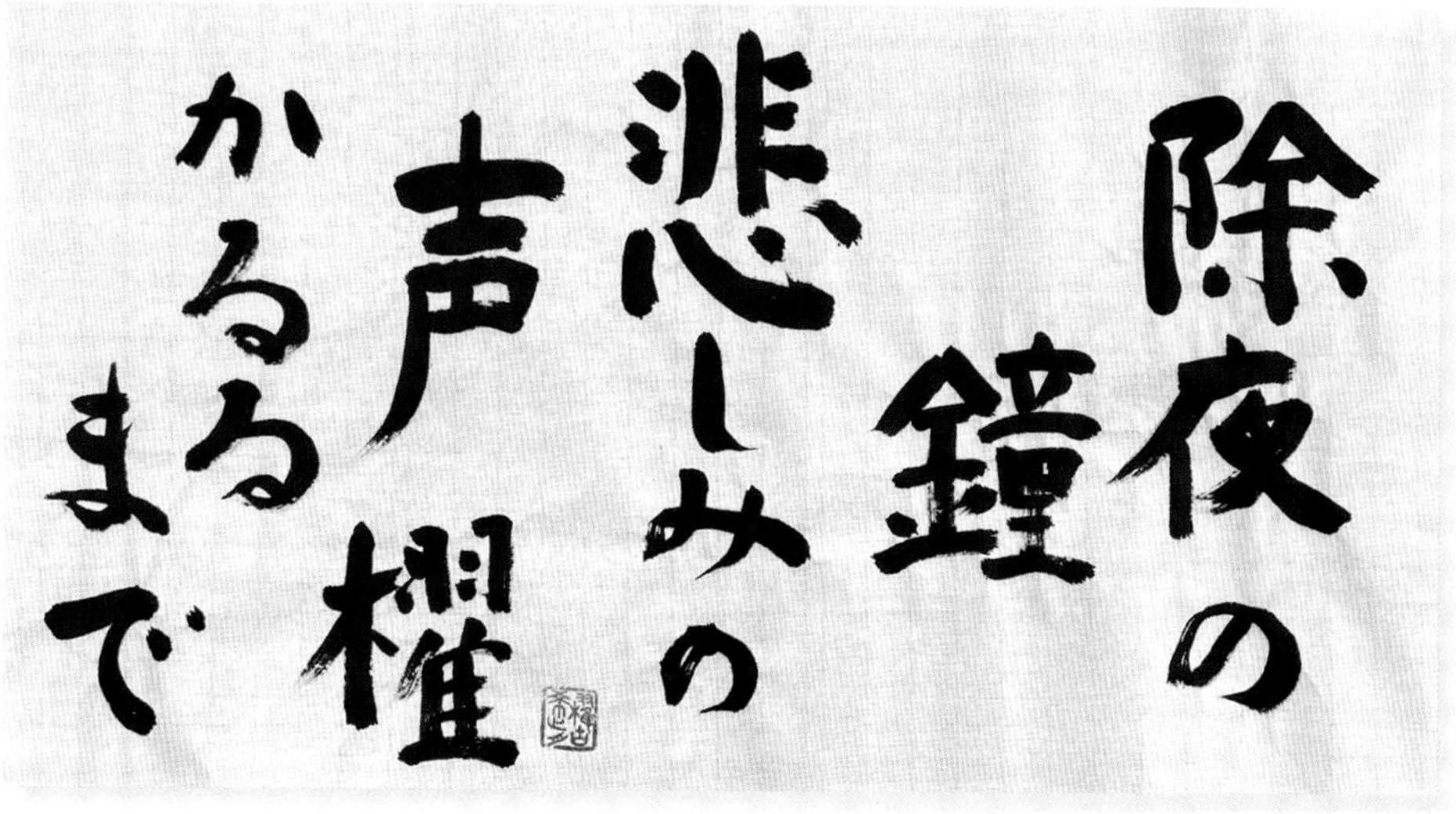

除夜の鐘悲しみの声かるるまで
——長谷川櫂
三五×六八（cm）墨書
『九月』（青磁社二〇一八）

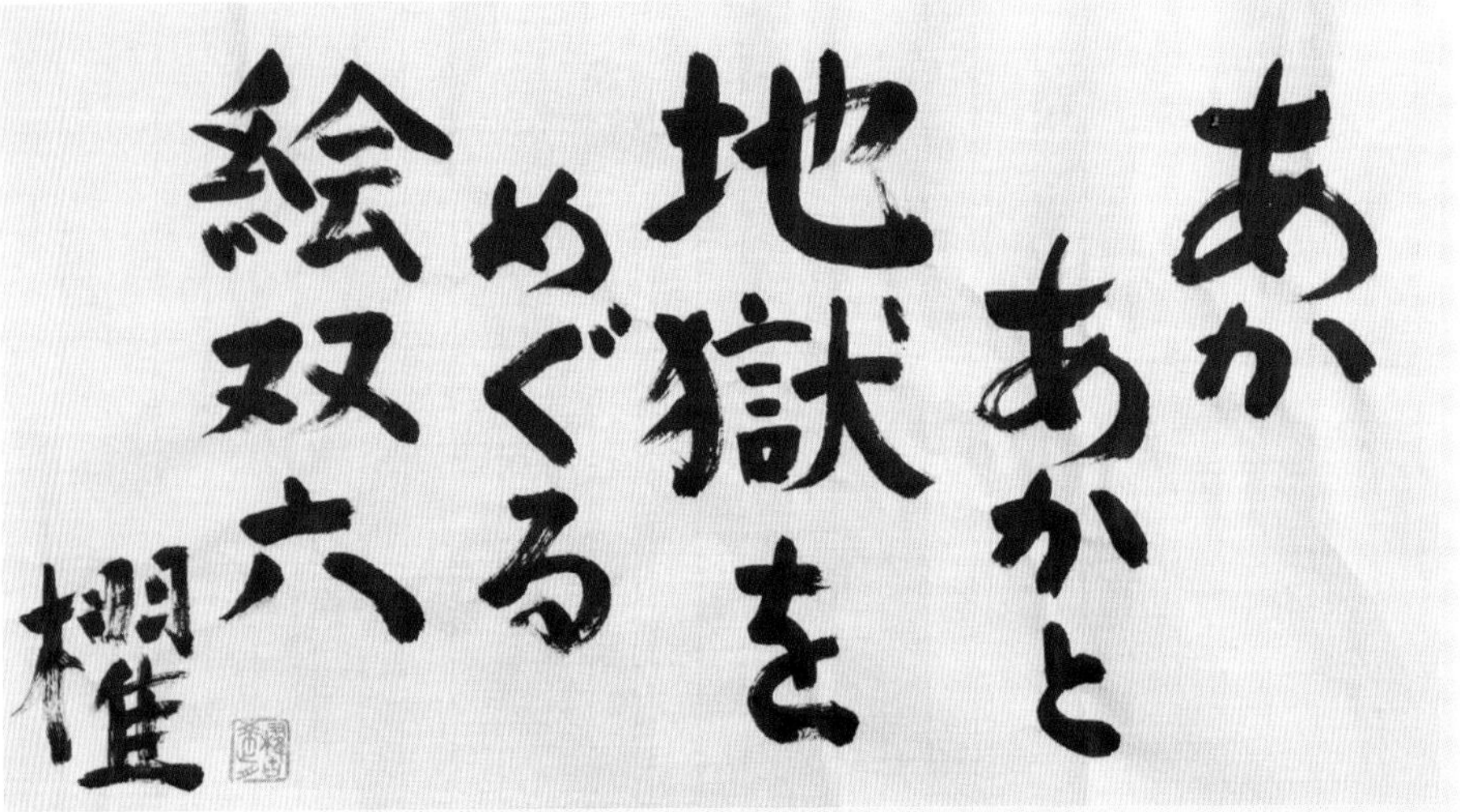

あかあかと地獄をめぐる絵双六
——長谷川櫂
三五×六八（cm）墨書

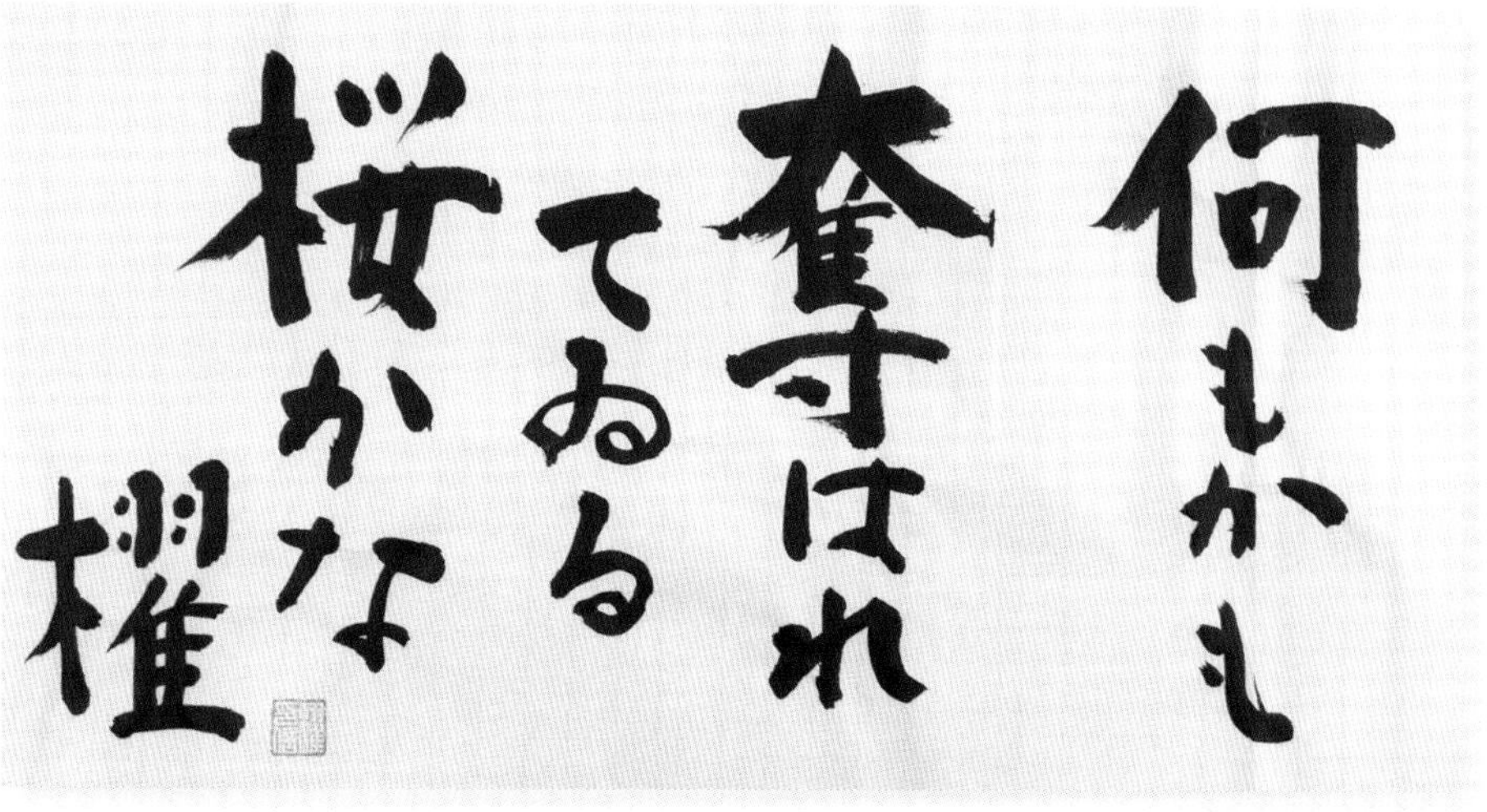

何もかも奪はれてゐる桜かな
——長谷川櫂
三五×六八（㎝）墨書
『太陽の門』（青磁社 二〇二一）

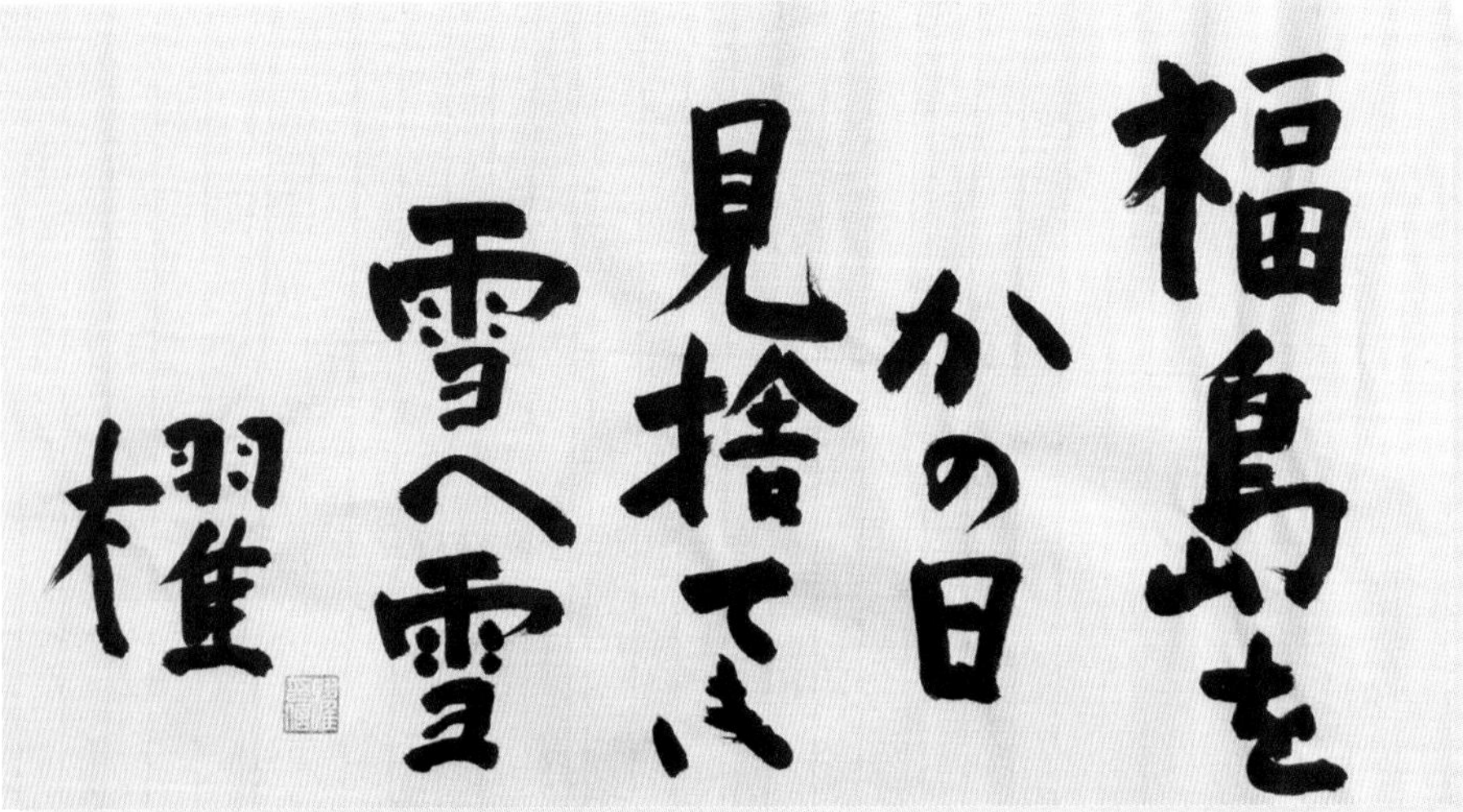

福島をかの日見捨てき雪へ雪
——長谷川櫂
三五×六八（cm）墨書
『太陽の門』（青磁社 二〇二一）

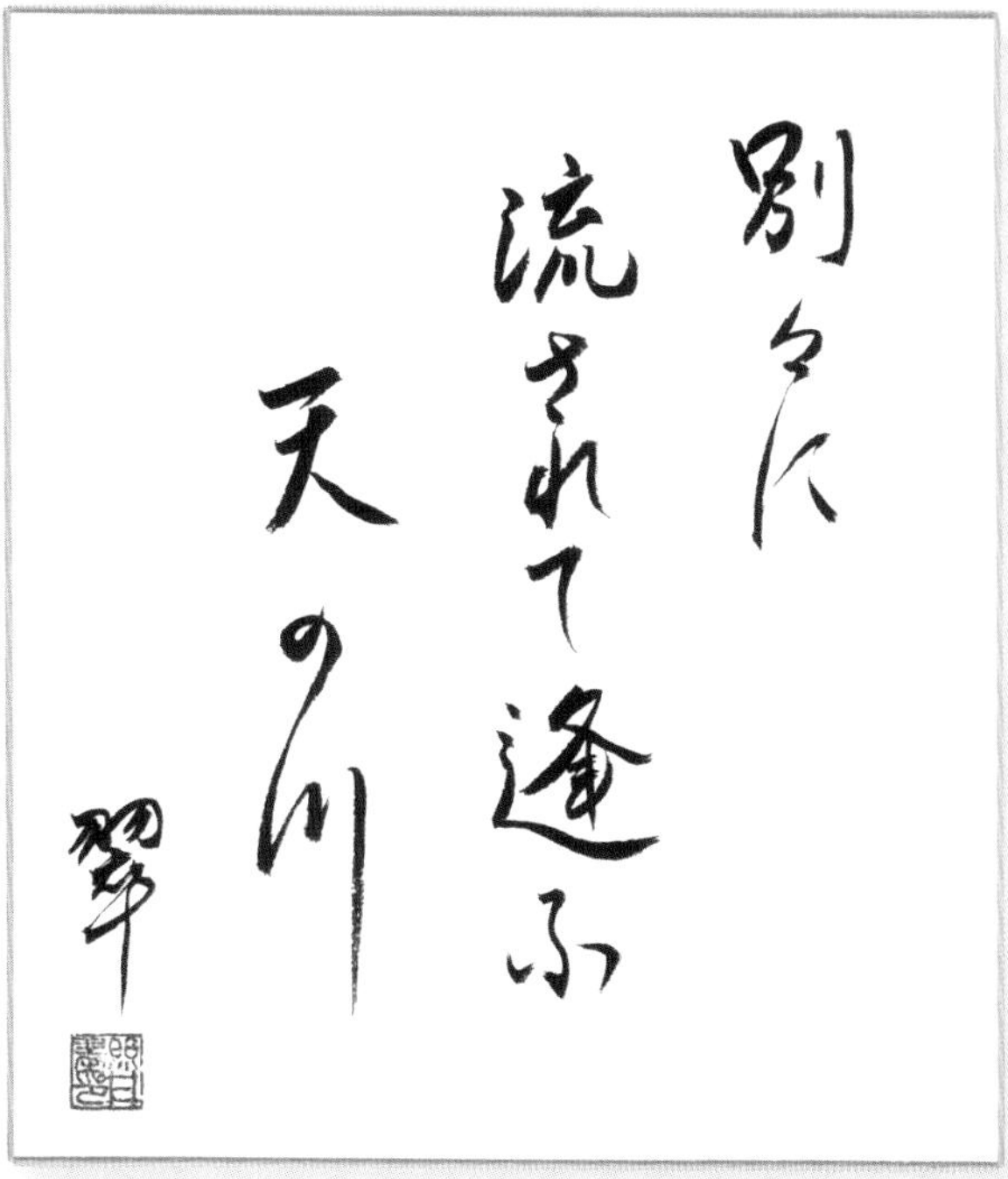

別々に流されて逢ふ天の川
——照井翠
二七・四×二四・二（㎝）墨書
『泥天使』（コールサック社二〇二一）

阿武隈川の綺羅も加へて花明り

――黛まどか

三六・四×六（cm）墨書〈福島四季四句〉【春】福島市

『ふくしま讃歌』（新日本出版社二〇一六）

福島市内にある花見山は、戦後、傷ついた人々を慰めるため、激戦地から帰還した故阿部一郎（享年九三歳）さんが、鍬一本で山に桜などの花を植えた。春になると全山が花で埋め尽くされる。「戦場での四年間の苦しみを生かさなければと山を開墾した。震災も同じ。この苦しみを生かさなければ。福島はそういう時期にきている」。亡くなる半年前の阿部さんの言葉だ。

南相馬市の「野馬追」は、一千年余り受け継がれてきた神事だ。南相馬市は、鹿島区、原町区、小高区の三つの区から成るが、このうち小高区は原発から二十キロ圏内のため、警戒区域となり、原町区も緊急時避難準備区域に指定された。津波で亡くなった武者や馬もいた。千年続いてきた神事をどうするのか。苦渋の末、震災の年も規模を縮小して実施した。馬上で胸を張る若武者に、阿武隈山嶺が聳えていた。

初陣の武者に青嶺の澄みわたる

——黛まどか

三六・四×六（㎝）墨書〈福島四季四句〉【夏】南相馬市
『ふくしま讃歌』（新日本出版社二〇一六）

紅葉且つ散る本丸を称へつつ

——黛まどか

三六・四×六（㎝）墨書〈福島四季四句〉【秋】二本松市

『ふくしま讃歌』（新日本出版社二〇一六）

幕末、新政府軍が二本松に迫る中、二本松藩では十三歳以上の少年の出陣を許可する。身体が小さくて自分では長刀が抜けず、互いの刀を抜き合ったという逸話は、いかに彼らが幼かったかを物語っている。奥羽越列藩同盟から降伏する藩が続出する中、二本松藩は、最後まで義を貫いた。落城した藩からは何の指示も届かなくなり、十四名の少年兵が命を落とした。

「雪中に糸となし　雪中に織り　雪水に濯ぎ　雪上に晒す　雪ありて縮あり　雪こそ縮の親と言うべし」『北越雪譜』より。昭和村では縮や上布の原材料からむしの生産から、苧引き、苧績み、糸撚、織まですべて行っている。有数の豪雪地帯で、一年の半分は雪が降り、二メートル以上積もる。雪に埋もれた昭和村にそろそろ地機の音が聞こえてくる頃だ。

機織の春待つ音となりにけり

――黛まどか

三六・四×六（㎝）墨書〈福島四季四句〉【冬】昭和村
『ふくしま讃歌』（新日本出版社二〇一六）

●エッセイ

福島讃歌

黛まどか

震災を機に、福島は、「フクシマ」（もしくは「Fukushima」）と書かれることが多くなった。「フクシマ」と表記するときは、たいてい放射線に汚染された地という暗黙の了解がそこにある。「フクシマ」には、千年、二千年とかけて積み上げてきた悠久の歴史や文化の蓄積はなく、震災後に刻まれた無機質な時間の被膜を見えない放射線が覆っているだけだ。あの暖かくどこか懐かしい福島の方言も、冬の寒さも、凍み大根の匂いもない。

しかし実際は、原発周辺の一部地域を除いては人々はそこに暮らし、一人一人の尊い人生の時間が流れている。また福島は本来自然が豊かで名所旧跡が多く、独自の文化を持っている。多くの歌枕が生まれた所以である。

福島には昔ながらの習俗や手仕事が日々の暮らしに受け継がれている。厳しい風土で、神仏を敬い、自然の恵みから物を作る。

二〇一六年七月、福島第一原発構内に入り、水素爆発を起こした建屋を間近に見た。効率の良い絶対安全なエネルギーとして国を挙げて推進してきた原発。その上に日本の経済成長と今の繁栄があることは否めない事実である。効率を優先した結果原発は増え続けた（但し事故は起こらないという前提）。

しかし、そもそも「生きる」とは手間暇がかかることで、決して効率的ではない。さらに言えば、手間暇の一つ一つこそが即ち「生きる」ことであり、その積み重ねに人生がある。祭を地域総出でとり行い、春には山菜を採り、冬には大根や豆腐を干して凍らせ「凍みもの」をつくる……そういった日々のプロセスを飛ばして効率化を図って一体何が残るのだろう。手間暇を惜しみ対価を払って人任せで生きる都会の生活。それを効率的或いは豊かな暮らしと呼ぶのなら、私たちはそれらと引き換えに真に「生きる」ということを放棄してしまっていることになる。それを真の豊かさと言えるだろうか。

震災後毎月のように福島を訪ね、つぶさに見て歩いた。多くの被災者とも会い、直に話を聞いた。しかし津波の爪痕や原発事故を俳句に詠もうとは思わない。俳句は思想や感情の発露としての受け皿ではないからだ。情に流されず、理や知に陥ることなく、社会問題を俳句として昇華させるには、抑制と覚悟が求められる。

むしろ私は、震災前もそしてその後も福島に脈々と受け継がれている人の営みや豊かな山河を俳句に讃えることを選んだ。

震災後の人々の日常を細やかに掬い、詠み続けることが、私にとっての「震災を書く」ことである。

『ふくしま讃歌』より一部抜粋

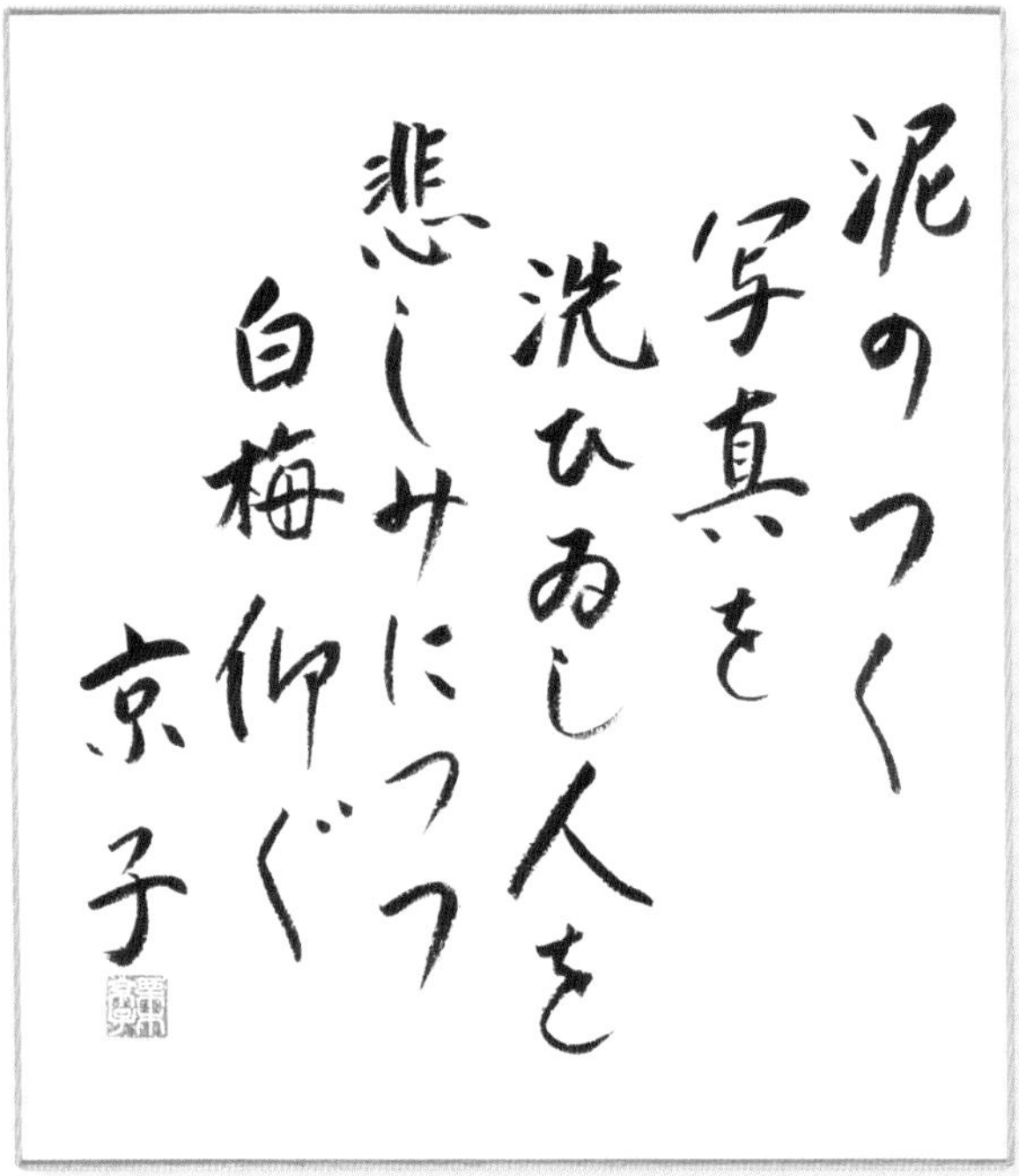

泥のつく写真を洗ひゐし人を悲しみにつつ白梅仰ぐ

——栗木京子

二七・二×二四・二（cm）墨書

『ランプの精』（現代短歌社二〇一八）

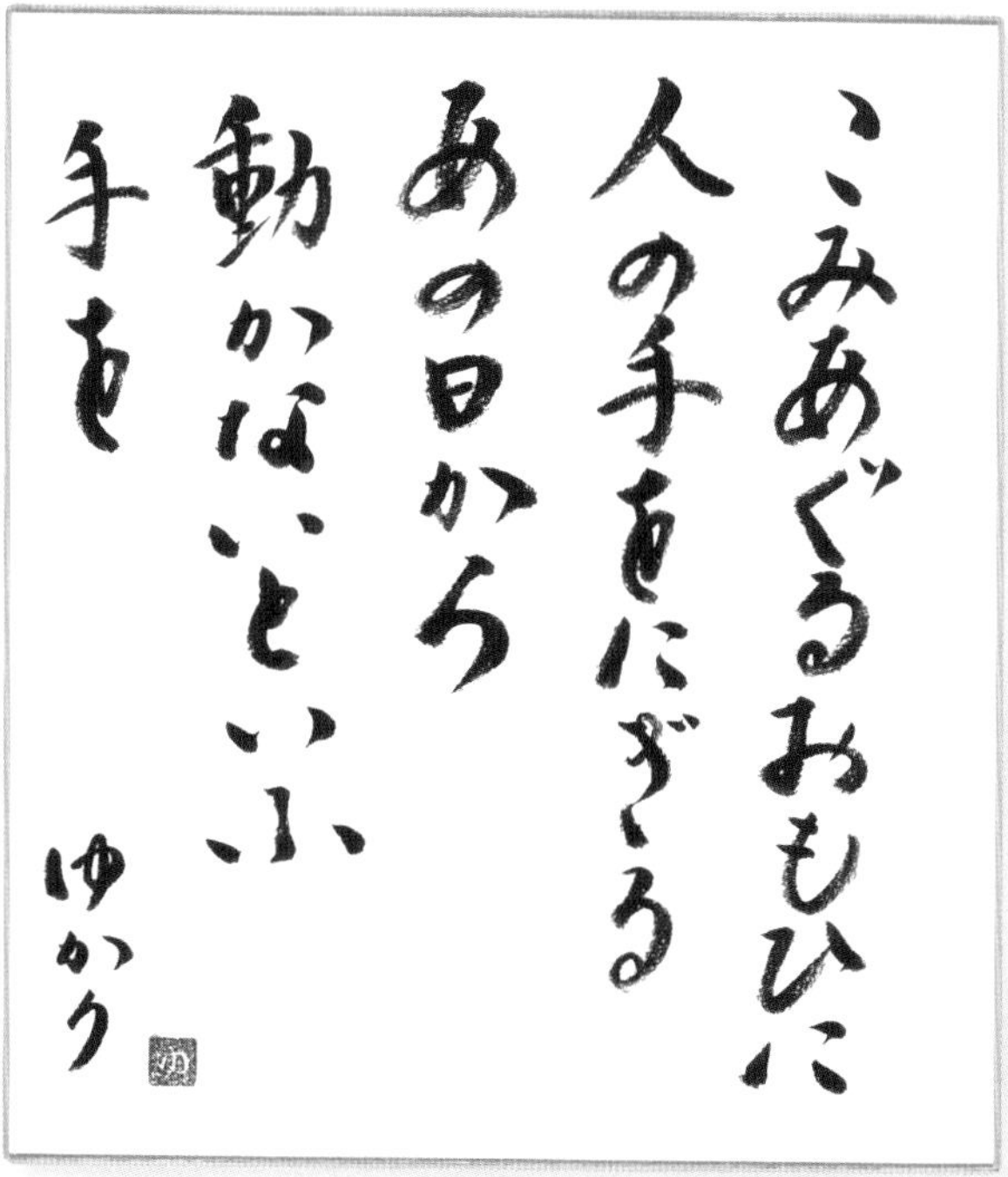

こみあぐるおもひに人の手をにぎるあの日から動かないといふ手を

――小島ゆかり

二七・二×二四・二（cm）墨書

『馬上』（現代短歌社二〇一六）

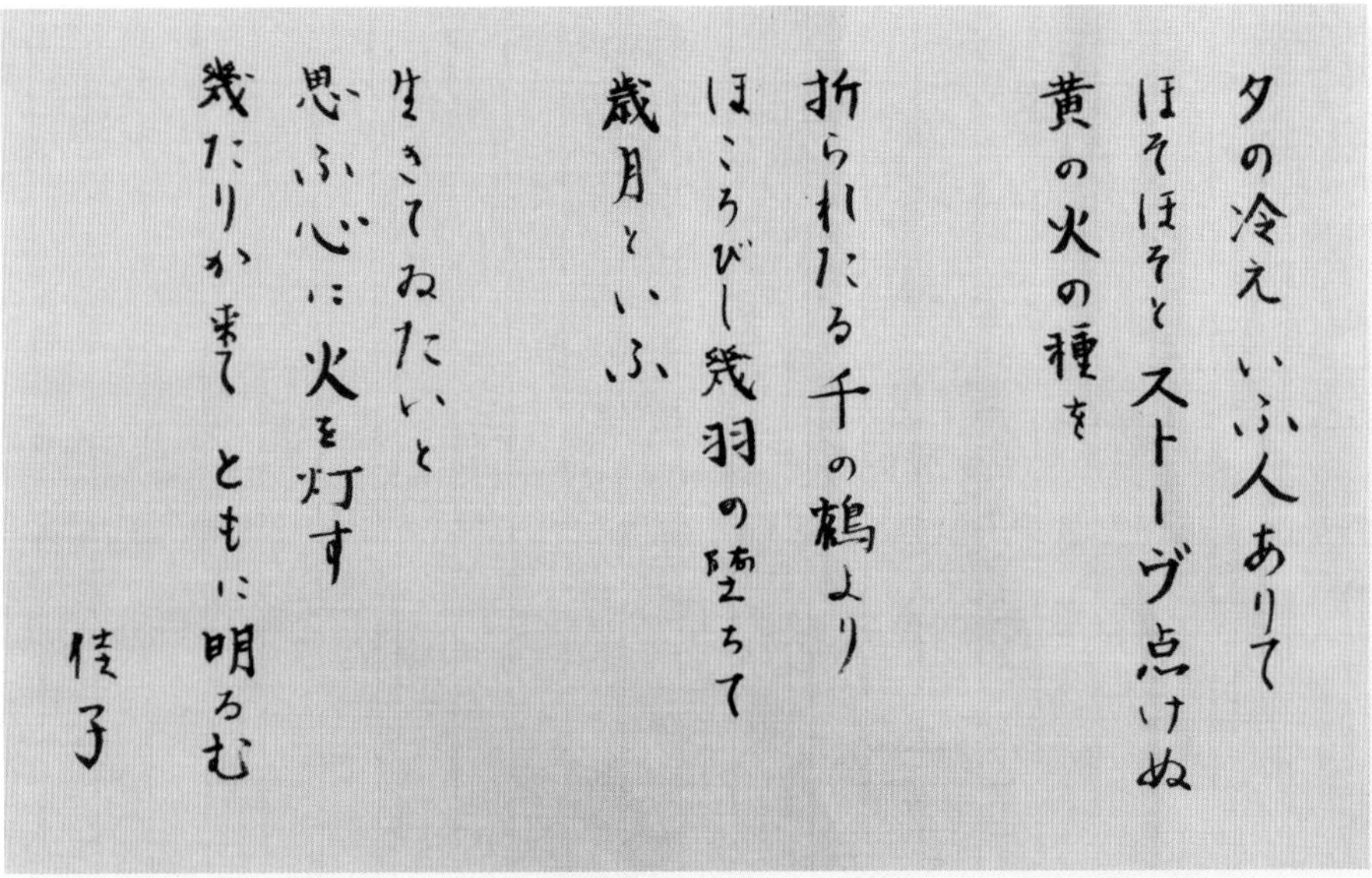
夕の冷え いふ人ありて
ほそほそと ストーブ点けぬ
黄の火の種を

折られたる千の鶴より
ほころびし幾羽の墜ちて
歳月といふ

生きてゐたいと
思ふ心に火を灯す
幾たりか来て ともに明るむ

佳子

夕の冷え　いふ人ありて
ほそほそとストーヴ点けぬ
黄の火の種を

折られたる千の鶴より
ほころびし幾羽の堕ちて
歳月といふ

生きてゐたいと
思ふ心に火を灯す
幾たりか来てともに明るむ

——高木佳子

三五×六五（㎝）墨書

『玄牝』（砂子屋書房二〇二〇）ほか

神仏が好きだったわが子の遺言
永沼恵子さんの体験より
奥野修司

震災後、恵子さんは知人から「エステサロンを手伝ってほしい」と頼まれたが、たんに手伝うだけでなく「この悲惨な状況の中で、どこまで頑張れるかやってみたい」と、施術の資格をとり、普通は五年かけないとなれない"サロンチーフ"に三カ月で合格した。しかし二年後にはやめてしまう。パニック障害を起こしたからである。

「最初の頃は、逢いたい、逢いたい、透明でもいいから逢いに来てほしいと思っていましたが、そういうときって何も起こらないんですね。不思議なことが起こったのは、震災から二年ほど経ってからでした。仕事は目を向けて頑張れるようになってきたら、なんとなく始まったんです。

あれは二〇一三年の六月だったと思います。津波があったあの日から、月命日には旦那と必ず震災前に住んでいた家に行くことにしていました。学校の前を通るのが嫌で、絶対に一人で行けなかったのに、なぜかその日は気がついたら一人で家の前に立っていたんです。あれ、どうしたんだろう、と思いながら何気なく携帯の写メで家の写真を撮ったら、なんと窓に琴の顔が写っているじゃないですか。ああ、私のそばにいたんだあ……。でも、あのときははっきり写っていて誰が見ても琴とわかったのに、日が経つにつれてだんだん薄くなっていくんですよ……」

恵子さんが残念そうな表情をすると、横で聞いていた蘭くんが割り込んできて「見せて、見せて」とせがむ。「あんたには見せなかった?」と恵子さんが言うと「見てねえよ」とふくれっ面をしながら携帯を奪った。写真を見た途端、蘭くんは「あ、これ……あ、ああ」と奇声を発した。

「わかる、見える! ここに、青と赤の……」

確かに顔が写っていて不思議な写真だが、私のような部外者にはその顔が琴くんかどうか判別はつかない。最初は同級生の母親に見せると「琴ちゃんだね」と言われるほどはっきり写っていたそうだが……。

不思議なことが起こるようになったのはそれからだった。風もなく窓も閉めきっているのに、ティッシュが激しく揺れたり、ドタンと大きな音がしたり。今でもよく起こるのは、天井や壁を走り回る音だという。

「壁を叩いたり、天井を歩いたり。旦那もみんな聞いています。仮設住宅の部屋は狭くて寝室用の部屋に二人しか寝られないので、私だけ仏壇のある部屋で寝てるんです。旦那も気づくと眠れなくなるようで、すると翌朝『昨日、琴が来たぞ』って言うんです。『なんであいつ、天井とか壁を鳴らすんだ』って。私が寝ているときもそうです。トン、トトン、トンって感じで、リズムよく天井を歩いているんですよ。たいてい夜中ですね。

神社が好きだったわが子の跫音　永沼恵子さんの体験　より

震災後、恵子さんは知人から「エステサロンを手伝ってほしい」と頼まれたが、たんに手伝うだけでなく「この悲惨な状況の中で、どこまで頑張れるかやってみたい」と、施術の資格をとり、普通は五年かけないとなれない〝サロンチーフ〟に三カ月で合格した。しかし二年後にはやめてしまう。パニック障害を起こしたからである。

「最初の頃は、逢いたい、逢いたい、透明でもいいから逢いに来てほしいと思っていましたが、そういうときって何も起こらないんですね。不思議なことが起こったのは、震災から二年ほど経ってからでした。仕事に目を向けて頑張れるようになってきたら、なんとなく始まったんです。

あれは二〇一三年の六月だったと思います。津波があったあの日から、月命日には旦那と必ず震災前に住んでいた家に行くことにしていました。学校の前を通るのが嫌で、絶対に一人で行けなかったのに、なぜかその日は気がついたら一人で家の前に立っていたんです。あれ、どうしたんだろう、と思いながら何気なく携帯の写メで家の写真を撮ったら、なんと窓に琴の顔が写っているじゃないですか。ああ、私のそばにいたんだあ……。でも、あのときははっきり写っていて誰が見ても琴とわかったのに、日が経つにつれてだんだん薄くなっていくんですよ……」

恵子さんが残念そうな表情をすると、横で聞いていた蘭くんが割り込んできて「見せて、見せて」とせがむ。「あんたには見せなかった？」と恵子さんが言うと「見てねえよ」とふくれっ面をしながら携帯を奪った。写真を見た途端、蘭くんは「あ、これ……あ、ああ」と奇声を発した。

「わかる、見える！　ここに、青と赤の……」

確かに顔が写っていて不思議な写真だが、私のような部外者にはその顔が琴くんかどうか判別はつかない。最初は同級生の母親に見せると「琴ちゃんだね」と言われるほどはっきり写っていたそうだが……。

不思議なことが起こるようになったのはそれからだった。風もなく窓も閉めきっているのに、ティッシュが激しく揺れたり、ドタンと大きな音がしたり。今でもよく起こるのは、天井や壁を走り回る音だという。

「壁を叩いたり、天井を歩いたり。旦那もみんな聞いています。仮設住宅の部屋は狭くて寝室用の部屋に二人しか寝られないので、私だけ仏壇のある部屋で寝てるんです。旦那も気づくと眠れなくなるようで、すると翌朝『昨日、琴が来たぞ』って言うんです。『なんであいつ、天井とか壁を鳴らすんだ』って。私が寝ているときもそうです。トン、トトン、トンって感じで、リズムよく天井を歩いているんですよ。たいてい夜中ですね。

――奥野修司

二五・七×三六（㎝）ペン書

『魂でもいいから、そばにいて　3・11後の霊体験を聞く』（新潮社二〇一七）

●エッセイ　見えない悲しみ

奥野修司

東日本大震災は巨大な力で地面を揺らし、想像を絶する津波で町を呑み込んだが、それ以上に、生き遺った人たちの心に途方もない傷跡を残した。家を流されたら、家を建て直せばいい。町を流されたら、町を造り直せばいい。でも、心を流された人は元に戻るだろうか。おそらく町がどんなに復興しても、彼らに復興は訪れないだろう。いや、誰も彼らを復興させることはできないだろう。

津波で大切な家族を一瞬にして喪った者の悲しみは、死を覚悟する時間がなかっただけに、私たちの想像を超える。

その絶望的な悲しみは、時には生き遺った人に、不思議としかいいようのない体験をもたらした。霊的ともいえるそれは、まるでこの世に未練を残した死者の魂が、生者に語りかけているかのようだ。それによって生者は、一度は切れた死者とのつながりを、再び紡ぎ直すようになる――。

私はそのことをどうしても文字にして残したいと思って被災地を訪ね続けた。彼らは、私にその体験を語ることで、死者とのつながりを、少しずつ形にしていくのを感じる。人は物語を生きる動物である。津波によって断ち切られた物語は、この瞬間から新たな物語として再生していくのだろう。それは、彼らの自己回復力の物語である。

私が『魂でもいいから、そばにいて』（新潮社）を書いたのは、彼らの悲しみと再生の物語を知っていただくことで、彼らの霊的な体験をいかがわしいと否定せず、そっと耳を傾けてほしいと思ったからだ。

本当につらい悲しみは見えない。見えないけれども、静かに耳をすませば感じることはできる。その時、遺された人がかかえていた悲しみは、少しだけ軽くなるだろう。

復興で論じられるのはいつも目に見えるものだ。大震災から七年、一人でも多く、彼らの見えない悲しみに思いを馳せていただきたい。その時、彼らの本当の復興が始まるのだと思う。

展覧会に寄せて――館報「日本近代文学館」第二八二号（二〇一八・三）

こんばんは。
あるいはおはよう。
もしくはこんにちは。
想像ラジオです。

——いとうせいこう

二五・五×三六（㎝）ペン書

『想像ラジオ』（河出書房新社二〇一三）

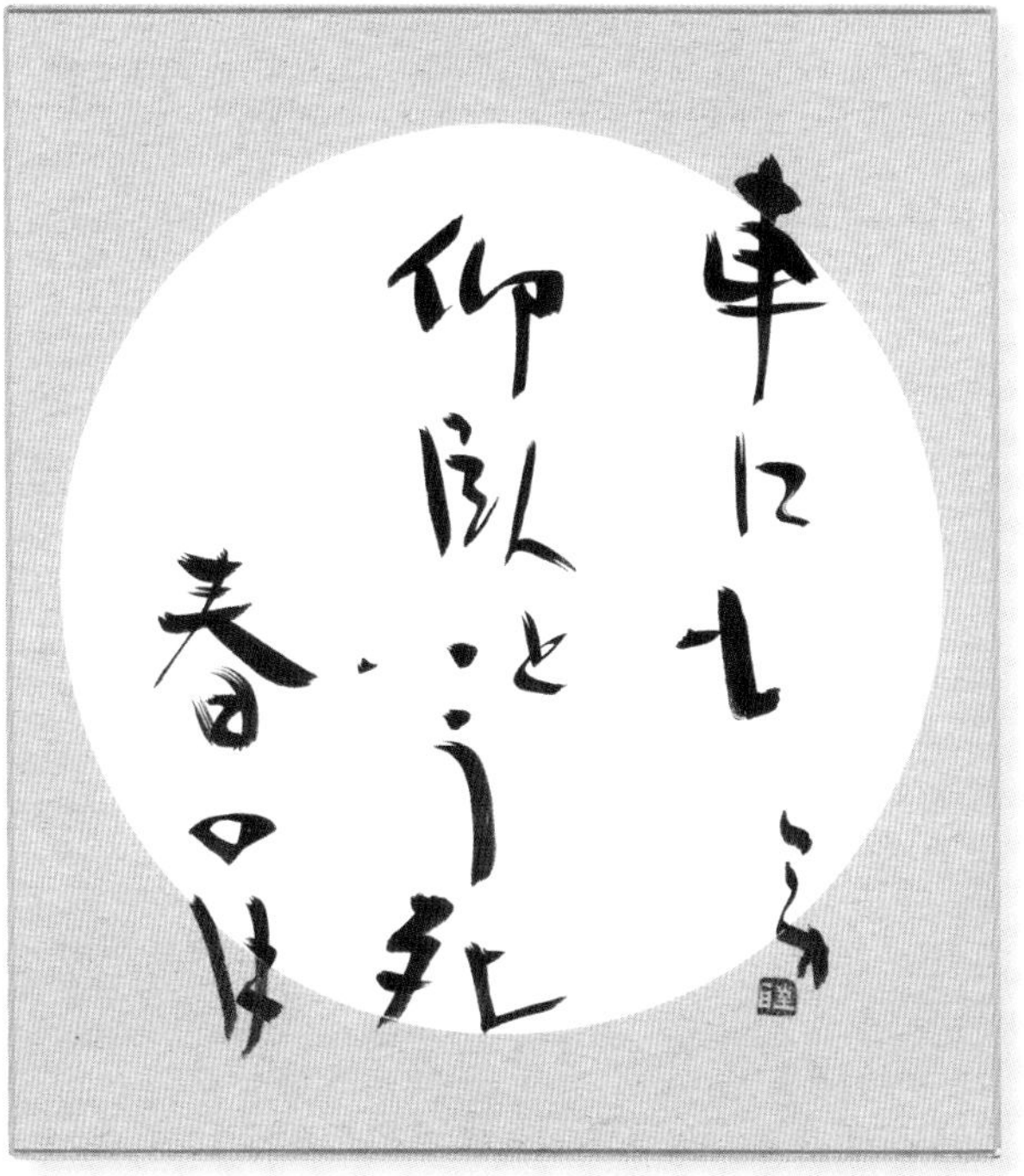

車にも仰臥という死春の月
――高野ムツオ

二七・二×二四・二（㎝）墨書
『萬の翅』（KADOKAWA二〇一四）

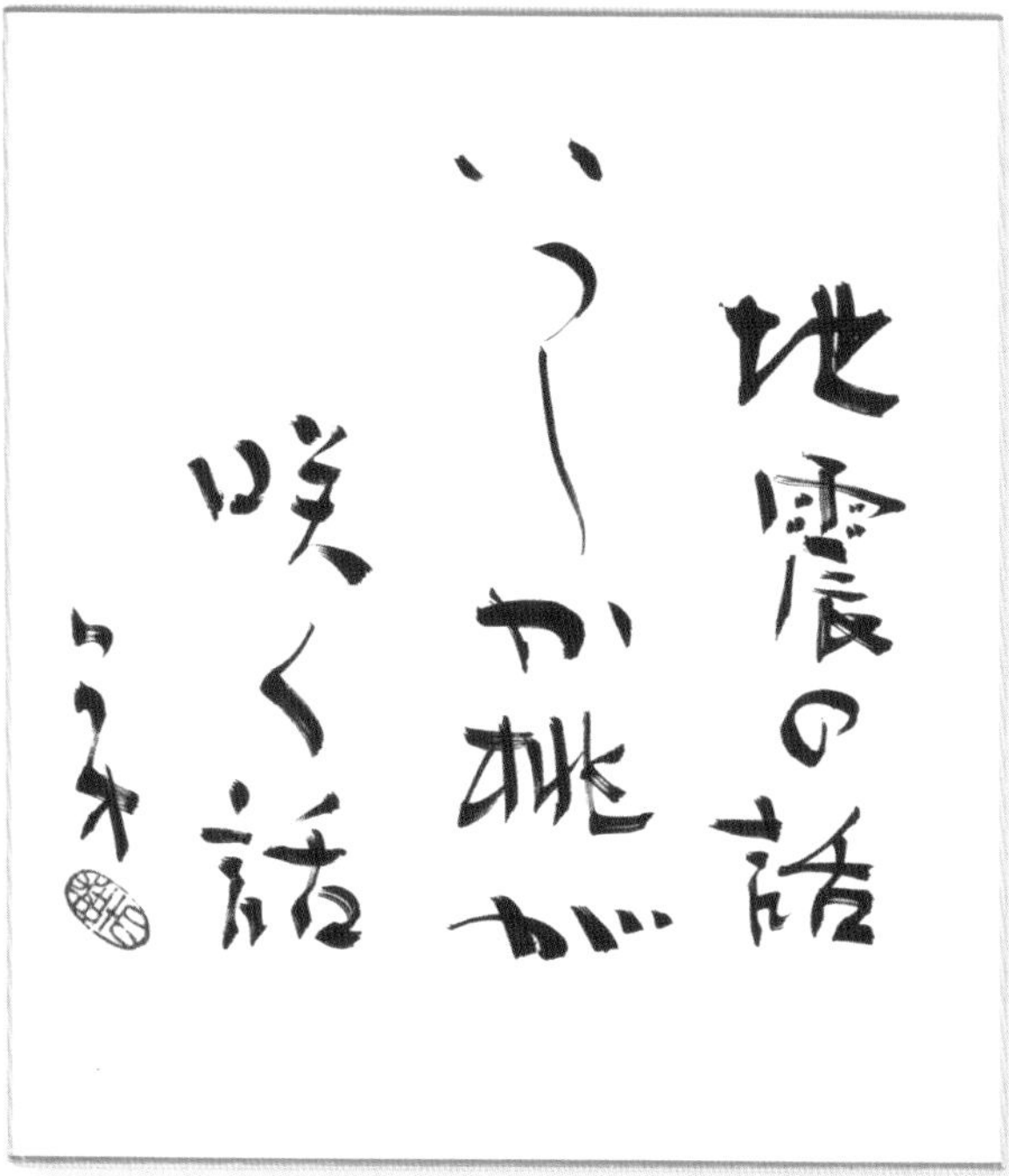

地震の話いつしか桃が咲く話
――高野ムツオ
二七・二×二四・二（cm）墨書
『片翅』（邑書林二〇一六）

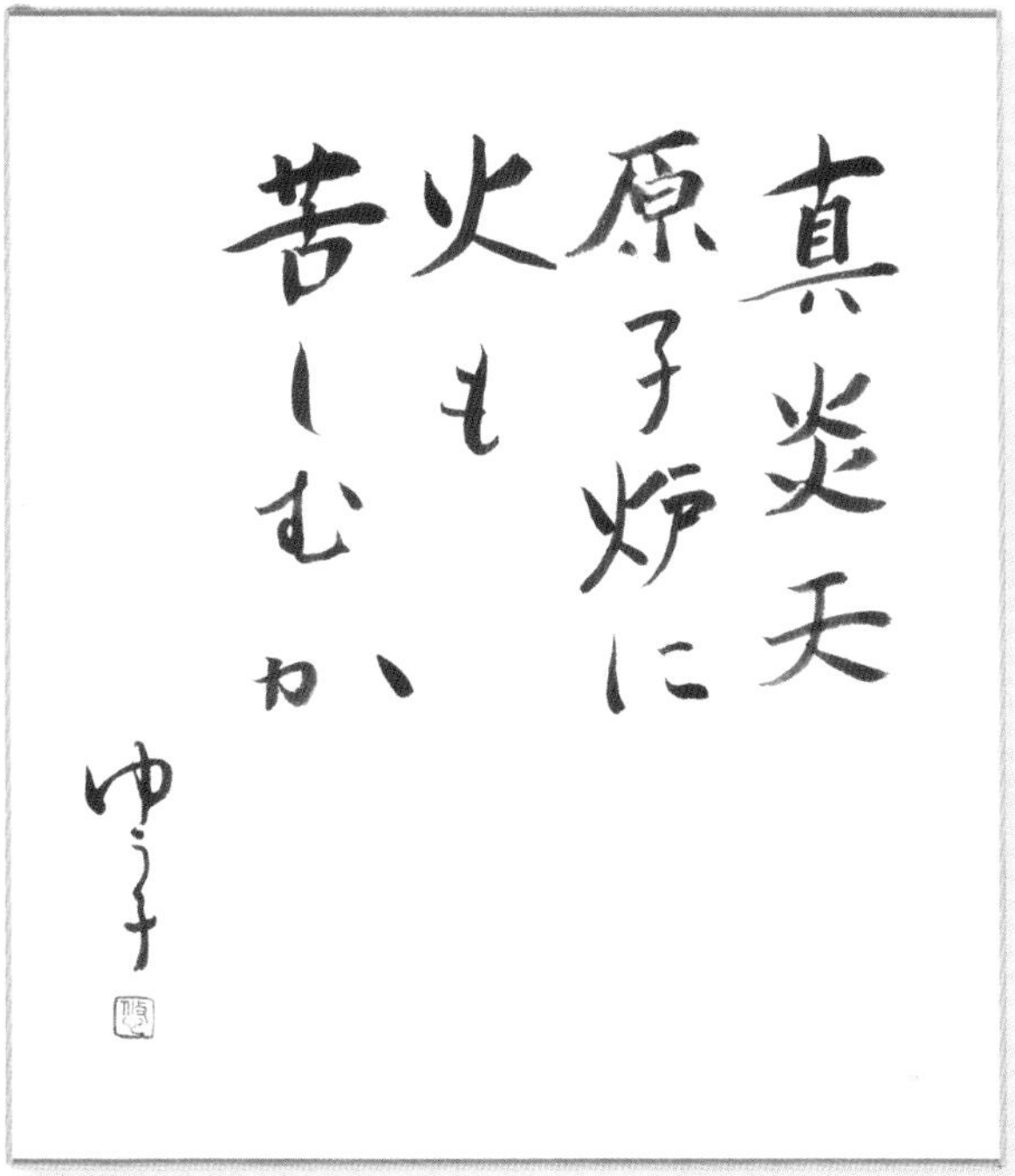

真炎天原子炉に火も苦しむか
——正木ゆう子
二七・二×二四・二（㎝）墨書
『羽羽』（春秋社二〇一六）

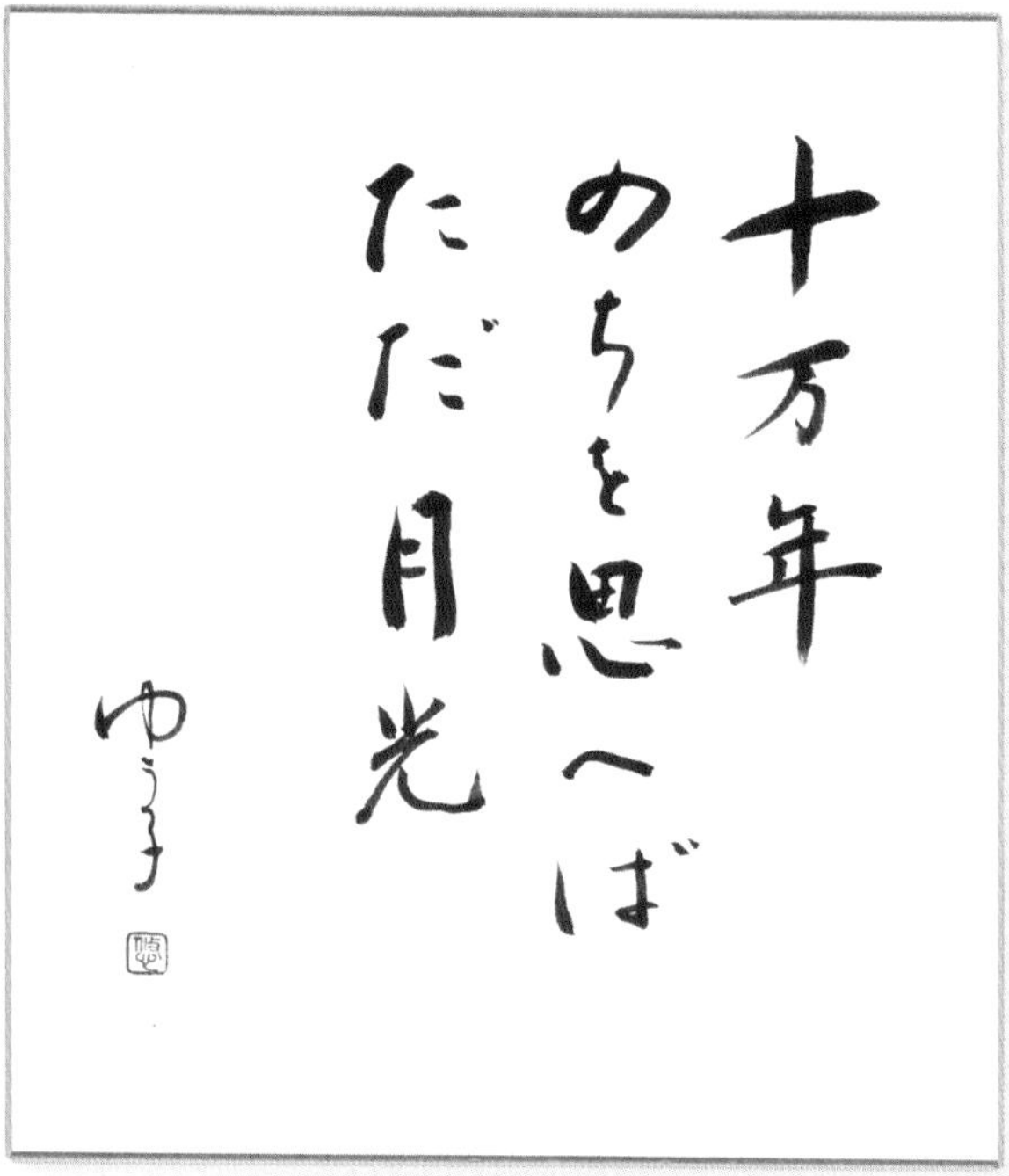

十万年のちを思へばただ月光
——正木ゆう子

二七・二×二四・二（cm）墨書
『羽羽』（春秋社二〇一六）

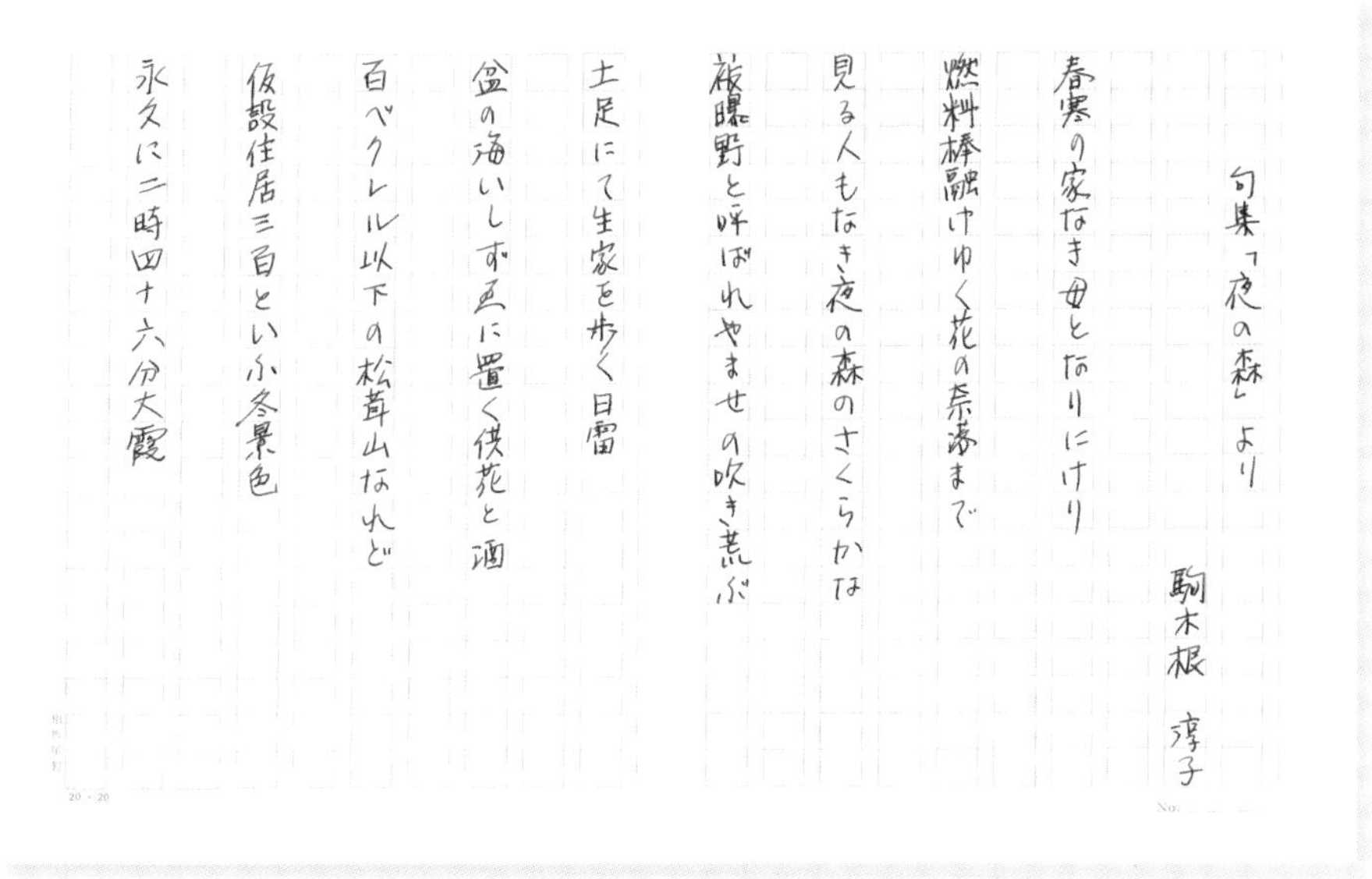
句集「夜の森」より

駒木根 淳子

春寒の家なき母となりにけり
燃料棒融けゆく花の奈落まで
見る人もなき夜の森のさくらかな
被曝野と呼ばれやませの吹き荒ぶ
土足にて生家を歩く日雷
盆の海いしずゑに置く供花と酒
百ベクレル以下の松茸山なれど
仮設住居三百といふ冬景色
永久に二時四十六分大霞

句集「夜の森」より

春寒の家なき母となりにけり
燃料棒融けゆく花の奈落まで
見る人もなき夜の森のさくらかな
被曝野と呼ばれやませの吹き荒ぶ
土足にて生家を歩く日雷
盆の海いしずゑに置く供花と酒
百ベクレル以下の松茸山なれど
仮設住居三百といふ冬景色
永久に二時四十六分大霞

――駒木根淳子

二五・七×三六・四（㎝）ペン書

『夜の森』（角川文化振興財団二〇一七）

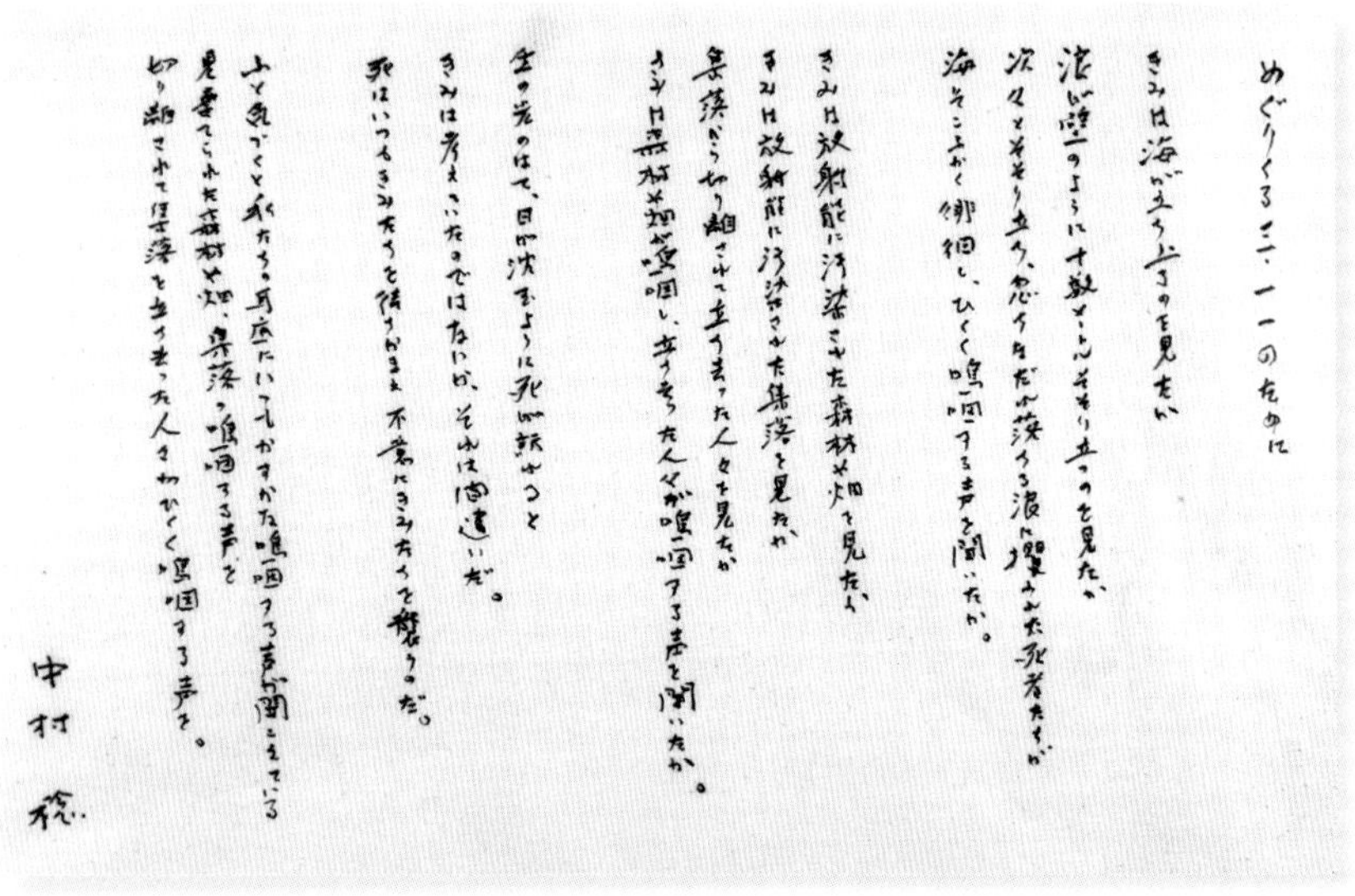

めぐりくる三・一一のために

きみは海が立ち上るのを見たか
浪が壁のように十数メートルそそり立つのを見たか
次々とそそり立ち、忽ちなだれ落ちる浪に攫われた死者たちが
海そこふかく徘徊し、ひくく鳴咽する声を聞いたか。

きみは放射能に汚染された森林や畑を見たか
きみは放射能に汚染された集落を見たか
集落から切り離されて立ち去った人々を見たか
きみは森林や畑が鳴咽し、立ち去った人々が鳴咽する声を
聞いたか。

生の光のはて、日が沈むように死が訪れると
きみは考えていたのではないか、それは間違いだ。
死はいつもきみたちを待ちかまえ不意にきみたちを襲うのだ。

ふと気づくと私たちの耳底にいつもかすかな鳴咽する声が
聞こえている
見棄てられた森林や畑、集落の鳴咽する声を
切り離されて集落を立ち去った人々がひくく鳴咽する声を。

——中村稔

三二・五×四一（㎝）墨書
『寂かな場所へ』（青土社二〇二二）

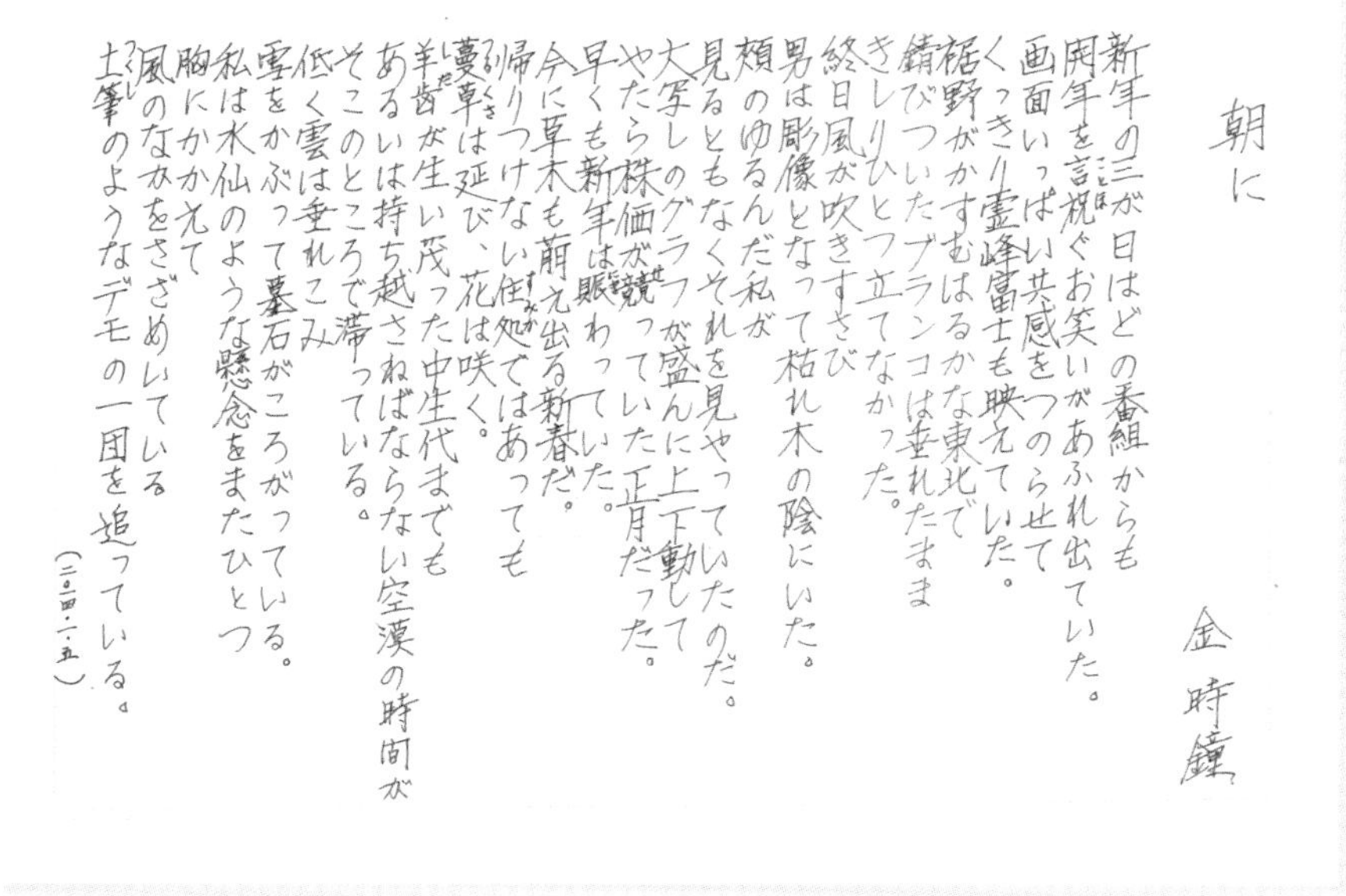
朝に
金時鐘
新年の三が日はどの番組からも
開年を言祝《ことほ》ぐお笑いがあふれ出ていた。
画面いっぱい共感をつのらせて
くっきり霊峰富士も映えていた。
裾野がかすむはるかな東北で
錆びついたブランコは垂れたまま
きしりひとつ立てなかった。
終日風が吹きすさび
男は彫像となって枯れ木の陰にいた。
頬のゆるんだ私が
見るともなくそれを見やっていたのだ。
大写しのグラフが盛んに上下動して
やたら株価が競《せ》っていた正月だった。
早くも新年は賑《にぎ》わっていた。
今に草木も萌え出る新春だ。
帰りつけない住処《すみか》ではあっても
蔓草《つるくさ》は延び、花は咲く。
羊歯《しだ》が生い茂った中生代までも
あるいは持ち越さねばならない空漠の時間が
そこのところで滞っている。
低く雲は垂れこみ
雪をかぶって墓石がころがっている。
私は水仙のような懸念をまたひとつ
胸にかかえて
風のなかをさざめいている
土筆《つくし》のようなデモの一団を追っている。
(二〇一四・一・五)

朝に

新年の三が日はどの番組からも
開年を言祝《ことほ》ぐお笑いがあふれ出ていた。
画面いっぱい共感をつのらせて
くっきり霊峰富士も映えていた。
裾野がかすむはるかな東北で
錆びついたブランコは垂れたまま
きしりひとつ立てなかった。
終日風が吹きすさび
男は彫像となって枯れ木の陰にいた。
頬のゆるんだ私が
見るともなくそれを見やっていたのだ。
大写しのグラフが盛んに上下動して
やたら株価が競《せ》っていた正月だった。
早くも新年は賑《にぎ》わっていた。
今に草木も萌え出る新春だ。
帰りつけない住処《すみか》ではあっても
蔓草《つるくさ》は延び、花は咲く。
羊歯《しだ》が生い茂った中生代までも
あるいは持ち越さねばならない空漠の時間が
そこのところで滞っている。
低く雲は垂れこみ
雪をかぶって墓石がころがっている。
私は水仙のような懸念をまたひとつ
胸にかかえて
風のなかをさざめいている
土筆《つくし》のようなデモの一団を追っている。

(二〇一四・一・五)

――金時鐘

二五・七×三六・四(㎝) ペン書

『背中の地図』(河出書房新社二〇一八)

●エッセイ　原発破綻を題材にしてきて

金時鐘

東日本大震災（一一年三月一一日）の直後から、私は福島の原発破綻を題材にした連作詩を書いてきた。三五篇ほどでの一冊を目論んだものであったが、昨年二月初め、心房細動を伴った心不全症で緊急入院となり、人生もこれで終わったのかと、ぼつぼつ書き継いでいた原発題材の作品を病院のベッドであたふたまとめて、詩集『背中の地図』を刊行した。

連作は二七篇で打ち切りとなったが考えてみれば、いや考えるまでもなく各地の海辺で白亜の城を築いている「原発」は、そこの村、そこの地域がこぞって引き入れた賛同の事業であった。その「事業」の原発で村はうるおい、村人たちはたしかな稼ぎを手中にした。つまり〝反原発〟への意志発揚はこの村、この地域を挙げての賛同には目もくれず、反発の危険を言挙げしている〝外部〟の要求であり、思いつめている市民意識の正義である。外部と絡んでいる内部と、内部が外部を形づくっているこのしがらみこそ〝原発〟をただ糾している私の認識の内部ではなかろうかと、遅まきながら書き足している作品が、次の一篇である。

形そのままに　（初出・『樹林』新年（一九）春号）

その地でなければ／向き合えない外部がある。／立つ位置に照らして見定めれば／震災地はへだたった外部の異変であり／その異変は即《そく》／人的禍いの奥まった内部でもある。／関わりのない私の生存権まで／やすやすと掠めてゆくのだ。

私は端《はな》から不用意であった。／思いやるしかない外部の私には／廃炉はイコール／作られた禍いの除去であった。／事の初めのそのまえからも／利権は地域の利得と絡んだ期待であったのであり／寒村避地に取り付いた／尽きない希求の執着だったものだ。

風圧や風聞や／その地だからこそのしかかる重みがある。／外部の形そのままに／押し返さなくてはならない位置に私はいる。／めぐる季節が芽吹く季節におしかぶさっているように／その地の蘇りも向き合える私の内部でなくてはならぬ。／そのようにも私はその地でなければならないことを／わが事の内に収めていかねばならない／外部の人なのだ。

昨秋、病み上がりの私に／福島産の牛蒡が一本のそっと来た。／恵みがずぼっと掘り出されたというより／福島の土をのびのびと抜け出て見せた／ふくよかな丹精の現出だった。／外部でなくては分かちあえない物事《ものごと》がいま／のしかかる重みを／大地の底から押し上げてやってきていた。

光の棘ものかわ／牛蒡の形そのままに押し返す／一本の牛蒡でしかありえぬために／形そのままに禍いは／外部としてそこに在らねばならぬ。

展覧会に寄せて——館報「日本近代文学館」第二八八号（二〇一九・三）

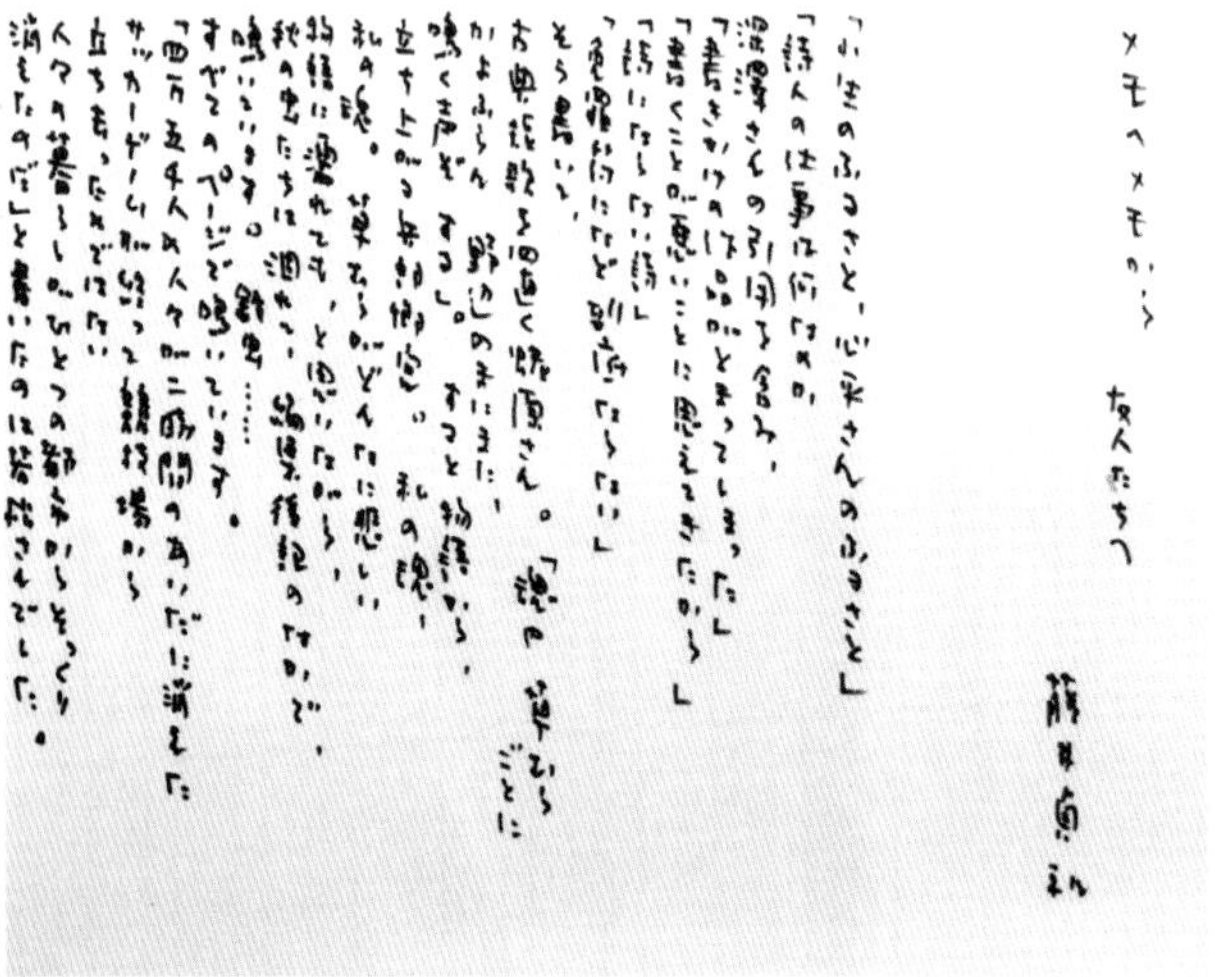

メモへメモから　友人たちへ

「小生のふるさと、心平さんのふるさと」
「詩人の仕事は何なのか
深澤さんの引用を含み、
「書きかけの作品がとまってしまった」
「書くことが悪いことに思えてきたから」
「詩にならない詩」
「免罪符になど到底ならない」
そう書いて、
古典短歌を置く蛯原さん。「魂や　草むらごとに
かよふらん　野辺のまにまに、
鳴く声ぞ　する」。すると物語から、
立ち上がる兵部卿宮。私の魂、
私の魂。草むらがどんなに悲しい
物語に濡れても、と思いながら、
秋の虫たちは凋れて、編集後記のなかで、
鳴いています。鈴虫……
すべてのページで鳴いています。
「四万五千人の人々が一時間のあいだに消えた
サッカーゲームが終って競技場から
立ち去ったのではない
人々の暮らしがひとつの都市からそっくり
消えたのだ」と書いたのは若松さんでした。

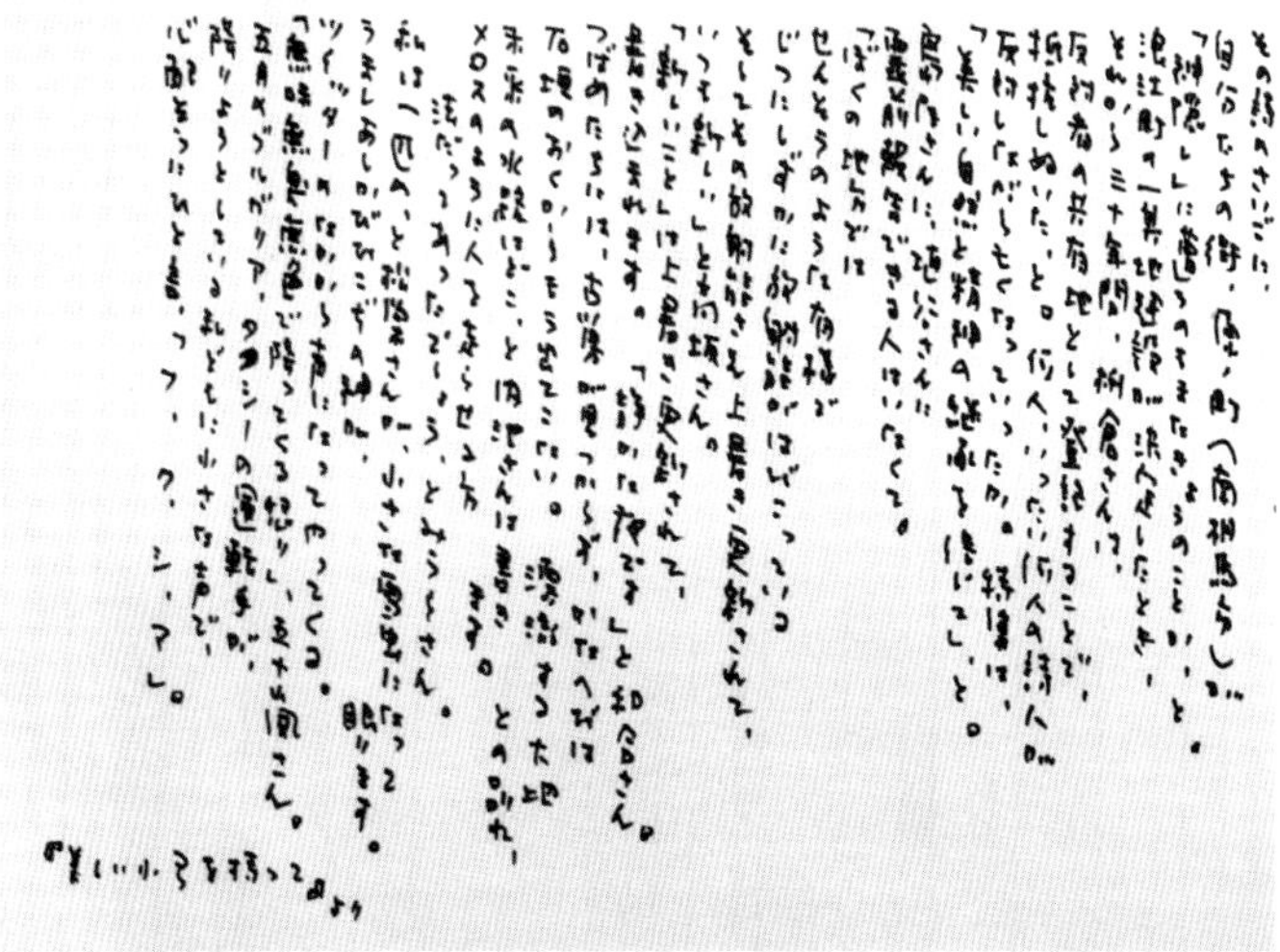

自分たちの街、原ノ町（南相馬市）が
「神隠し」に遭うのもまたきょうのことか、と。
浪江町の一基地建設が決定したとき、
それから三十年間、枡倉さんは、
反対者の共有地として登記することで、
抵抗しぬいた、と。何人、いったい何人の詩人が
反対しながら亡くなっていったか。特集は、
「美しい自然と精神の継承を信じて」、と。
島尾さんに、埴谷さんに
霊前報告できる人はいなくて。
「ぼくの地方では
せんそうのような有様で
じつにしずかに放射能がはびこっている
そしてその放射能さえ上書き更新されて、
いつも新しい」と高坂さん。
「新しいこと」は上書き更新されて、
書き込まれます。「静かな夜です」と和合さん。
つばめたちには、古巣が見つからず、かなへびは
石垣のおくからもう出てこない。　漂流する大地との別れ、
未来の水路はどこ、と内池さんは書きます。
メロスのように人を走らせる方法だってあったでしょう、
とみうらさん。
私は一匹の、と松棠さんが、小さな雪虫になって眠ります。
うましあしかびひこぢの神が、
ツイッターのなかから声になってやってくる。
「無味無臭無色で降ってくる怒り」、五十嵐さん。
五月のブルガリア、タクシーの運転手が、
降りようとしている私どもに小さな声で、
心配そうにひと言、「フ、ク、シ、マ」。

――藤井貞和

三五×六八（cm）ペン書
『美しい小弓を持って』（思潮社二〇一七）

1

心よりお祈り申し上げます

熊谷達也

そうそう、そうでした。来年二〇二〇年はオリンピックなんですよねえ。いやあ、懐かしいです、東京オリンピック。あれは一九六四年でしたっけ？　私、当時は幼稚園児でした。見たかって？　いやいや、見てはいませんよ。東北の片田舎の洟垂れ小僧には、東京なんて外国でしたからねえ。見に行けるわけがないです。それでも鮮明に覚えているのは、あれですよ、市川崑監督の〈東京オリンピック〉。あの映画をね、小学校一年生の時、町の映画館に観に行ったんです。学校行事として全校児童で観に行ったわけ。内容は覚えておりません。なにせ半世紀以上も前のことですから。でも印象は残っているんです。極彩色の。あれがドキュメンタリーとしてどうなのかなどといった論争があったのは知っておりますよ。でも、そんなのはどうでもいいくらい、当時の洟垂れ小僧には印象深く記憶に

2

刻み込まれたのは確かなんです。というか、あの東京オリンピックって、本当にあったんですかね。映画の世界だけのフィクションだったりして？　だってほら、アポロ11号の月着陸だって、実はやらせだったという話があるじゃないですか。本当にやるんであれば別にいいんです、今度の東京オリンピック。どこが復興五輪なのかわかりませんが、どうぞ頑張ってください。おらぁ、ずぶんの生活で手いっぱいだがらっしゃ。放射能がばんばが降ってきたっけがら、なんぼ除染すたかて、ふーひょーひがい？　つまりは単なる差別だべ？　平安時代から連綿と続くケガレ意識だべや。そいづのおかげで、いまだぬ……いやいや、愚痴は言いますまい。こちらの企業努力が足りないだけです。あなたは自助努力しているのですかと問われたら、すいませんと謝るしかないですもん。まあでも、インバウンドがどうのとご熱心なようですけど、考えてごらんなさいよ。メルトダウンした原発の

3

百キロ圏内に旅行に行きたいと思います？　あなたが外国からの観光客だったら。酔っぱらっているのかって？　そりゃあ酔っぱらいたくもなりますよ。えーと、なんの話でしたっけ？　そうそう、来年の東京オリンピック。とにかく、開催期間中に東京直下地震がやって来ないことを、心よりお祈りしております。えっ、なに？　大阪万博ですと？　あれは確か、私が小学六年生の時でした。見に？　行けるわけないですよ。いや、全校で一人だけいましたけどね、大阪まで見に行った同級生が。え？　昔の話じゃない。あ、なるほど、またやるんですか、二〇二五年に大阪で万博を。へえー、東京なんかには負けられませんってことですね。いやあ、串カツ美味いですよ。あれ、大好きです。なもんで、嘘偽りなく開催の成功を応援していますって。開催期間中に南海トラフ大地震が起きないようにって、ありったけの神様にお祈りしてますから。いや、マジで、心よりお祈り申し上げます。

心よりお祈り申し上げます
——熊谷達也
二五・八×三六（cm）ペン書

そうそう、そうでした。来年二〇二〇年はオリンピックなんですよねえ。いやあ、懐かしいです、東京オリンピック。あれは一九六四年でしたっけ？　私、当時は幼稚園児でした。見たかって？　いやいや、見てはいませんよ。東北の片田舎の洟垂れ小僧には、東京なんて外国でしたからねえ。見に行けるわけがないです。それでも鮮明に覚えているのは、あれですよ、市川崑監督の「東京オリンピック」。あの映画をね、小学校一年生の時、町の映画館に観に行ったんです。学校行事として全校児童で観に行ったわけ。内容は覚えておりません。なにせ半世紀以上も前のことですから。でも印象は残っているんです．。極彩色の。あれがドキュメンタリーとしてどうなのかなどといった論争があったのは知っておりますよ。でも、そんなのはどうでもいいくらい、当時の洟垂れ小僧には印象深く記憶に刻み込まれたのは確かなんです。というか、あの東京オリンピックって、本当にあったんですかね。映画の世界だけのフィクションだったりして？　だってほら、アポロ11号の月着陸だって、実はやらせだったという話があるじゃないですか。本当にやるんであれば別にいいんです、今度の東京オリンピック。どこが復興五輪なのかわかりませんが、どうぞ頑張ってください。おらぁ、ずぶんの生活で手いっぱいだがらっしゃ。放射能がばんばが降ってきたっけがら、なんぼ除染すたかて、ふーひょーひがい？　つまりは単なる差別だべ？　平安時代から連綿と続くケガレ意識だべや。そいづのおがげで、いまだぬ……いやいや、愚痴は言いますまい。こちらの企業努力が足りないだけです。あなたは自助努力しているのですかと問われたら、すいませんと謝るしかないですもん。まあでも、インバウンドがどうのとご熱心なようですけど、考えてごらんなさいよ。メルトダウンした原発の百キロ圏内に旅行に行きたいと思います？　あなたが外国からの観光客だったら。酔っぱらっているのかって？　そりゃあ酔っぱらいたくもなりますよ。えーと、なんの話でしたっけ？　そうそう、来年の東京オリンピック。とにかく、開催期間中に東京直下地震がやって来ないことを、心よりお祈りしております。えっ、なに？　大阪万博ですと？　あれは確か、私が小学六年生の時でした。見に？　行けるわけないですよ。いや、全校で一人だけいましたけどね、大阪まで見に行った同級生が。え？　昔の話じゃない。あ、なるほど、またやるんですか、二〇二五年に大阪で万博を。へえー、東京なんかには負けられませんってことですね。いやあ、串カツ美味いですよ。あれ、大好きです。なもんで、嘘偽りなく開催の成功を応援していますって。開催期間中に南海トラフ大地震が起きないようにって、ありったけの神様にお祈りしてますから。いや、マジで、心よりお祈り申し上げます。

攫はれて海の人なる死者たちが揺らすなり揺らすなりかなしき夜よ

――米川千嘉子

一八四×四七（㎝）墨書

『あやはべる』（短歌研究社二〇一二）

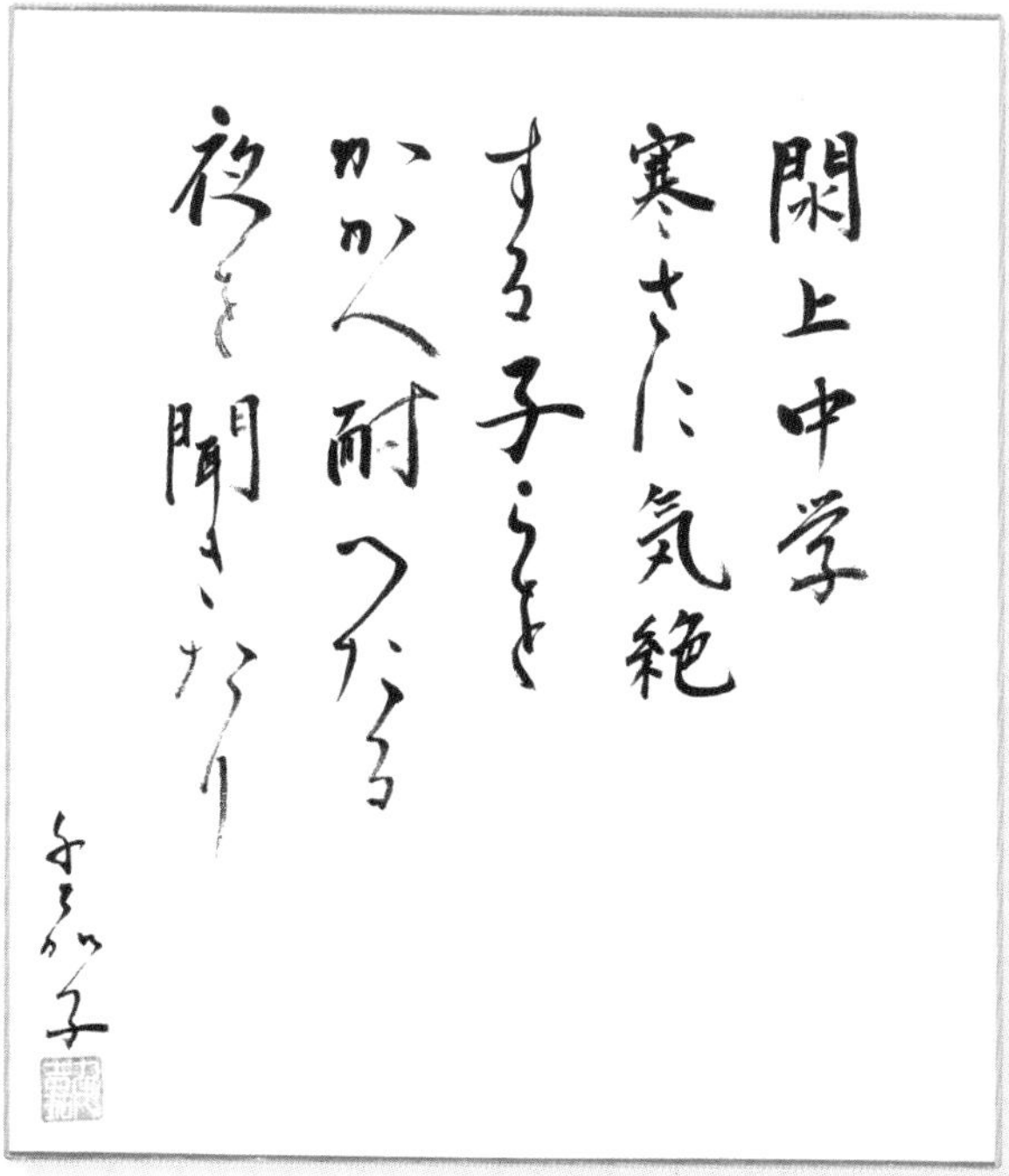

閖上中学寒さに気絶する子らをかかへ耐へたる夜を聞きたり
——米川千嘉子
二七・三×二四・二（㎝）墨書

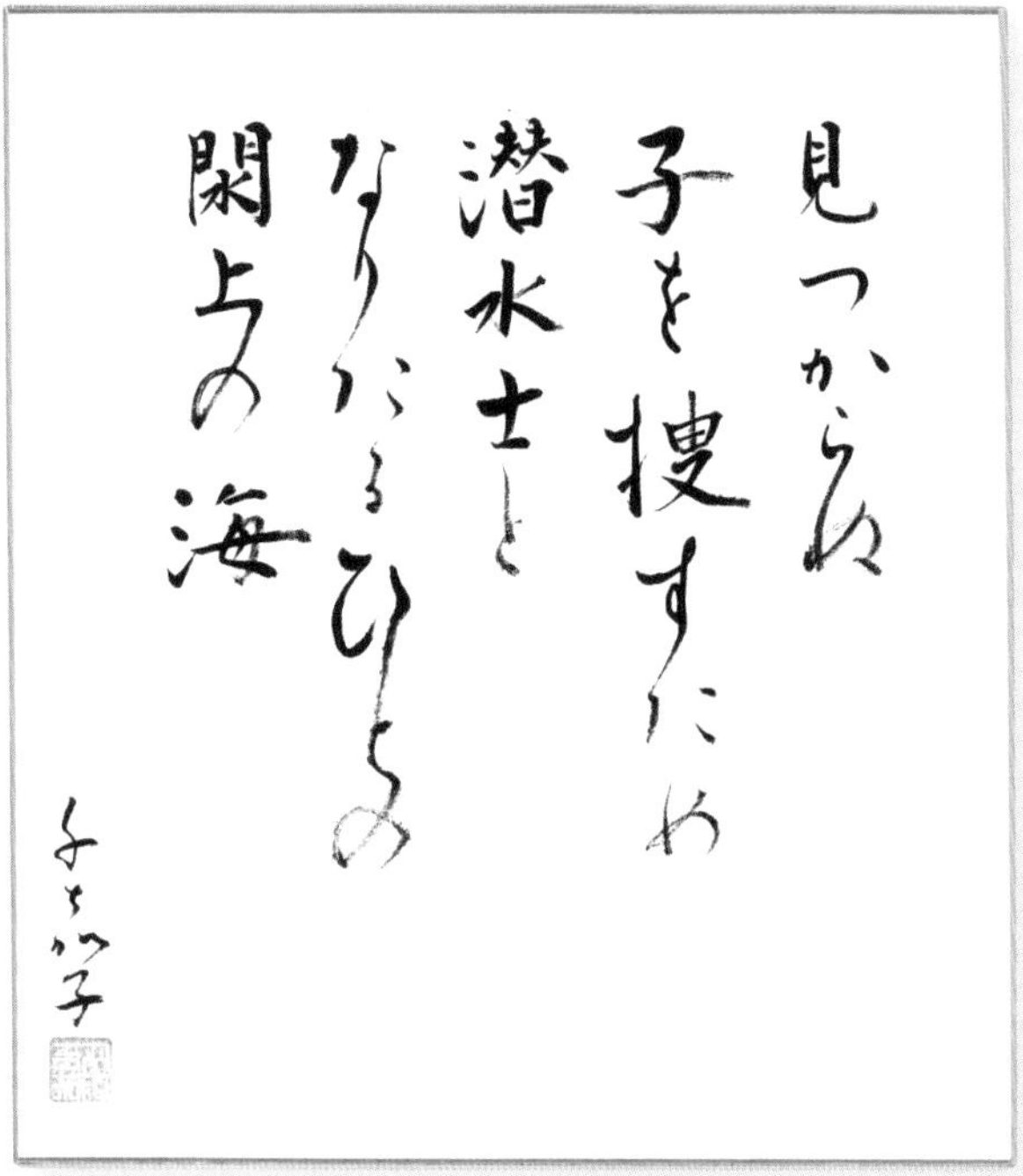

見つからぬ子を捜すため潜水士となりたるひとの閑上の海
――米川千嘉子
二七・三×二四・二（cm）墨書

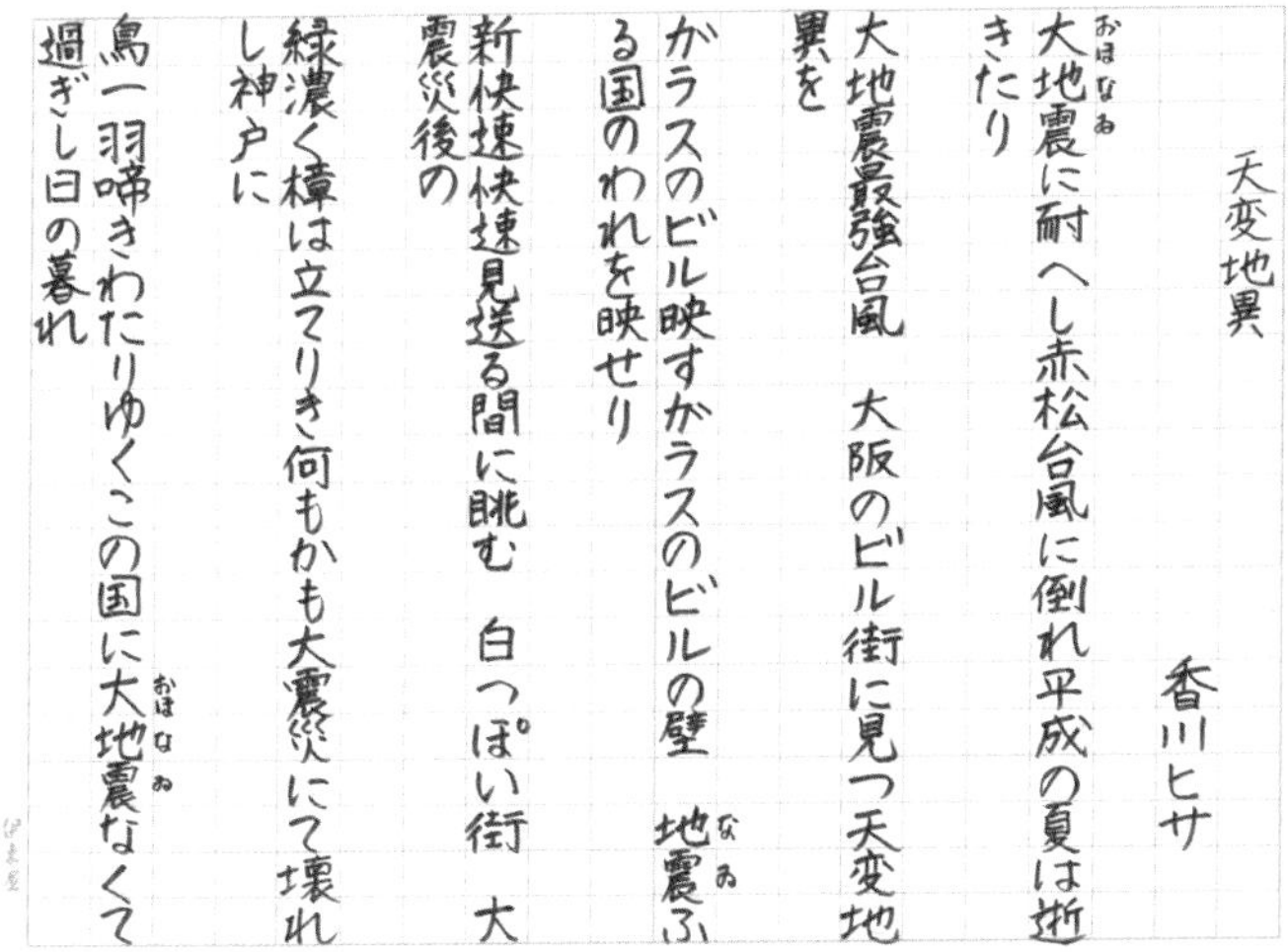
天変地異
香川ヒサ
大地震《おほなゐ》に耐へし赤松台風に倒れ平成の夏は逝きたり
大地震最強台風　大阪のビル街に見つ天変地異を
ガラスのビル映すガラスのビルの壁　地震《なゐ》ふる国のわれを映せり
新快速快速見送る間に眺む　白つぽい街　大震災後の
緑濃く樟は立てりき何もかも大震災にて壊れし神戸に
鳥一羽啼きわたりゆくこの国に大地震《おほなゐ》なくて過ぎし日の暮れ

天変地異

大地震《おほなゐ》に耐へし赤松台風に倒れ平成の夏は逝きたり

大地震最強台風　大阪のビル街に見つ天変地異を

ガラスのビル映すガラスのビルの壁　地震《なゐ》ふる国のわれを映せり

新快速快速見送る間に眺む　白つぽい街　大震災後の

緑濃く樟は立てりき何もかも大震災にて壊れし神戸に

鳥一羽啼きわたりゆくこの国に大地震《おほなゐ》なくて過ぎし日の暮れ

――香川ヒサ

二五・七×三六（cm）ペン書

二〇一八年度　大阪北部地震（二〇一八年六月一八日）に寄せて　曾根毅

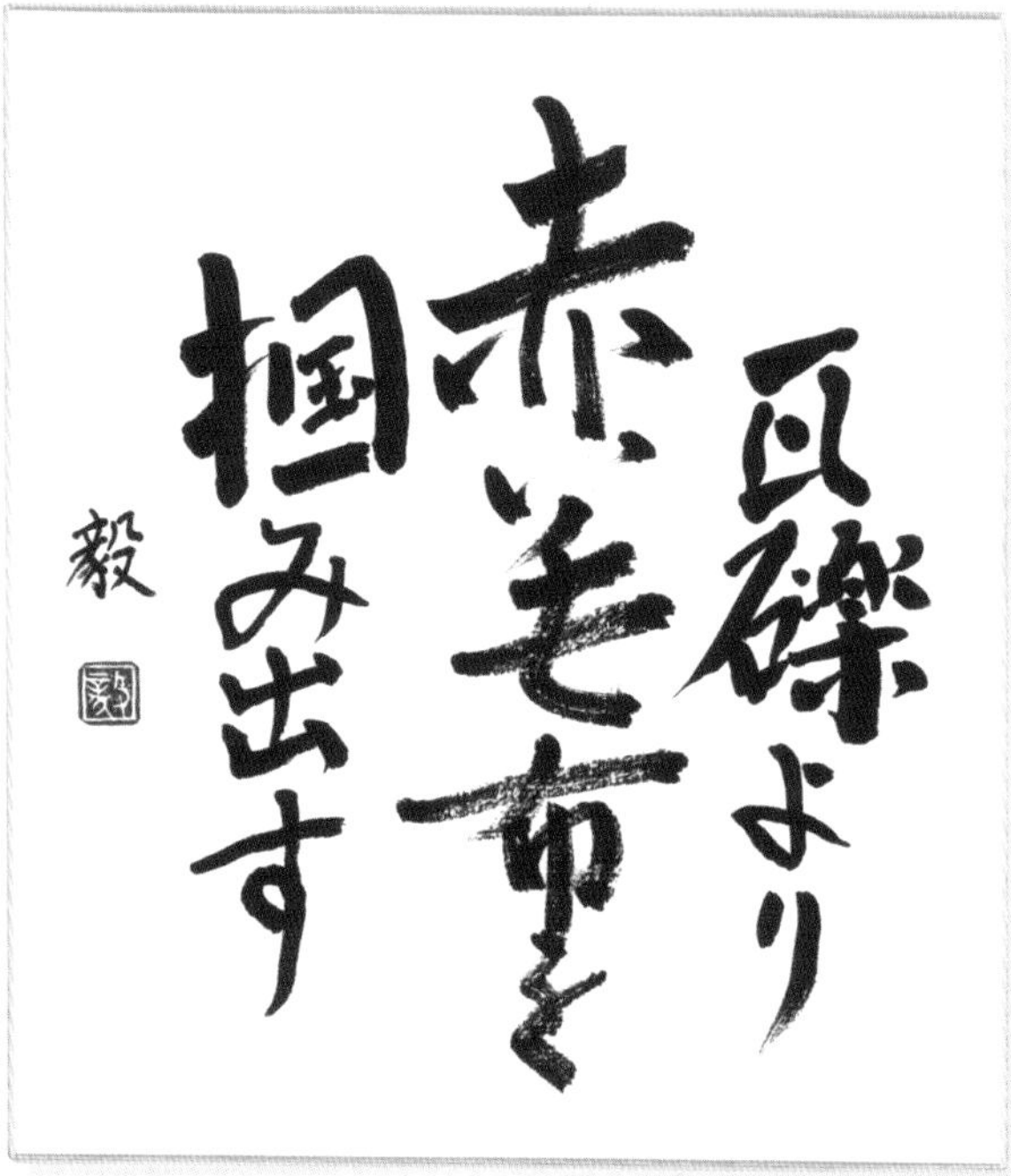

瓦礫より赤い毛布を掴み出す
――曾根毅
二七・二×二四・二（cm）墨書

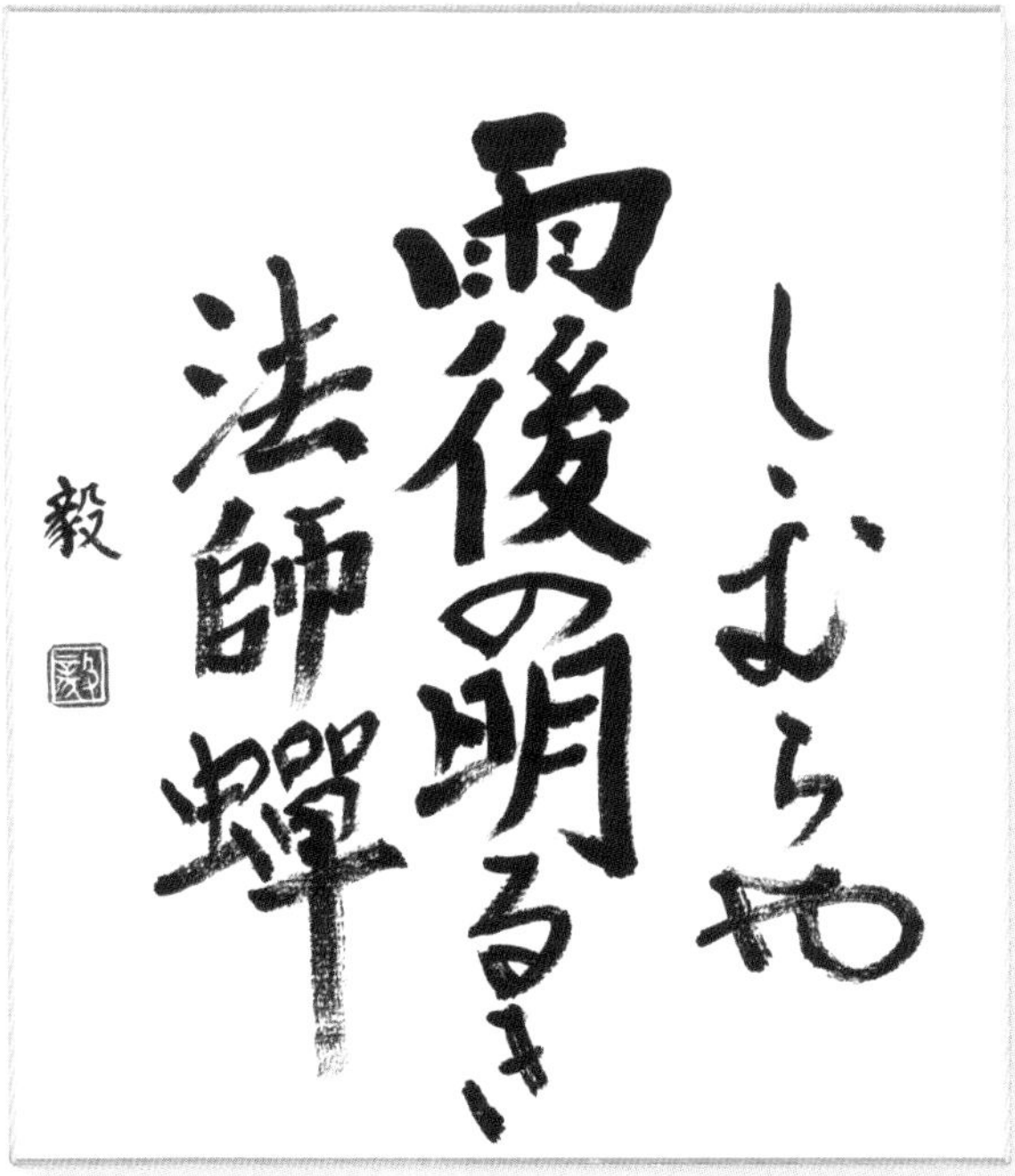

し、むらや雨後の明るき法師蝉
――曾根毅
二七・二×二四・二（㎝）墨書

大停電の夜に

山田航

僕たちが見ようとしていなかった
だけの星空　大停電の夜に

普段使いしている非常階段が
いつもより蒼白く濡れてる

気づいたら走り出してたカンテラに
群れ来る虫を振り払ううちに

ただ静かな夜をふたりでさまよって
夢より暗い夢を見ていた

裏通り行けばいつもと変わらない
暗さでもって街へつながる

猫よけのペットボトルをいつも置く
家なのに無い何に使った

停電の交差点には信号が
デジタル数字の8として8つ

もうクォーターパイプと化して
陥没の道路つぎつぎ跳ねるスケボー

地上には炭火を熾す赤
どんどん増えていて笑うしかなくなる

激辛のインスタント麺売れ残り
ローソンなのに店内真っ赤

一日を終わらせていい
夕焼けはそんな許しとして機能する

ブレーカー戻せば昼の部屋に灯る
あの真夜中の名残りのあかり

大停電の夜に

僕たちが見ようとしていなかった
だけの星空　大停電の夜に

普段使いしている非常階段が
いつもより蒼白く濡れてる

気づいたら走り出してたカンテラに
群れ来る虫を振り払ううちに

ただ静かな夜をふたりでさまよって
夢より暗い夢を見ていた

裏通り行けばいつもと変わらない
暗さでもって街へつながる

猫よけのペットボトルをいつも置く
家なのに無い何に使った

停電の交差点には信号が
デジタル数字の8として8つ

もうクォーターパイプと化して
陥没の道路つぎつぎ跳ねるスケボー

地上には炭火を熾す赤
どんどん増えていて笑うしかなくなる

激辛のインスタント麺売れ残り
ローソンなのに店内真っ赤

一日を終わらせていい
夕焼けはそんな許しとして機能する

ブレーカー戻せば昼の部屋に灯る
あの真夜中の名残りのあかり

——山田航

二五・七×三六（cm）ペン書

二〇一八年度　北海道胆振東部地震（二〇一八年九月六日）に寄せて―三角みづ紀

地球の上で

陽がのぼるのを　待っていた
わたしたちが
ひっしになって
瞬間をとらえようとする

忘れていくことも
けっして　わるくはないし
忘れないことも
おおぜい　あって

月日が　ながれて
しまいには無垢な表情をみせるように。

にんげんだから感情を持つ
わたしたちが
朝焼けていく湖畔で
いつもどおりの光が
いつもより眩しくて

2019.1.28
――三角みづ紀
二五・七×三六（㎝）ペン書

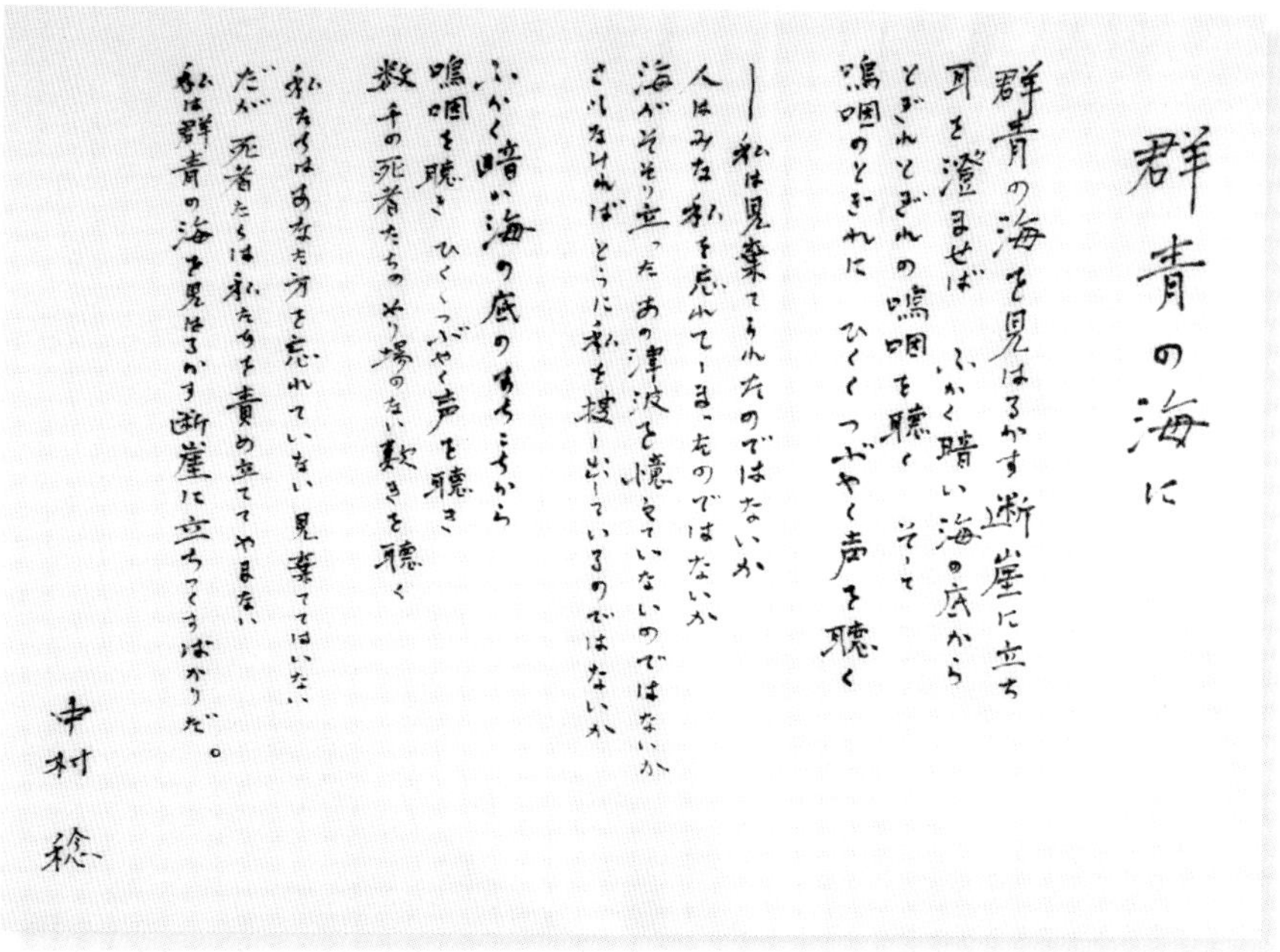

群青の海に

群青の海を見はるかす断崖に立ち
耳を澄ませば　ふかく暗い海の底から
とぎれとぎれの嗚咽を聴く　そして
嗚咽のとぎれに　ひくくつぶやく声を聴く

——私は見棄てられたのではないか
人はみな私を忘れてしまったのではないか
海がそそり立ったあの津波を憶えていないのではないか
さもなければとうに私を捜し出しているのではないか

ふかく暗い海の底のあちこちから
嗚咽を聴き　ひくくつぶやく声を聴き
数千の死者たちのやり場のない歎きを聴く

私たちはあなた方を忘れていない　見棄ててはいない
だが　死者たちは私たちを責め立ててやまない
私は群青の海を見はるかす断崖に立ちつくすばかりだ。

——中村稔

四二×四九（㎝）墨書

『寂かな場所へ』（青土社二〇二二）

夕焼け売り

齋藤貢

この町では
もう、夕焼けを
眺めるひとは、いなくなってしまった。
ひとが住めなくなって
既に、五年余り。
あの日。
突然の恐怖に襲われて
いのちの重さが、天秤にかけられた。
ひとは首をかしげている。
ここには
見えない恐怖が、いたるところにあって
それが
ひとに不幸をもたらすのだ、と。
ひとがひとの暮らしを奪う。
誰が信じるというのか、そんなばかげた話を。

だが、それからしばらくして
この町には
夕方になると、夕焼け売りが
奪われてしまった時間を行商して歩いている。
誰も住んでいない家々の軒先に立ち
「夕焼けは、いらんかねえ」
「幾つ、欲しいかねえ」
夕焼け売りの声がすると
誰もいない、この町の
瓦屋根の煙突からは
薪を燃やす、夕餉の煙も漂ってくる。
恐怖に身を委ねて
これから、ひとは
どれほど夕焼けを胸にしまい込むのだろうか。
夕焼け売りの声を聞きながら
ひとは、あの日の悲しみを食卓に並べ始める。
あの日、皆で囲むはずだった
賑やかな夕餉を、これから迎えるために。

夕焼け売り

この町では
もう、夕焼けを
眺めるひとは、いなくなってしまった。
ひとが住めなくなって
既に、五年余り。
あの日。
突然の恐怖に襲われて
いのちの重さが、天秤にかけられた。

ひとは首をかしげている。
ここには
見えない恐怖が、いたるところにあって
それが
ひとに不幸をもたらすのだ、と。
ひとがひとの暮らしを奪う。
誰が信じるというのか、そんなばかげた話を。

だが、それからしばらくして
この町には
夕方になると、夕焼け売りが
奪われてしまった時間を行商して歩いている。
誰も住んでいない家々の軒先に立ち
「夕焼けは、いらんかねえ」
「幾つ、欲しいかねえ」
夕焼け売りの声がすると
誰もいないこの町の
瓦屋根の煙突からは
薪を燃やす、夕餉の煙も漂ってくる。

恐怖に身を委ねて
これから、ひとは
どれほど夕焼けを胸にしまい込むのだろうか。

夕焼け売りの声を聞きながら
ひとは、あの日の悲しみを食卓に並べ始める。
あの日、皆で囲むはずだった
賑やかな夕餉を、これから迎えるために。

――齋藤貢

二五・七×三六（㎝）　ペン書
『夕焼け売り』（思潮社二〇一八）

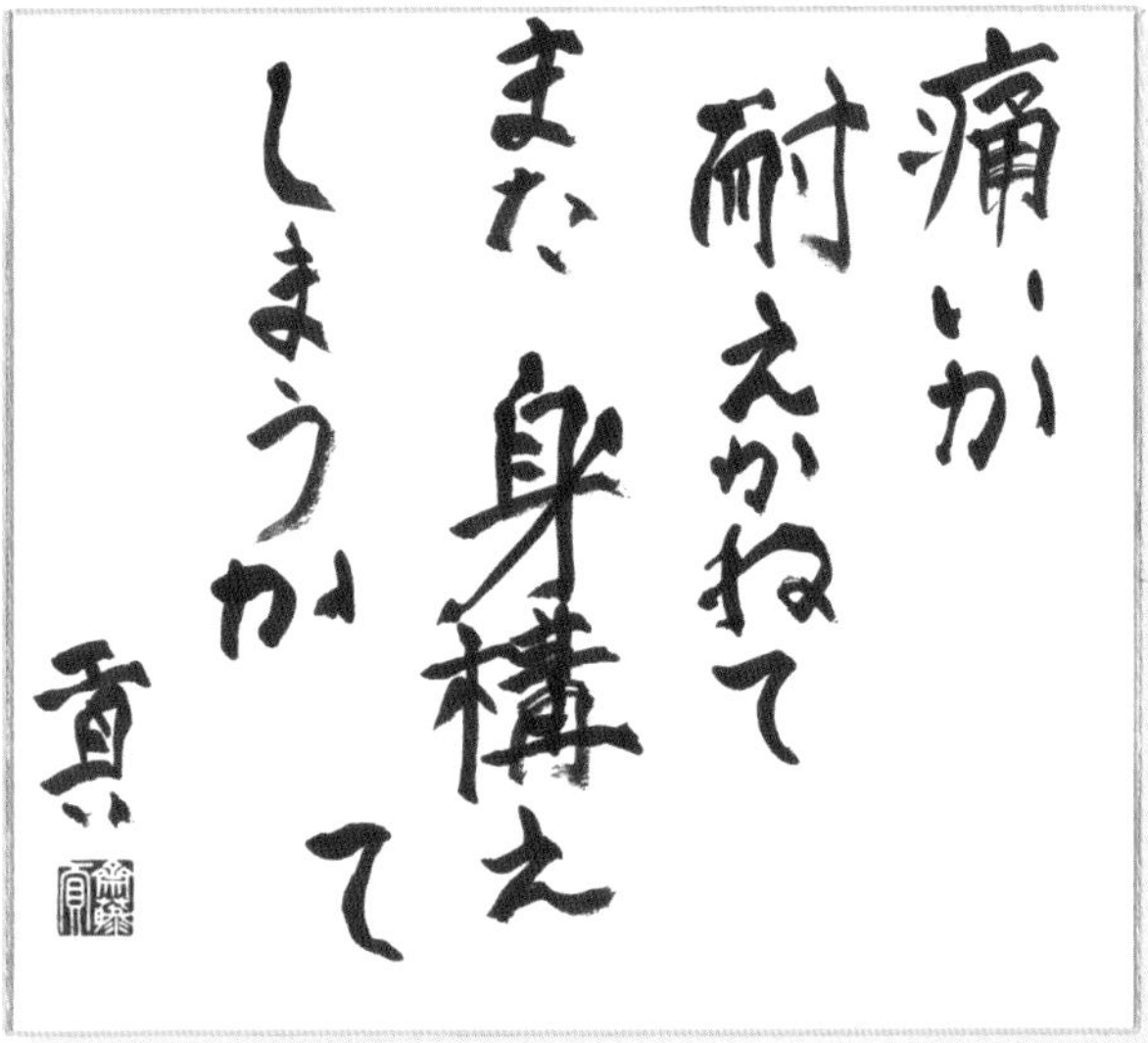

痛いか耐えかねてまた　身構えてしまうか

――齋藤貢

二四・二×二七・二（cm）墨書

『夕焼け売り』（思潮社二〇一八）

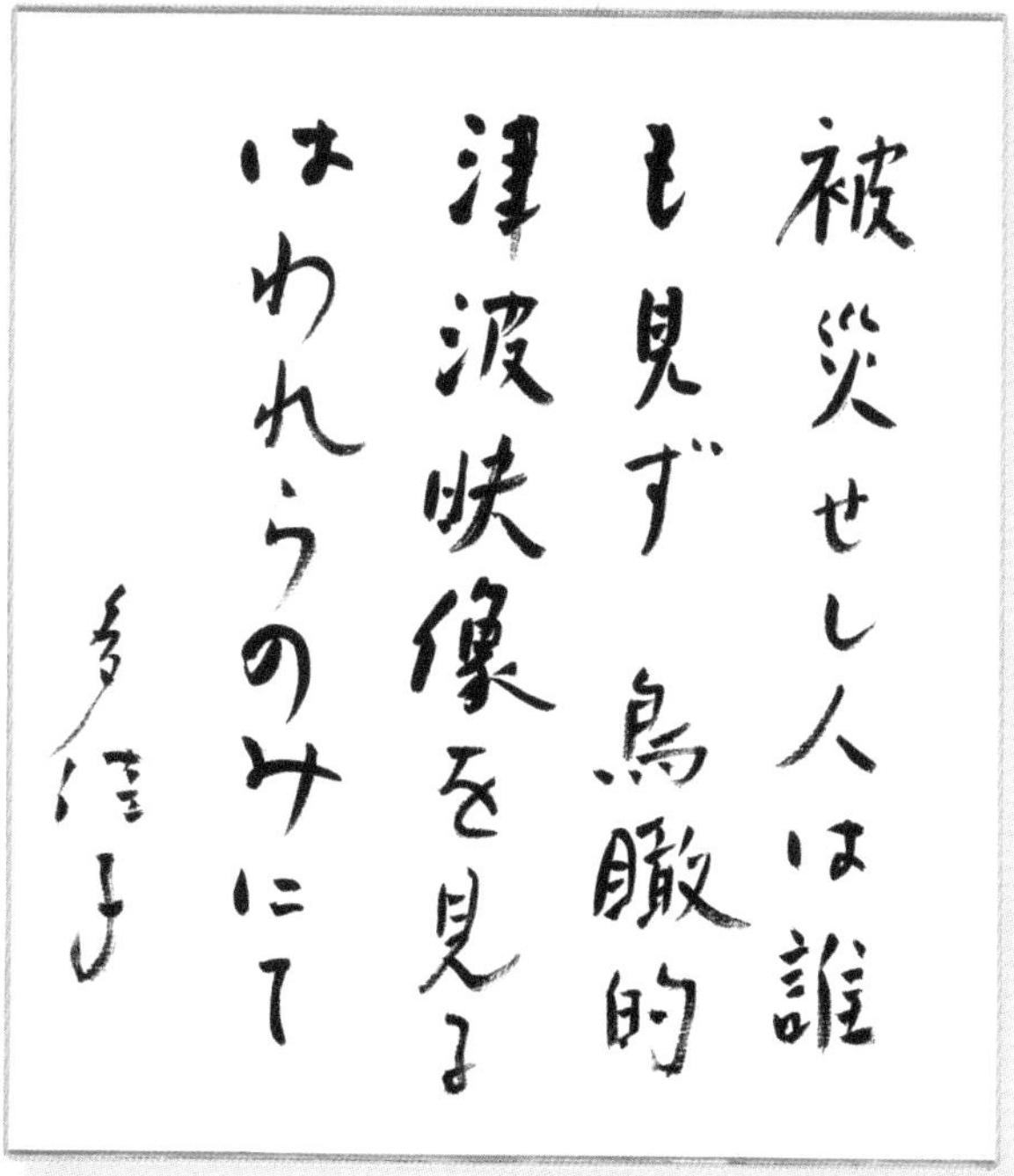
被災せし人は誰
も見ず　鳥瞰的
津波映像を見る
はわれらのみにて
多佳子

被災せし人は誰も見ず　鳥瞰的津波映像を見るはわれらのみにて

——花山多佳子

二七・二×二四・二（㎝）墨書

『晴れ・風あり』（短歌研究社 二〇一六）

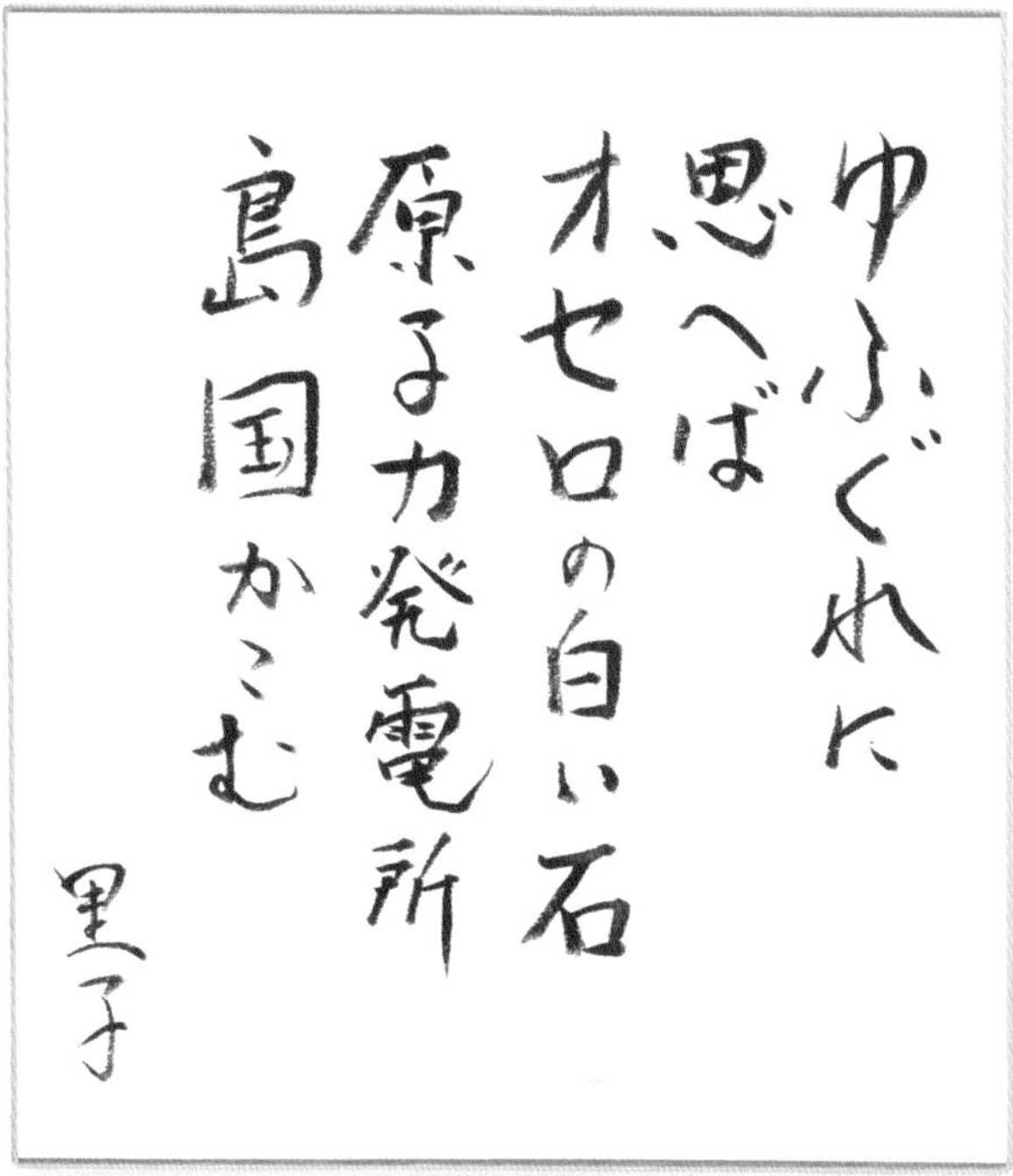
ゆふぐれに
思へば
オセロの白い石
原子力発電所
島国かこむ
里子

ゆふぐれに思へばオセロの白い石原子力発電所島国かこむ
——川野里子

二七・二×二四・二（㎝）墨書
『硝子の島』（短歌研究社二〇一七）

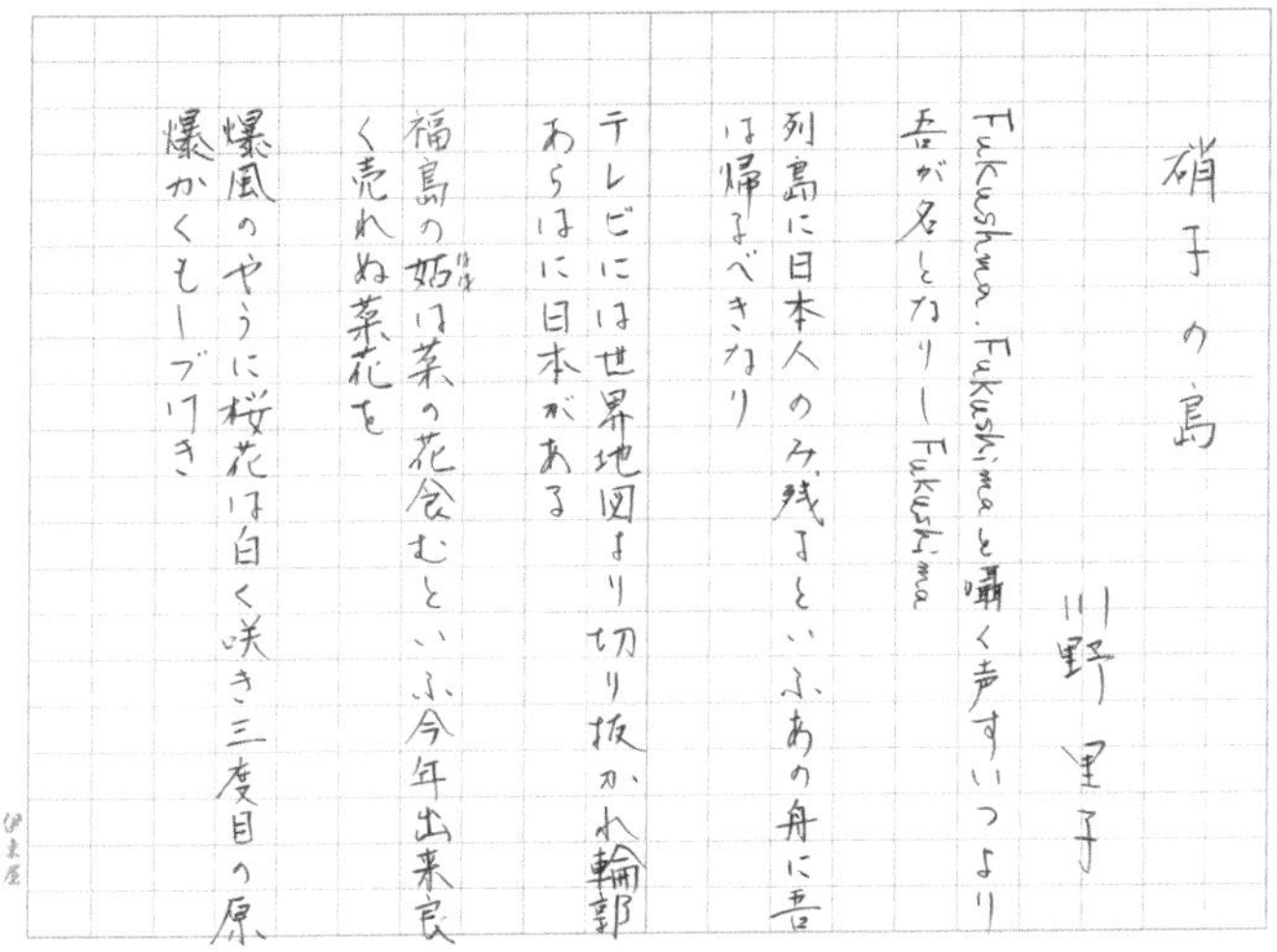
硝子の島

川野里子

Fukushima. Fukushima と囁く声すいつより
吾が名となりしFukushima
列島に日本人のみ残るといふあの舟に吾
は帰るべきなり
テレビには世界地図より切り抜かれ輪郭
あらはに日本がある
福島の姑《はは》は菜の花食むといふ今年出来良
く売れぬ菜花を
爆風のやうに桜花は白く咲き三度目の原
爆かくもしづけき

伊東屋

硝子の島

Fukushima,Fukushima と囁く声す
いつより吾が名となりしFukushima

列島に日本人のみ残るといふ
あの舟に吾は帰るべきなり

テレビには世界地図より切り抜かれ
輪郭あらはに日本がある

福島の姑《はは》は菜の花食むといふ
今年出来良く売れぬ菜花を

爆風のやうに桜花は白く咲き
三度目の原爆かくもしづけき

――川野里子

二五・七×三六（㎝）ペン書
『硝子の島』（短歌研究社二〇一七）

歌集『桜の木にのぼる人』より

大口玲子

いくたびも「影響なし」と聞く春の命に関はる嘘はいけない

震災後八日で仙台を離れたるわれが震災の日を語りをり

樹皮削られ水かけられて除染とふ苦しみののちのりんご、国光

虹ふたへにかかるこの世を生きながらつねに分断を強いられてゐる

そのいのちそのものらしく在ることの大切しみて緑陰にをり

福島へ戻る妊婦を讃へつつ言葉はわれをまっすぐに刺す

ひとたびも土に触らず宮崎に来ても触れえぬ子と手をつなぐ

四歳

福島より来たりて宮崎の土を指し「これさはってもいいの」と訊けり

福島で生きる母親に強さありその強さに国は凭れかかるな

サル山のサルが柚子湯につかる昼　日本人は原発を売ってます

311の予定はと訊かれたりしこともう記念日となりたるごとし

桜ともに見たかりし誰をしのびつつ四月みちのく花仰ぐひと

原発を売り武器を売るこの国に所属してわが紫蘇を摘む朝

歌集『桜の木にのぼる人』より

いくたびも「影響なし」と聞く春の命に関はる嘘はいけない
震災後八日で仙台を離れたるわれが震災の日を語りをり
樹皮削られ氷かけられて除染とふ苦しみのちのりんご、国光
虹ふたへにかかるこの世を生きながらつねに分断を強いられてゐる
そのいのちそのものらしく在ることの大切しみて緑陰にをり
福島へ戻る妊婦を讃へつつ言葉はわれをまつすぐに刺す
ひとたびも土に触らず宮崎に来ても触れえぬ子と手をつなぐ

四歳

福島より来たりて宮崎の土を指し「これさはつてもいいの」と訊けり
福島で生きる母親に強さありその強さに国は凭れかかるな
サル山のサルが柚子湯につかる昼　日本人は原発を売つてます
3 1 1の予定はと訊かれたりしこともう記念日となりたるごとし
桜ともに見たかりし誰をしのびつつ四月みちのく花仰ぐひと
原発を売り武器を売るこの国に所属してわが紫蘇を摘む朝

――大口玲子

二五・七×三六（㎝）　ペン書

『桜の木にのぼる人』（短歌研究社二〇一五）

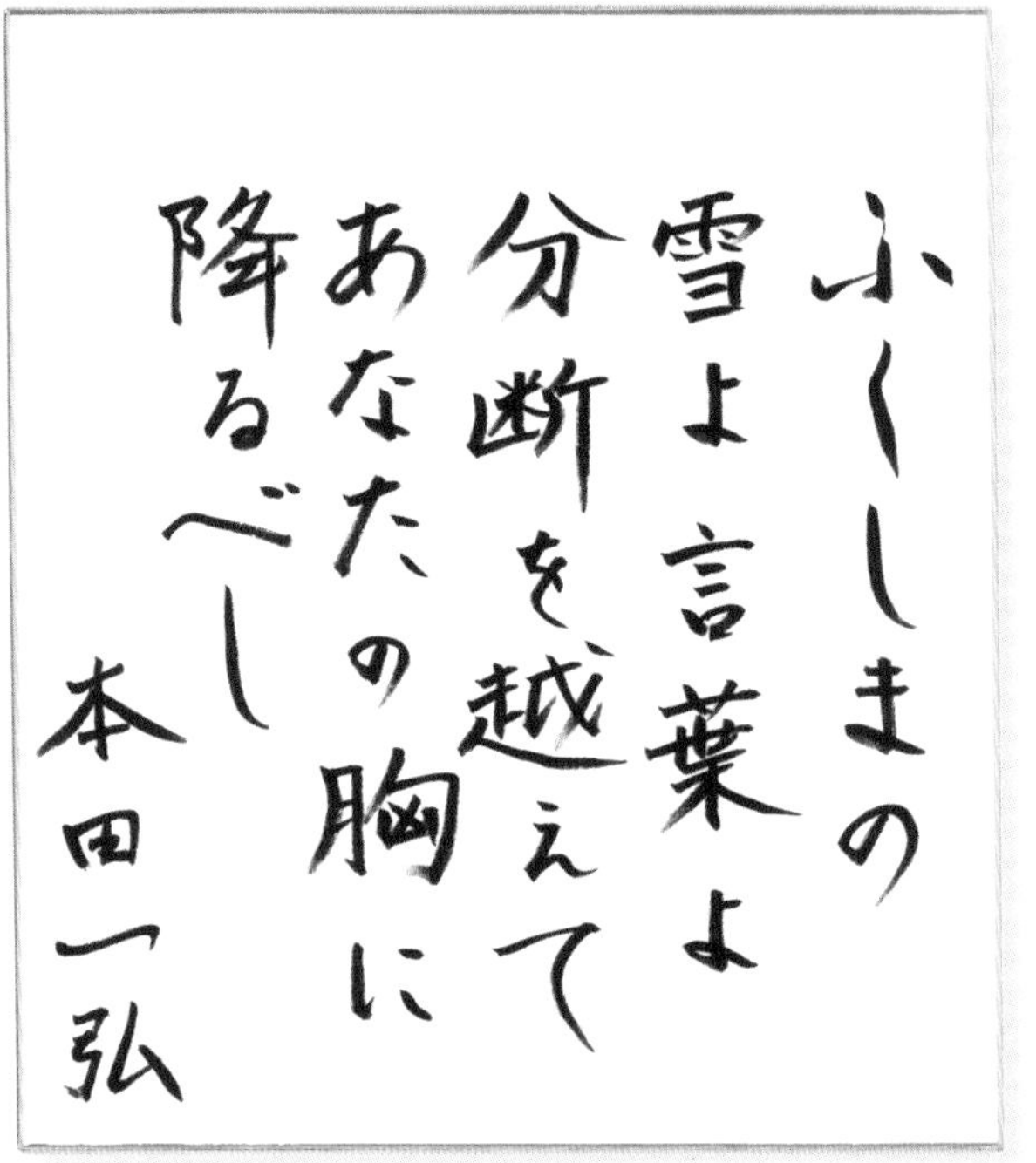
ふくしまの
雪よ言葉よ
分断を越えて
あなたの胸に
降るべし
本田一弘

ふくしまの雪よ言葉よ分断を越えてあなたの胸に降るべし
——本田一弘

二七・二×二四・二（㎝）墨書
『あらがね』（ながらみ書房 二〇一八）

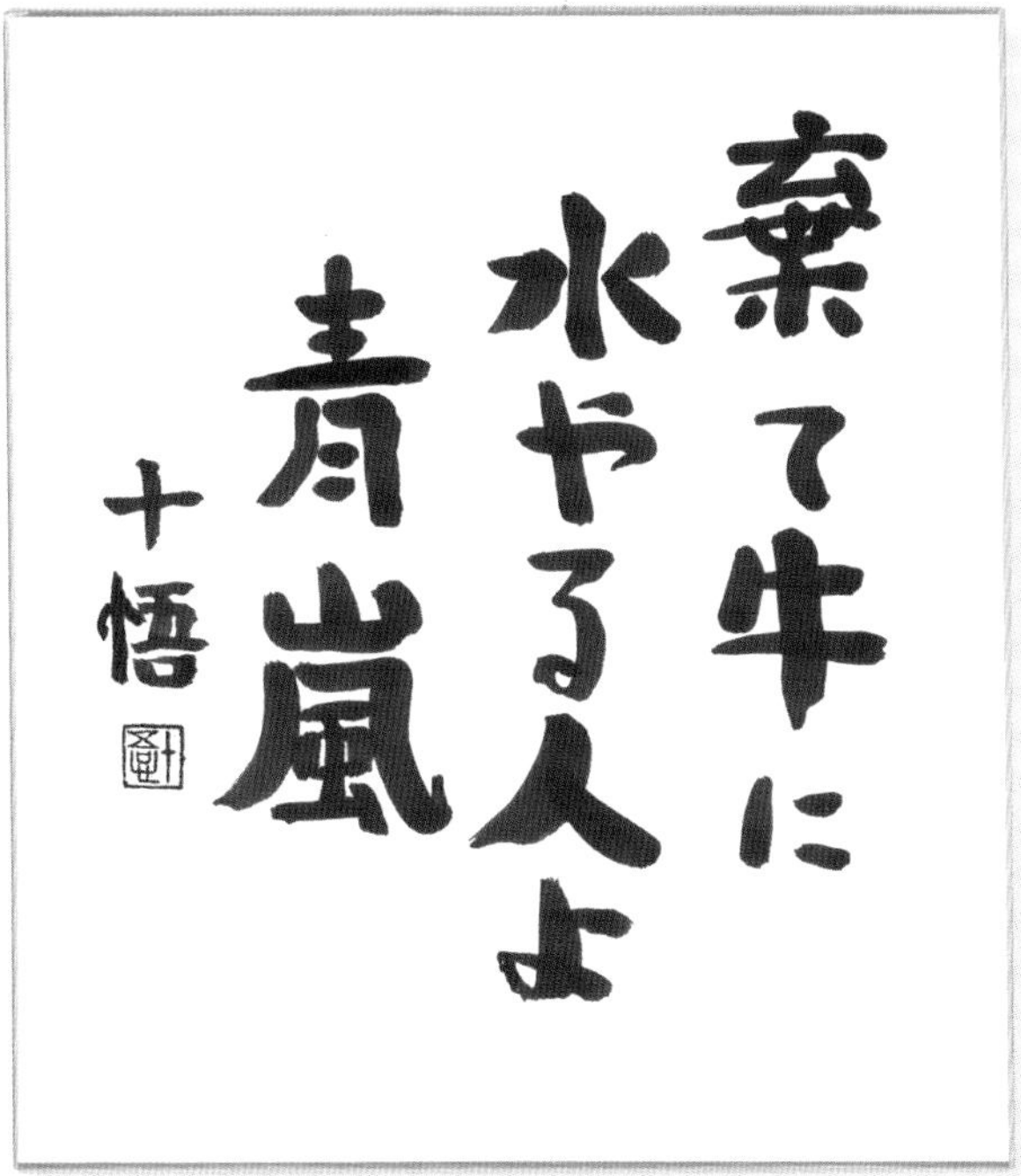

棄て牛に水やる人よ青嵐

——永瀬十悟

二七・四×二四・二（cm）墨書

『三日月湖』（コールサック社 二〇一八）

除染袋すみれまでもう二メートル
——永瀬十悟
二七・四×二四・二（㎝）墨書
『三日月湖』（コールサック社 二〇一八）

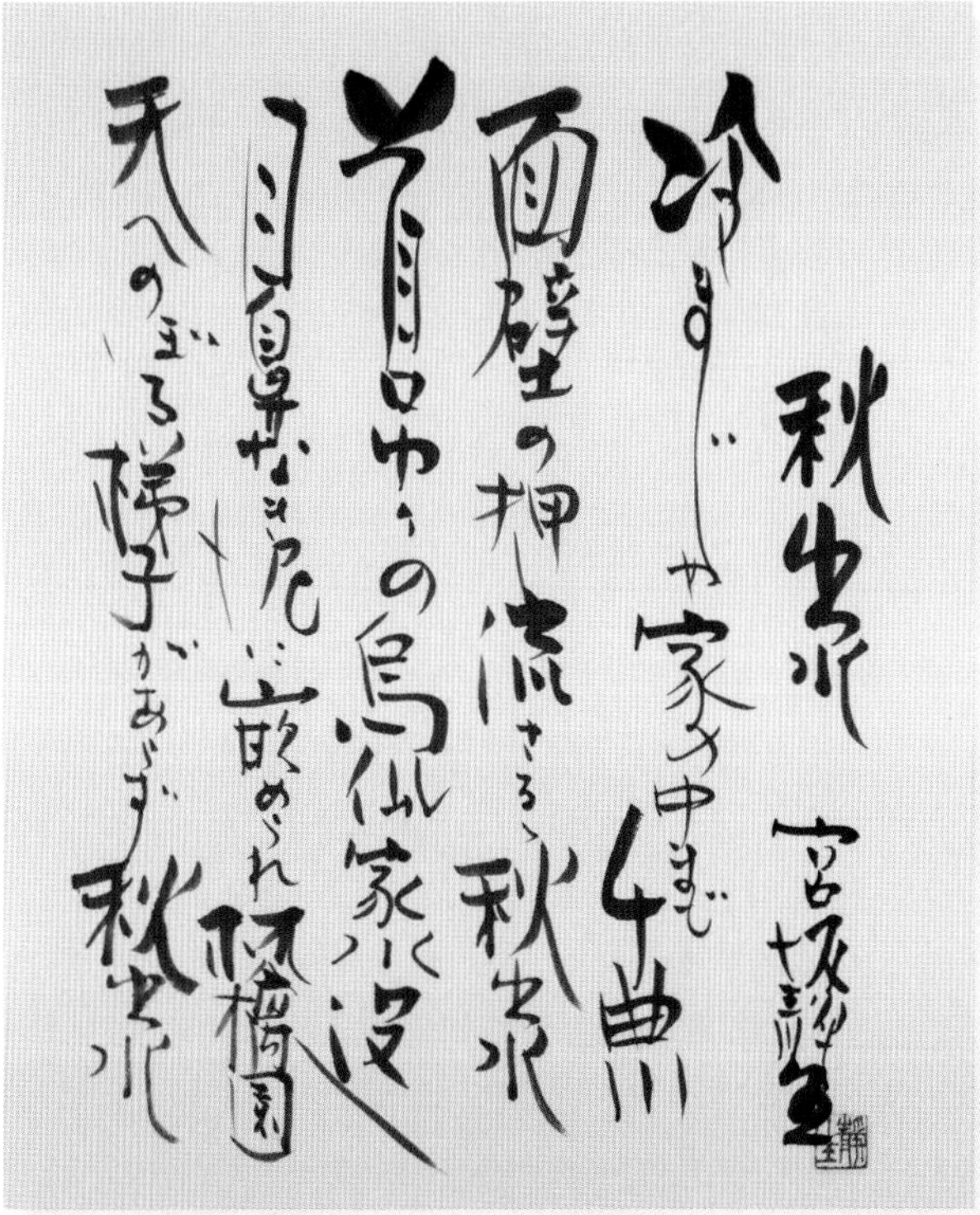

秋出水

冷まじや家の中まで千曲川
面壁の押し流さる、秋出水
首吊りの烏瓜家水没し
目鼻なき泥に嵌められ林檎園
天へのぼる梯子があらず秋出水

――宮坂静生

四五・五×三八（cm）墨書

●エッセイ

子規の海嘯《つなみ》・一茶の洪水

宮坂静生

明治二九（一八九六）年、時に子規は三十歳。一月三日、新年早々の句会に漱石・鷗外が顔を揃え、子規の「新俳句」が日清戦後の俳壇に画期的な歩みを始めた年である。

この年、六月十五日（旧端午）、三陸地域に大津波（海嘯）が襲い、死者約二万七千人を出した。早速、新聞「日本」（六・二九）に「海嘯」と題し十四句を載せる。子規により初めて海嘯が句材となる迫真の作。三句掲げる。

短夜やほろ〳〵燃ゆる馬の骨
生き残る骨身に夏の粥寒し
若葉して海神怒る何事ぞ

この年は天候不順で最悪の凶作。七月中旬から降り続いた雨が二十日から二十二日にかけて、北陸、中部、関東の広い地域に大水害をもたらした。信濃川河口に近い新潟県西蒲原郡小池村から横田村の堤防が決壊、家屋は流出し、出穂前の田は濁流に水没し、収穫は皆無。暮らしに困窮した農家では娘を身売りした記録が、信濃川大河津資料館に残る。

東京の下町向島一帯の洪水に「さながら戦時」だと子規は嘆き、「都かな悲しき秋を大水見」と詠む。とりわけ新体詩「洪水」（「日本人」第三〇号・明治二九・一一）は五連、二九八行の長編傑作。

森や林を伐られた「森の神」と蛇籠を並べたくらいで放り置かれている「川の神」が「雨の神」を招き洪水を起こす構想で「欲に目の無き軽薄の人間ばらを懲らさん」とした寓意詩として斬新である。

　自然の猛威を前に、百年は須臾の間だ。令和元（二〇一九）年十月十三日、台風十九号は千曲川を直撃した。長野市の東北部、長沼地区は堤防の決壊により浸水およそ三メートル。産土守田神社は消え、近くの妙笑禅寺一帯は蛇抜け（鉄砲水）さながらのがらんとした光景にことばを失う。門前に立つ水位標には寛保二（一七四二）年八月（戌《いぬ》の満水）以来の大洪水が今回も含め、七回とある。

　同地区へは柏原帰郷後の一茶が頻繁に通った。住職二休が門人でもあった真宗正覚寺には「洪水」と前書し「首たけの水にもそよぐ穂麦哉」を記した一茶の貼交屏風がある。首まで水に浸かりながらそよぐ穂麦を擬人化した秀作で、臨場感がある。文政二（一八一九）年五月、『八番日記』に載る同地詠か。句屏風の丈は一・七メートル。一・三メートルほどの此度の浸水に遇いながら、奇しくも水没を免れたという。

　洪水を句材にした着想は一茶が初めて。子規の海嘯、一茶の洪水、時代への関心を通して、地貌を愛する俳人の執念が感じられる。

展覧会に寄せて——館報「日本近代文学館」第二九四号（二〇二〇・三）

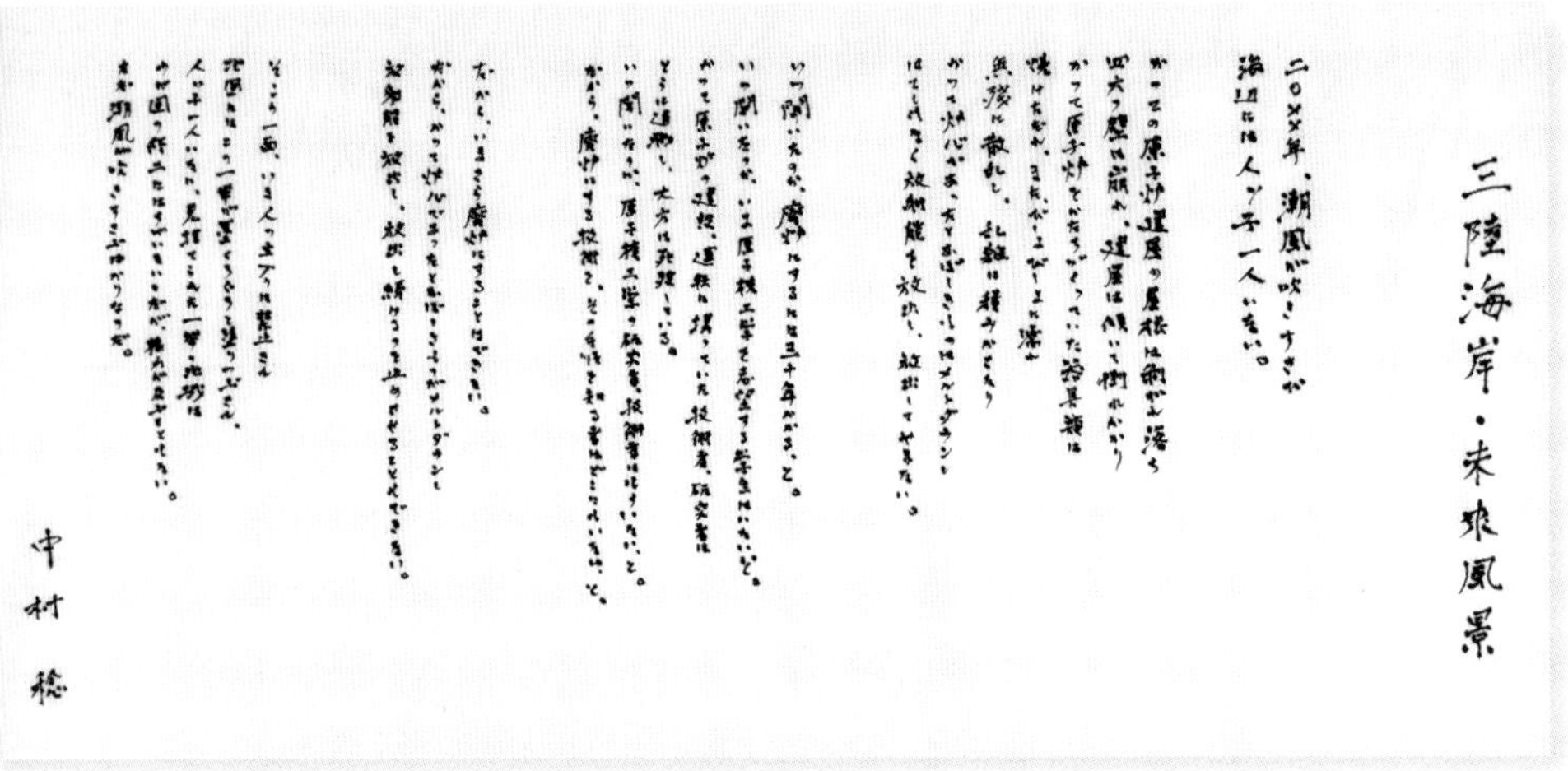

三陸海岸・未来風景

二〇××年、潮風が吹きすさぶ
海辺には人っ子一人いない。
かつての原子炉建屋の屋根は剥がれ落ち
四方の壁は崩れ、建屋は傾いて倒れかかり
かつて原子炉をかたちづくっていた器具類は
焼けただれ、[illegible]
無残に散乱し、乱雑に積みかさなり
かつて炉心があったあたりからはメルトダウンし
はてしなく放射能を放出し、放出してやまない。

いつ聞いたのか、廃炉にするには三十年かかる、と。
いつ聞いたのか、いま原子核工学を希望する学生はいないと。
かつて原子炉の建設、運転に携っていた技術者、研究者は
すでに退職し、大方は死亡している。
いつ聞いたのか、原子核工学の研究者、技術者はいなくなった、と。
だから、廃炉にする技術を、その手法を知る者はどこにもいないのだ、と。

だから、いまさら廃炉にすることはできない。
だから、かつて炉心であったところからはメルトダウンし
放射能を放出し、放出し続けるのを止めさせることもできない。

そこら一面、いま人の立入りは禁止され
地図の上ではこの一帯が[illegible]
人っ子一人いない、見捨てられた一帯の地形は
わが国の[illegible]
ただ潮風が吹きすさぶ[illegible]。

中村稔

三陸海岸・未来風景
——中村稔
四二×七一（㎝）墨書
『寂かな場所へ』（青土社二〇二二）

三陸海岸・未来風景

二〇××年、潮風が吹きすさび
海辺には人ッ子一人いない。

かつての原子炉建屋の屋根は剥がれ落ち
四方の壁は崩れ、建屋は傾いて倒れかかり
かつて原子炉をかたちづくっていた器具類は
焼けただれ、また、びしょびしょに濡れ
無残に散乱し、乱雑に積みかさなり
かつて炉心があったとおぼしきものはメルトダウンし
はてしもなく放射能を放出し、放出してやまない。

いつ聞いたのか、廃炉にするには三十年かかる、と。
いつ聞いたのか、いま原子核工学を志望する学生はいない、と。
かつて原子炉の建設、運転に携っていた技術者、研究者は
とうに退職し、大方は死歿している。
いつ聞いたのか、原子核工学の研究者、技術者はもういない、と。
だから、廃炉にする技術を、その手順を知る者はどこにもいない、と。

だから、いまさら廃炉にすることはできない。
だから、かつて炉心であったとおぼしきものがメルトダウンし
放射能を放出し、放出し続けるのを止めさせることもできない。

そこら一面、いま人の立入りは禁止され
地図にはこの一帯が墨くろぐろと塗りつぶされ、
人ッ子一人いない、見捨てられた一帯の地域は
わが国の領土にはちがいないのだが、権力が及ぶこともない。
ただ潮風が吹きすさぶばかりなのだ。

●エッセイ

三・一一文学館からのメッセージ展に寄せて

齋藤貢

「あの日」、決して起きてはならない厄災が、目の前で起きた。前触れもなく突然に襲ってきた巨大な暴力と恐怖に、被災地は、地震と津波と原発事故による三重苦を強いられた。わたしは、事故を起こした原発から北へ約十四キロの地で、震えながら不安にうずくまり、これからどうなってしまうのかもわからず、為す術もなかったのを憶えている。

この東日本大震災と東京電力福島第一原発事故から、十年。しかし、被災地の現状は「復興」という言葉にはほど遠い。なぜなら、福島県には今も約四万人の避難者がいて、ふるさとに戻れない暮らしをまだ余儀なくされているからである。

放射線被曝を怖れて戻らないと決めたひとも多い。事故を起こした原子炉格納容器の高濃度放射能汚染や溶融核燃料（デブリ）の状態は、ほとんどが解明されていないので、廃炉に至る計画や見通しの詳細も定かではない。加えて、増え続ける汚染水の処理問題が被災地に住むひとの心を引き裂いている。放射線デブリに直接触れた汚染水が原発敷地内に大量にたまり続けていて、この膨大な水をどう始末するのか、国がその解決から逃げ続けているからである。十年が経過してもなお、被災地の課題は山積している。

『チェルノブイリの祈り』を書いた作家スベトラーナ・アレクシェービッチさんは、原子力災害について「わたしたちが経験する新しい世界の問題であって、今までのわたしたちの経験が全く役に立たない」と言う。原子力災害が現代の科学文明に突きつけた問いは未だに疑問形のままだ。向き合う現代の知恵が試されているのかもしれないが、原発を稼働しながら、放射性廃棄物の処分方法を先送りし続けてきた原子力政策が、原発事故後の被災地を苦しめている。あの日、避難所では津波で家を流された家族が毛布に身を包みながら涙を拭った。それから放射線被曝を怖れて多くのひとがこの地を離れた。できるものなら、それらの奪われてしまった時間を全て被災者に返して欲しい。そう願ってやまない。

展覧会に寄せて――館報「日本近代文学館」第三〇〇号（二〇二一・三）

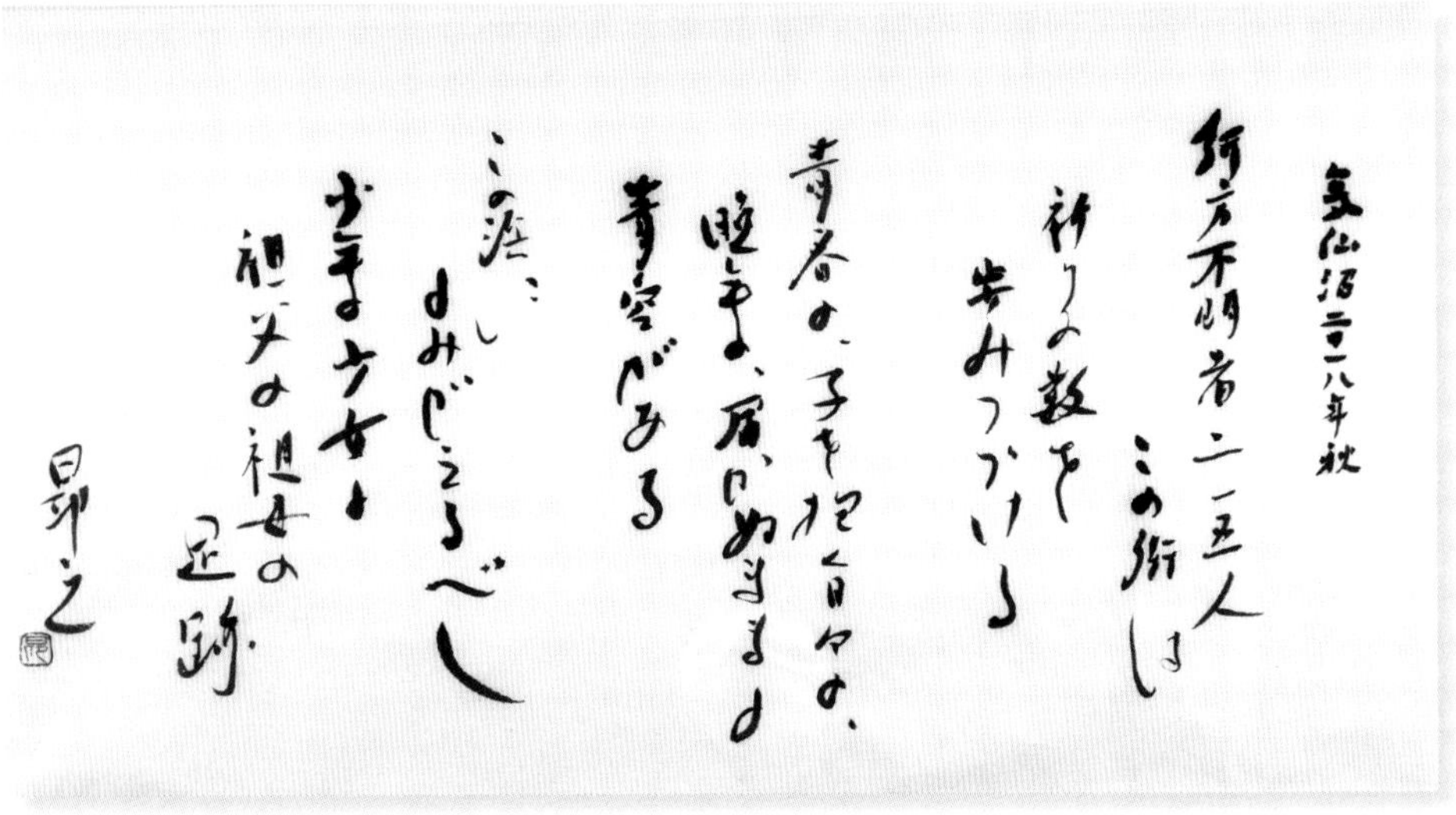
気仙沼二〇一八年秋
行方不明者二一五人この街は
祈りの数を
歩みつづける
昂之

気仙沼二〇一八年秋

行方不明者二一五人
この街は
祈りの数を
歩みつづける

青春の、子を抱く日々の、
晩年の、届かぬままの
青空がある

この浜に
よみがえるべし
少年の少女の
祖父の祖母の
足跡

――三枝昂之
四八×七八(㎝)墨書
『遅速あり』(砂子屋書房二〇一九)

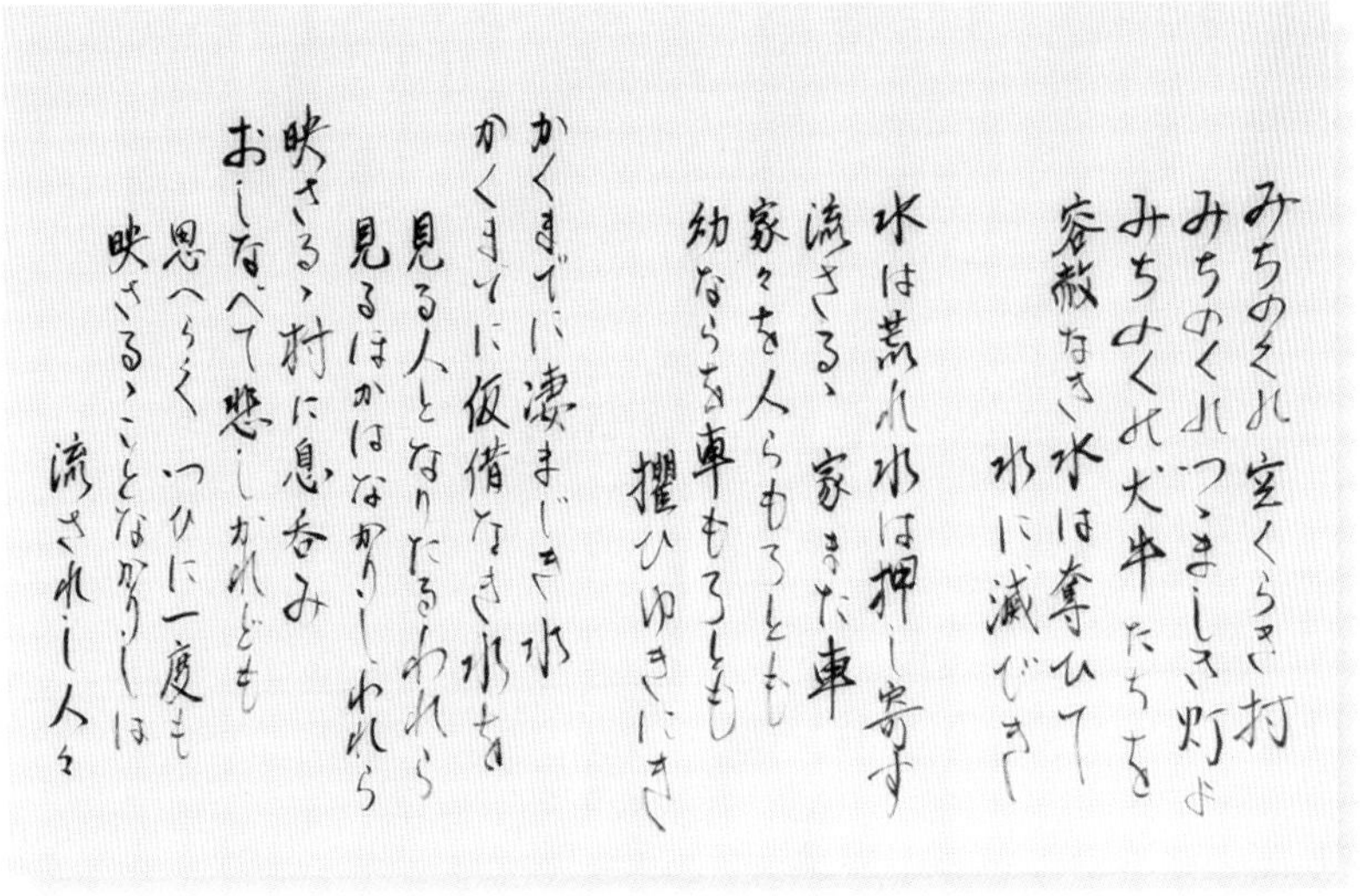
みちのくの空くらき村
みちのくのつゝましき灯よ
みちのくの犬牛たちを
容赦なき水は奪ひて
水に滅びき

水は荒れ水は押し寄す
流さるゝ　家また車
家々を人らもろとも
幼ならを車もろとも
攫ひゆきにき

かくまでに凄まじき水
かくまでに仮借なき水を
見る人となりたるわれら
見るほかはなかりしわれら
映さるゝ村に息呑み
おしなべて悲しかれども
思へらく　つひに一度も
映さるゝことなかりしは
流されし人々

みちのくの空くらき村
みちのくのつ、ましき灯よ
みちのくの犬牛たちを
容赦なき水は奪ひて
　水に滅びき

水は荒れ水は押し寄す
流さる、　家また車
家々を人らもろとも
幼ならを車もろとも
　攫ひゆきにき

かくまでに凄まじき水
かくまでに仮借なき水を
見る人となりたるわれら
見るほかはなかりしわれら
映さる、村に息呑み
おしなべて悲しかれども
思へらく　つひに一度も
映さる、ことなかりしは
　流されし人々

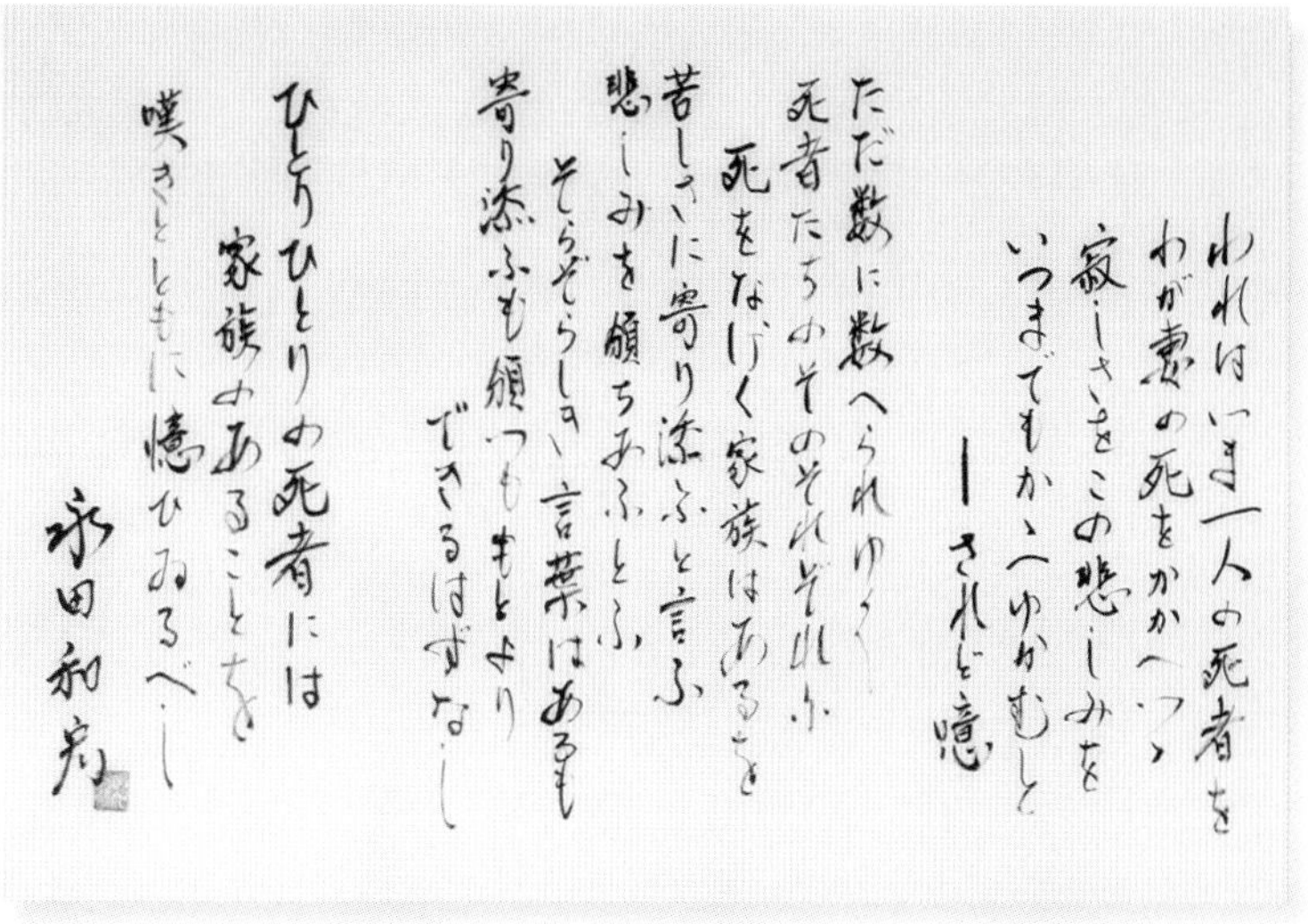

われはいま一人の死者を
わが妻の死をかかへつ、
寂しさをこの悲しみを
いつまでもか、へゆかむと
　　――されど憶

ただ数に数へられゆく
死者たちのそのそれぞれに
死をなげく家族はあるを
苦しさに寄り添ふと言ふ
悲しみを頒ちあふとふ
そらぞらしき言葉はあるも
寄り添ふも頒つももとより
　　できるはずなし

ひとりひとりの死者には
家族のあることを
嘆きとともに憶ひゐるべし

――永田和宏

四九×一四五（㎝）墨書

『午後の庭』（角川文化振興財団二〇一七）

●エッセイ

死は「数」ではない

永田和宏

多くの日本人にとって二〇一一年三月十一日の東日本大震災の映像は、その圧倒的な同時性、そして現場性においてこれまでに経験したことのない衝撃をもたらすことになった。津波がどんどん川をさかのぼっていく映像、家や車を呑み込んで有無を言わせぬ力で押し流していく映像のどれもが、かつて経験したことのない衝撃として、私たちに声を失なわしめた。

そのあまりの凄さに却ってどこか現実感が希薄なままに、茫然とテレビの前に突っ立っていたような気がする。

同じように、現実感が持てなかったのは、その犠牲者の数であった。刻々と変わっていく死者、行方不明者の数を報じる画面は、そのあまりの大きさ故に、それが悲しみに直結することを妨げていた。

犠牲者の個別性を捨象して、単なる数として把握すること。そこには、その死者の無念だけでなく、家族それぞれの悲しみと哀しみがすっかり抜け落ちてしまっている。何千人の犠牲者が居たことではなく、そのそれぞれに大切な人を失った、数限りない悲しみがあること、それを想像する力を、数の大きさが却って希薄にしてしまうのである。

ひとりひとりの死者には家族のあることを嘆きとともに憶ひゐるべし

東日本大震災のあと、どうしても短歌が作れなくなってしまい、珍しく長歌を作ることになった。この一首はその反歌である。この心の動きは自分でもよくわからないが、当時、私はたった一人の死者、河野裕子の死を抱え込み、その圧倒的な悲しみに押しつぶされそうであった。そんな時期に、自分と同じ悲しみを抱えている人々が、どれだけいるのだろうとしみじみ思われたのだ。何千分の一の死ではなく、一人一人が自分の〈いま〉と同じ悲しみに打ちひしがれているのだと捉えること、その想像力こそがどんな空々しい言葉より、犠牲者に、そしてその家族に寄り添うことになるのだろう。

ことは、まだ収まりを見せない新型コロナウイルスパンデミックの犠牲者についても同じである。

展覧会に寄せて――館報「日本近代文学館」第三〇六号（二〇二二・三）

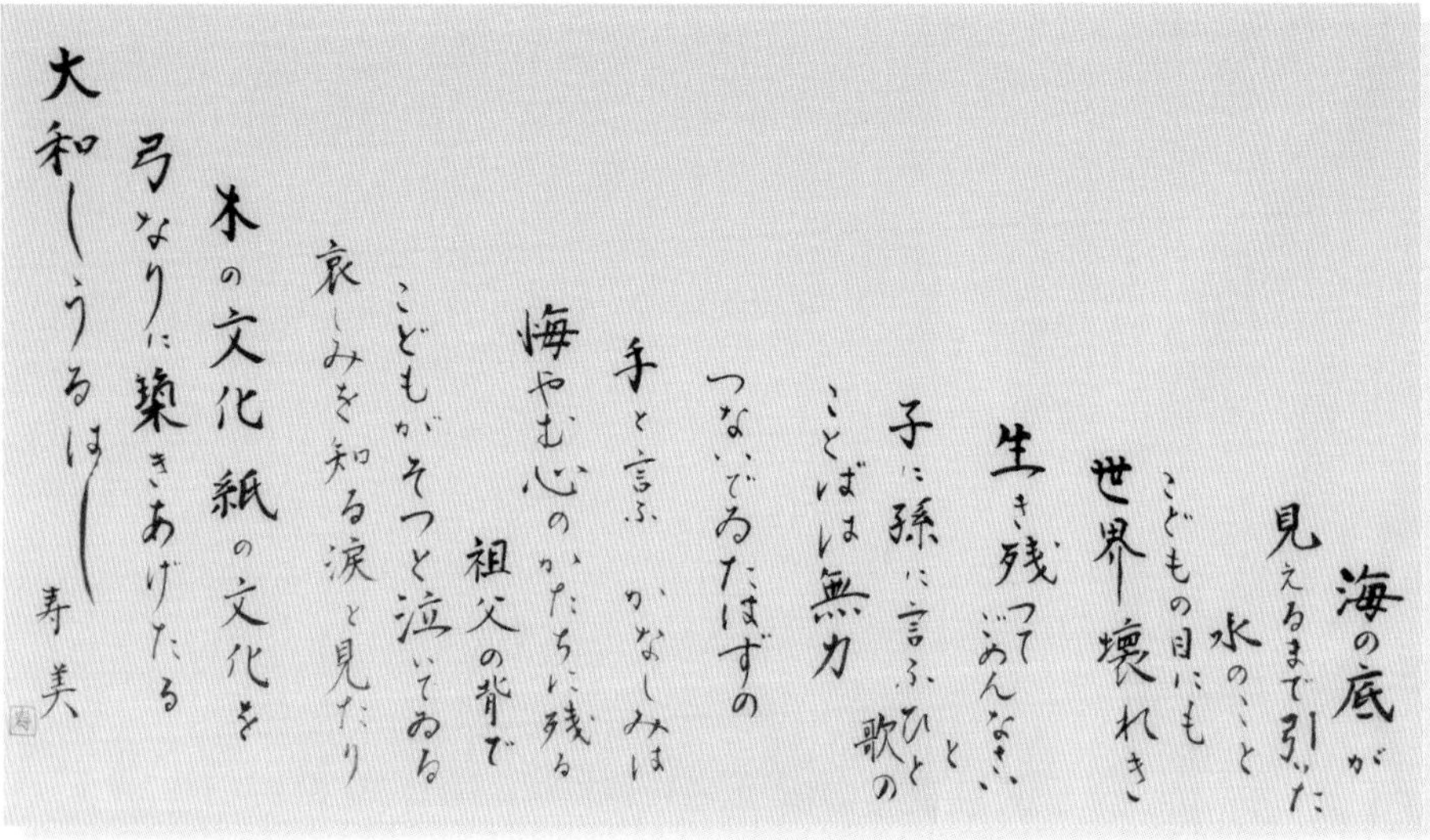

海の底が見えるまで引いた水のこと
　こどもの目にも世界壊れき

生き残つてごめんなさいと子に孫に
　言ふひと歌のことばは無力

つないでゐたはずの手と言ふ　かなしみは
　悔やむ心のかたちに残る

祖父の背でこどもがそつと泣いてゐる
　哀しみを知る涙と見たり

木の文化　紙の文化を弓なりに
　築きあげたる大和しうるはし

——今野寿美

四八×八〇（cm）墨書

『雪占』（本阿弥書店二〇一二）

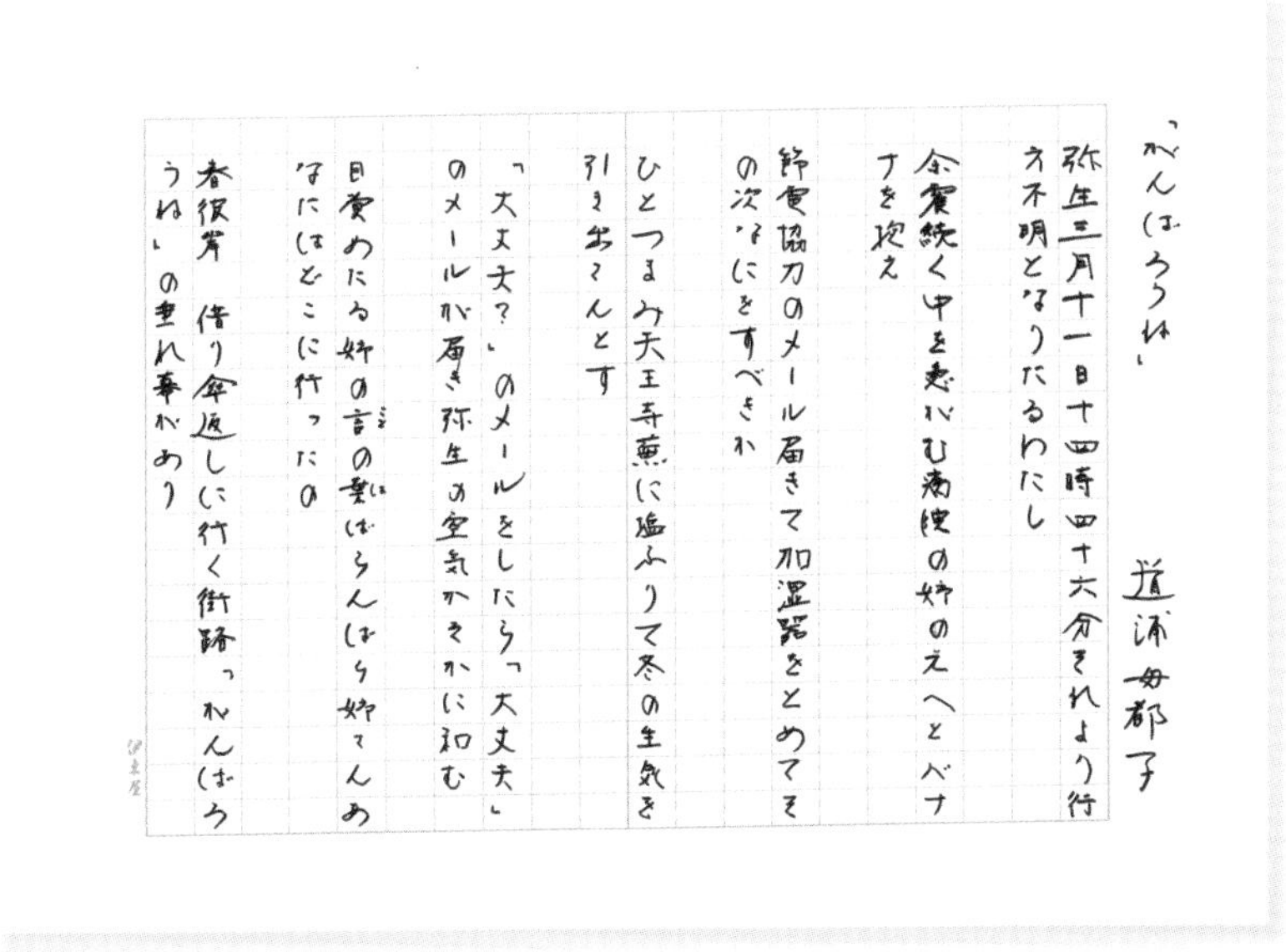

「がんばろうね」

弥生三月十一日十四時四十六分
　それより行方不明となりたるわたし

余震続く中を急がむ病院の
　姉の元へとバナナを抱え

節電協力のメール届きて加湿器をとめて
　その次なにをすべきか

ひとつまみ天王寺蕪に塩ふりて
　冬の生気を引き出さんとす

「大丈夫?」のメールをしたら「大丈夫」の
　メールが届き弥生の空気かそかに和む

目覚めたる姉の言《こと》の葉《は》ばらんばら
　姉さんあなたはどこに行ったの

春彼岸　借り傘返しに行く街路
　「がんばろうね」の垂れ幕があり

――道浦母都子

二五・七×三六（cm）　ペン書
『はやぶさ』（砂子屋書房 二〇一三）

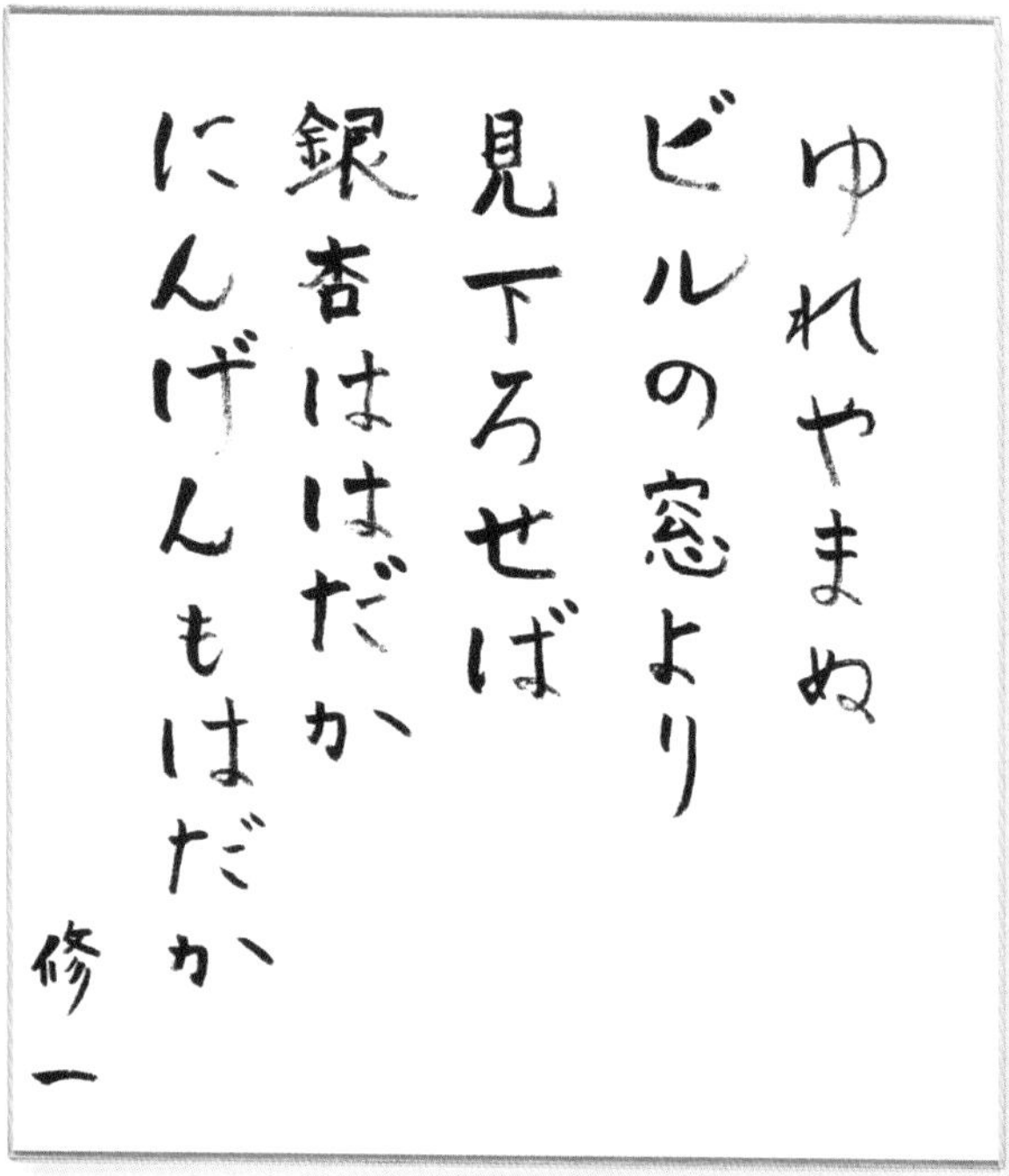
ゆれやまぬ
ビルの窓より
見下ろせば
銀杏ははだか
にんげんもはだか
修一

ゆれやまぬビルの窓より見下ろせば銀杏ははだかにんげんもはだか
——坂井修一

二七・二×二四・二（㎝）墨書
『縄文の森、弥生の花』
（角川書店二〇一三）

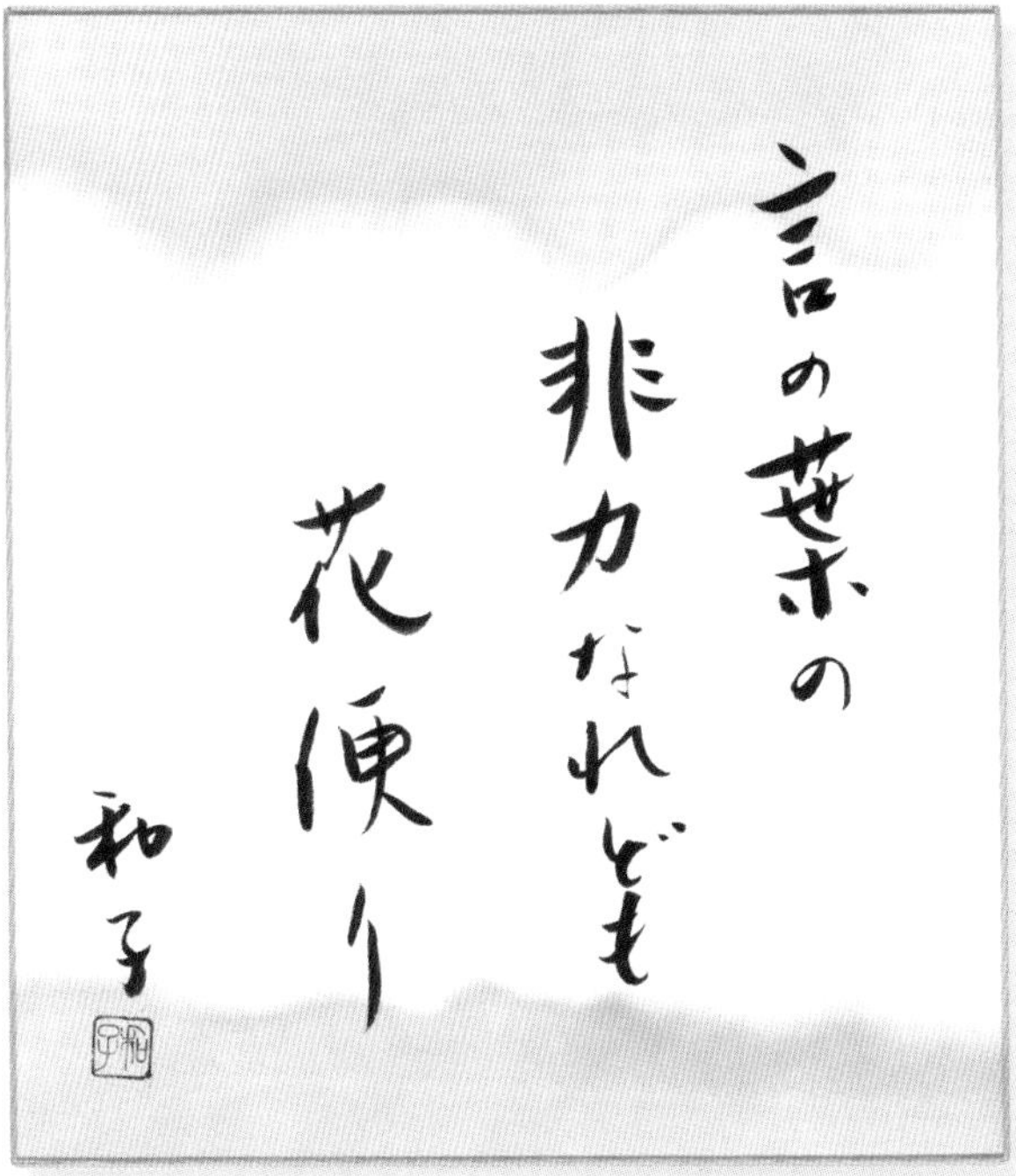

言の葉の非力なれども花便り

――西村和子

二七・二×二四・二（cm）墨書
『椅子ひとつ』（KADOKAWA 二〇一五）

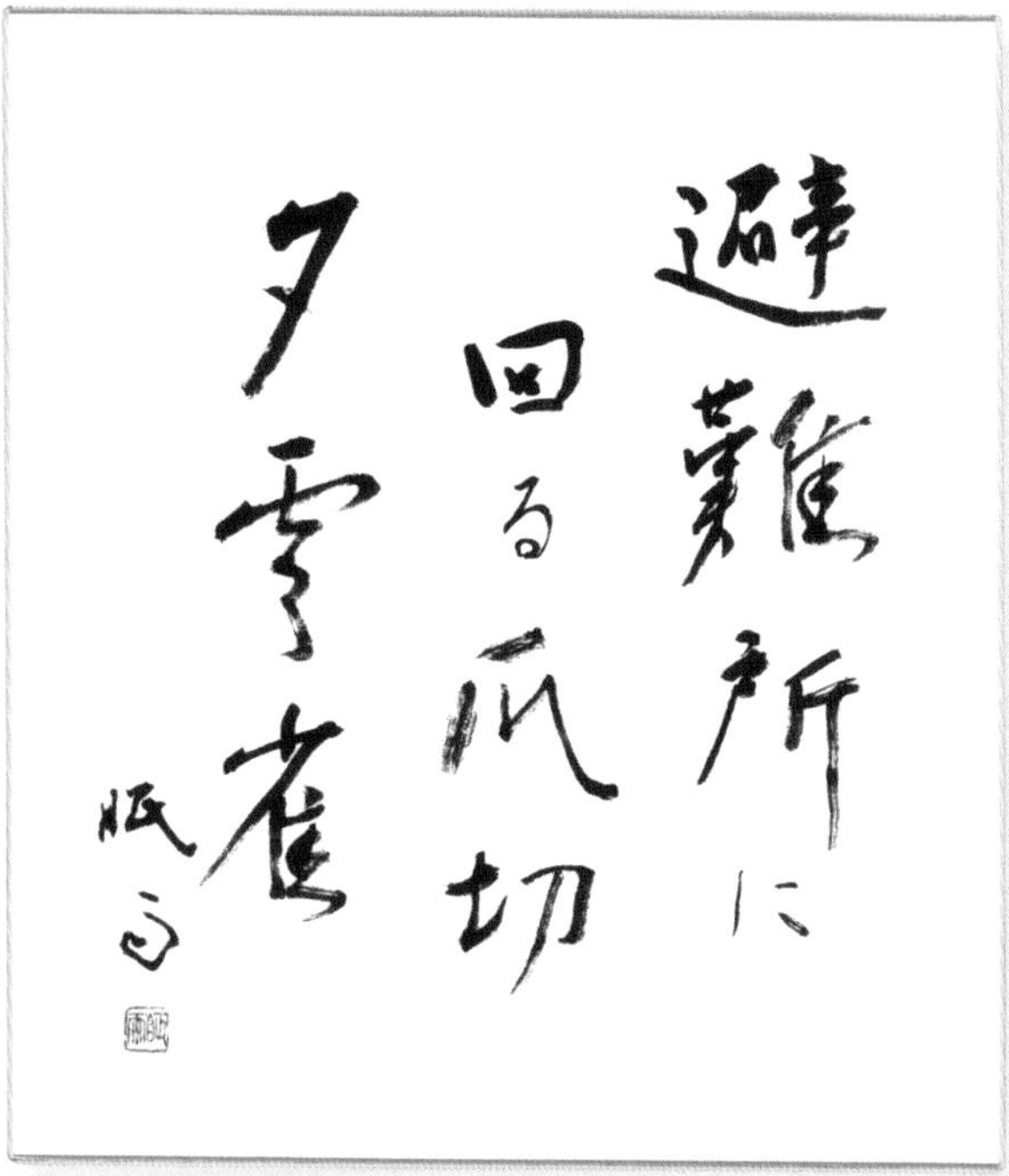

避難所に回る爪切夕雲雀
――柏原眠雨
二七・二×二四・二（㎝）墨書
『夕雲雀』（角川文化振興財団二〇一五）

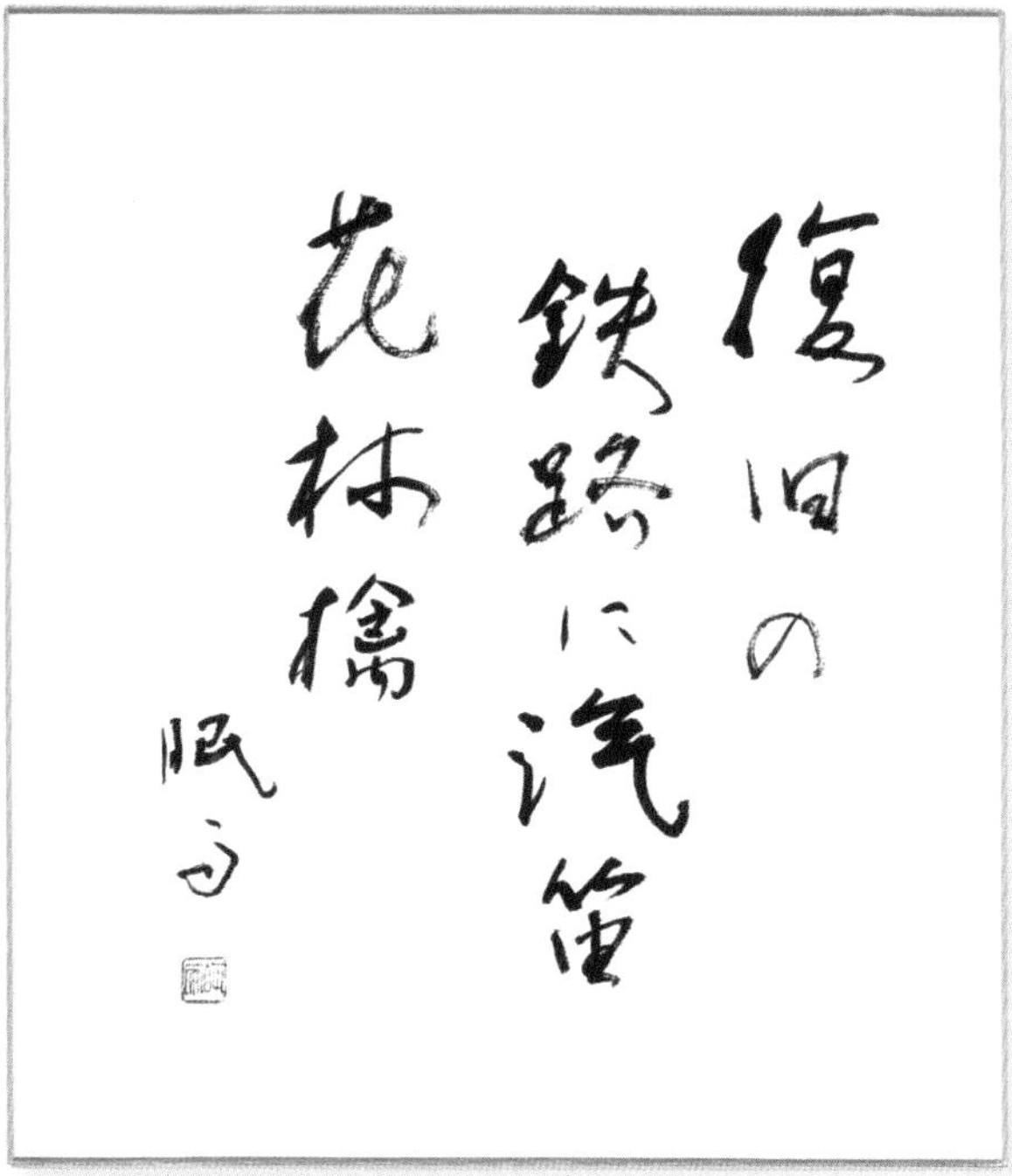

復旧の鉄路に汽笛花林檎

——柏原眠雨

二七・二×二四・二（cm）墨書

『花林檎』（本阿弥書店二〇二〇）

1

東日本大震災句抄

関 悦史

烈震の梅の木掴みともに躍る
四五日一人チョコレート食ふ《たる》地震また地震
激震中ラジオが「明日は暖か」と
テレビ見る彼ら・地揺りくぐわれら原発燃ゆ
テラベクレルの躓《つま》る我が家の瓦礫を食へ
テラベクレルの暴るる我が家の瓦礫を食ふ
Eカップとわれも名乗らん春の地震
福島の子供の習字「げんし力」
足尾・水俣・福島に山滴る

2

元朝や瓦礫となりて瓦礫に棲む
高線量地域点々初氷
東電に賞与の出たる冬の海
積む瓦礫に秋潮といふ蠢く墓
六価クロムも砒素も瓦礫に秋の水
残りし壁に「イヤ」と大書やいはきの秋
兵器恋うてプルトニウム生れ寒気《ま》に散り
二回目の正月の来し亀裂かな
全国の線量計の御慶かな
祭の子津波廃墟を覗き込む
とめどなき汚染の海やサーファーゐる
取り出さる燃料棒へ賀状書く
「進化」いま汚染水垂れあたたかし

3

江頭2:50ストラップなる裸
帰還困難地区は秋霖無言のバス
「プラチナ買います」てふ店舗被曝の雨に冷ゆ
核冷えの放置田に一羽の鷺を見き
バス濡らし怒々と秋の草木かな
「誰も無実ではない」三世の空襲忌 〔データの言葉〕
三月の遺骸が揺れるではないか
クレーンや原発鎮めんとしてかすむ
荒脛巾《アラハバキ》踊りみちのくとは半島
来世また瓦礫と会はん春の雨

東日本大震災句抄

烈震の梅の木摑みともに躍る
四五日一人チョコレート食ふ地震《なゐ》また地震
激震中ラジオが「明日は暖か」と
テレビ見る彼ら・地揺らぐわれら原発燃ゆ
テラベクレルの霾《つちふ》る我が家の瓦礫を食へ
テラベクレルの霾る我が家の瓦礫を食ふ

Eカップとわれも名乗らん春の地震
福島の子供の習字「げんし力」
足尾・水俣・福島に山滴れる

元朝や瓦礫となりて瓦礫に棲む
高線量地域点々初筑波

東電に賞与の出たる冬の海

積む瓦礫に秋潮といふ蠢く墓
六価クロムも砒素も瓦礫に秋の水
残りし壁に「イヤ」と大書やいはきの秋

兵器恋うてプルトニウム生《あ》れ寒気に散り
二回目の正月の来し亀裂かな
全国の線量計の御慶かな

祭の子津波廃墟を覗き込む
とめどなき汚染の海やサーファーゐる

取り出さるる燃料棒へ賀状書く
「進化」いま汚染水垂れあたたかし

江頭2:50ストラップなる裸
帰還困難地区は秋霖無言のバス
「プラチナ買います」てふ店舗被曝の雨に冷ゆ
核冷えの放置田に一羽の鳶を見き
バス濡らし怨々と秋の草木かな

「誰も無実ではない」三世の空襲忌デリダの言葉

三月の遺骸が揺れるではないか
クレーンや原発鎮めんとしてかすむ
荒脛巾《アラハバキ》滴りみちのくとは半島

来世また瓦礫と会はん春の雨

——関悦史

二五・七×三六（㎝）ペン書
『六十億本の回転する曲がつた棒』（二〇一一邑書林）、『花咲く機械状独身者たちの活造り』（二〇一七港の人）所収ほか

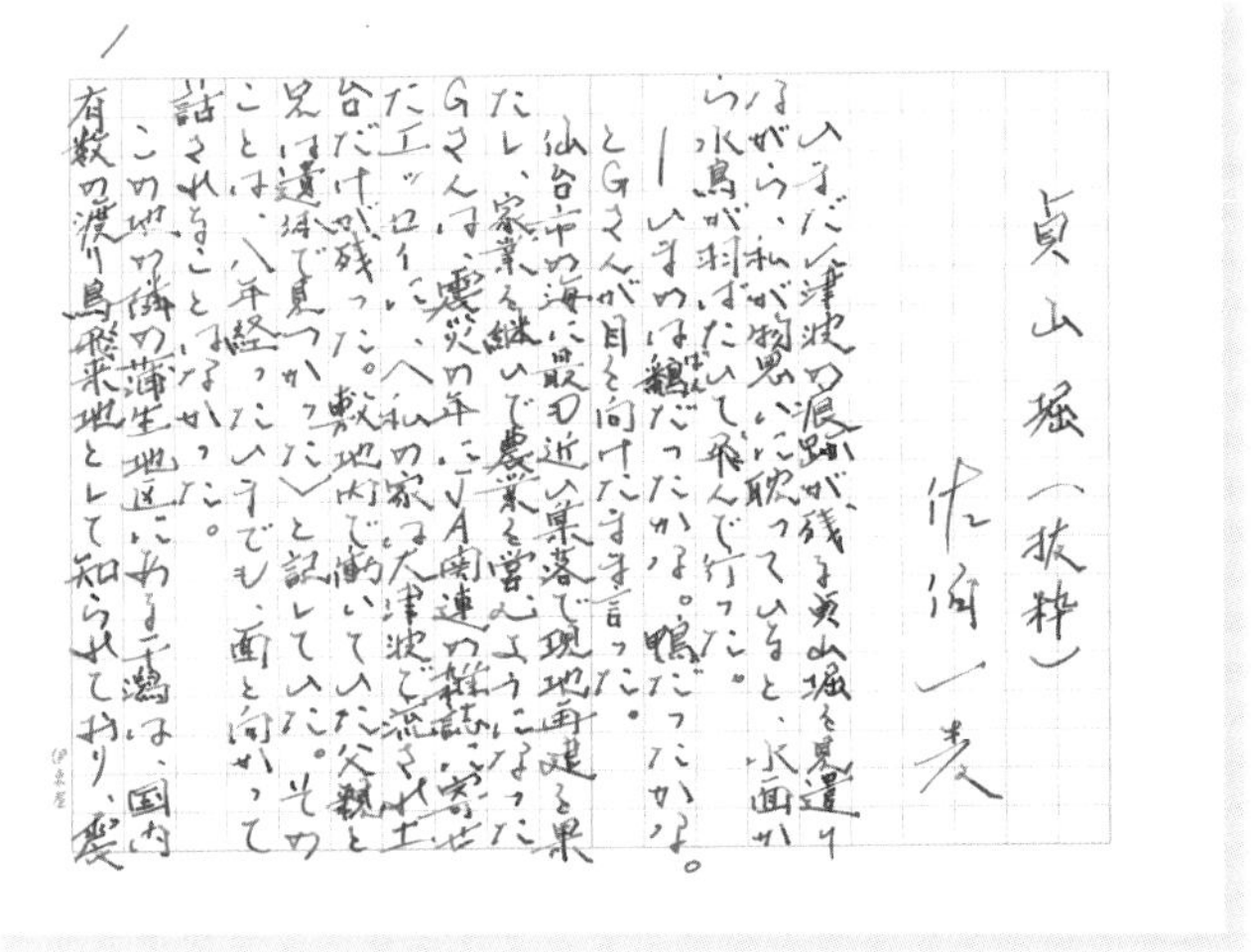

1
貞山堀（抜粋）
佐伯一麦
いまだに津波の痕跡が残る貞山堀を見遣りながら、私が物思いに耽っていると、水面から水鳥が羽ばたいて飛んで行った。
——いまのは鷭《ばん》だったかな。鴨だったかな。
とGさんが目を向けたまま言った。
仙台市の海に最も近い集落で現地再建を果たし、家業を継いで農業を営むようになったGさんは、震災の年にＪＡ関連の雑誌に寄せたエッセイに、〈私の家は大津波で流され土台だけが残った。敷地内で働いていた父親と兄は遺体で見つかった〉と記していた。そのことは、八年経ったいまでも、面と向かって話されることはなかった。
この地の堀の蒲生地区にある干潟は、国内有数の渡り鳥飛来地として知られており、震

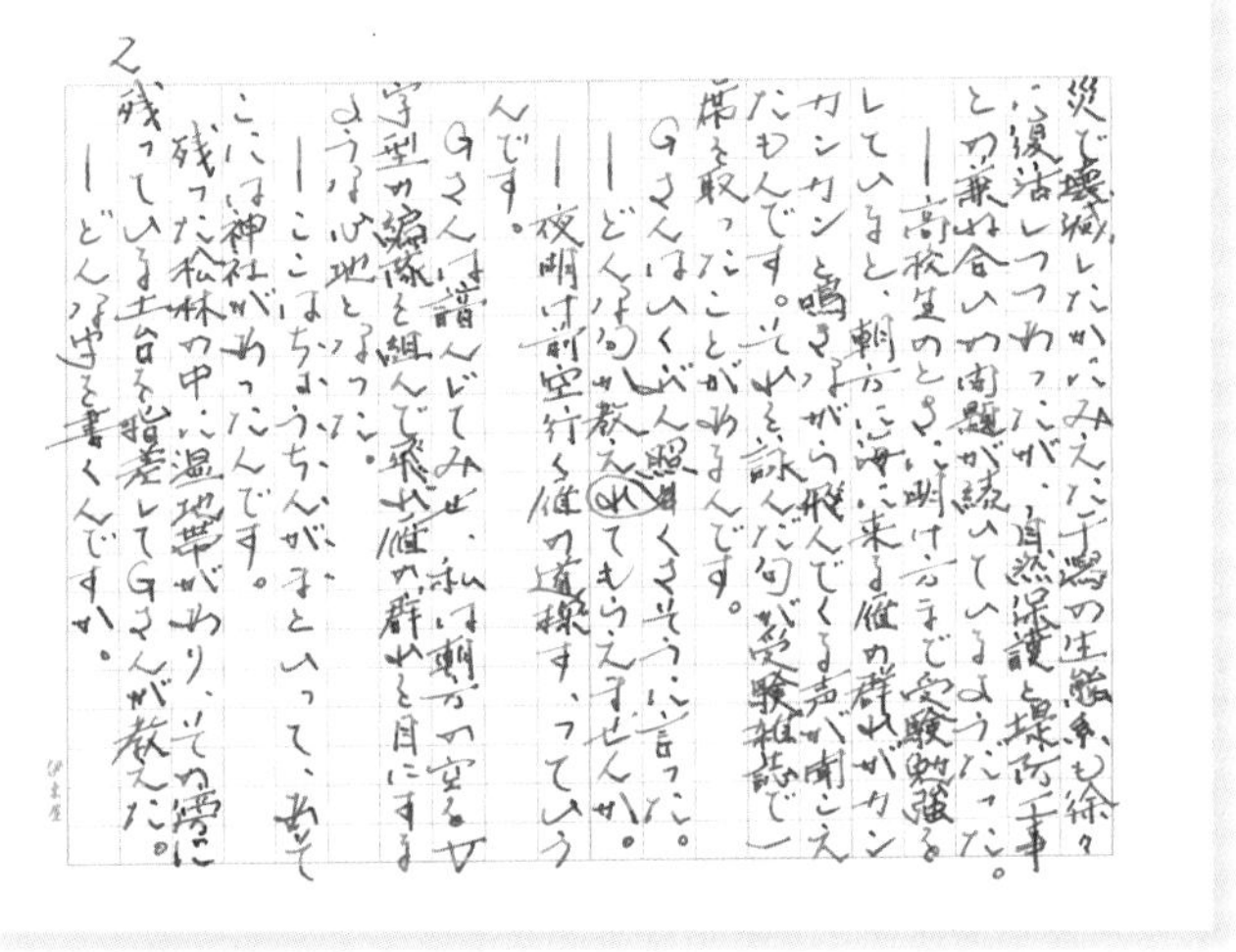

2
災で壊滅したかにみえた干潟の生態系も徐々に復活しつつあったが、自然保護と堤防工事との兼ね合いの問題が続いているようだった。

——高校生のとき、明け方まで受験勉強をしていると、朝方に海に来る雁の群れがカンカンと鳴きながら飛んでくる声が聞こえたもんです。それを詠んだ句が受験雑誌で一席を取ったことがあるんです。

Gさんはいくぶん照れくさそうに言った。

——どんな句か教えてもらえませんか。

——夜明け前空行く雁の道探す、っていうんです。

Gさんは諳んじてみせ、私は朝方の空をV字型の編隊を組んで飛ぶ雁の群れを目にするような心地となった。

——ここはちょうちんがまといって、あそこには神社があったんです。

残った松林の中に湿地帯があり、その傍に残っている土台を指差してGさんが教えた。

——どんな字を書くんですか。

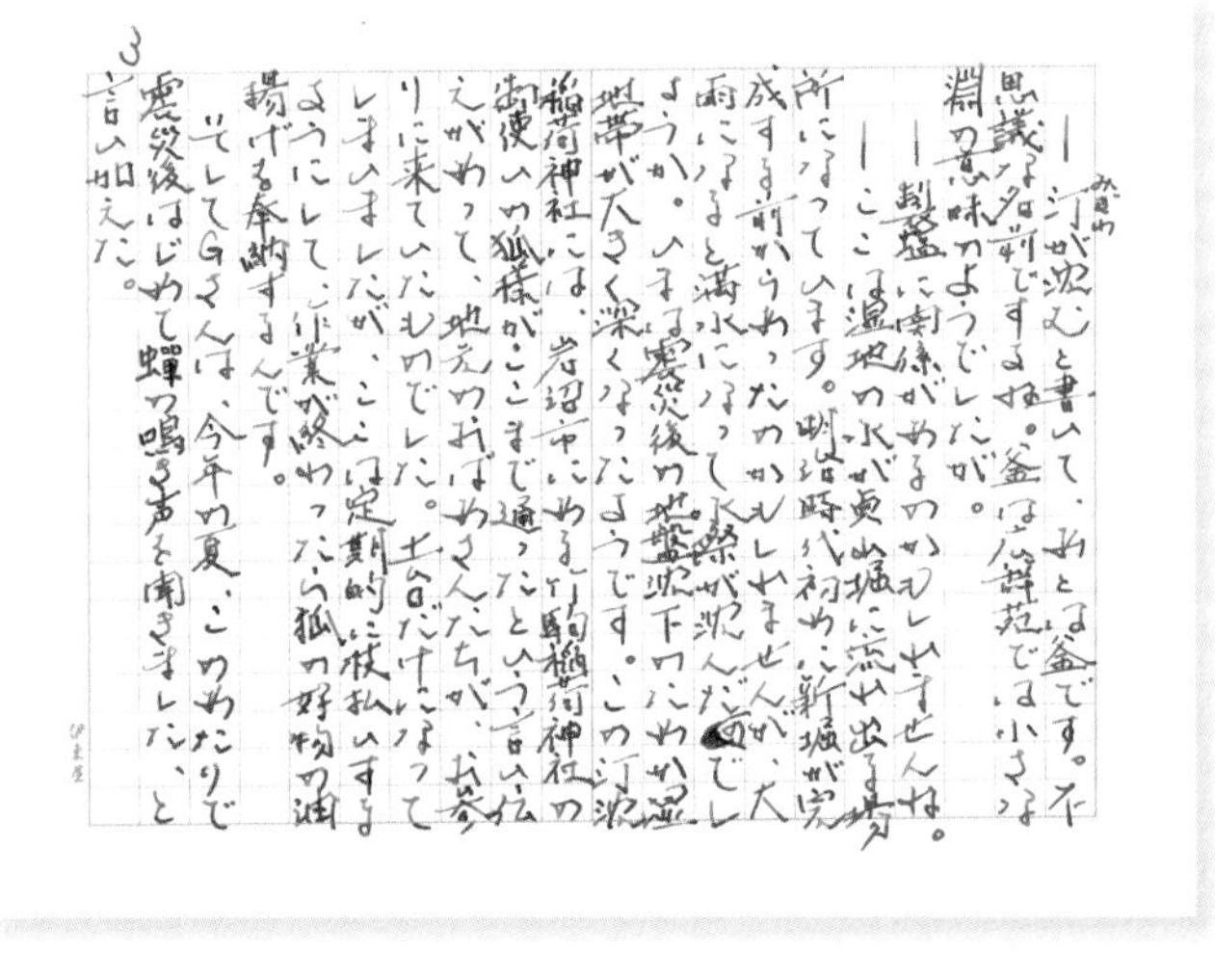

3
——汀《みぎわ》が沈むと書いて、ぬとは釜です。不思議な名前ですよね。釜は広辞苑では小さな淵の意味のようでしたが。

——地盤に関係があるのかもしれませんね。

——ここは湿地の水が貞山堀に流れ出る場所になっています。明治時代初めに新堀が完成する前からあったのかもしれませんが、大雨になると満水になって水際が沈んだのでしょうか。いまは震災後の地盤沈下のため湿地帯が大きく深くなったようです。この汀沈稲荷神社には、岩沼市にある竹駒稲荷神社の御使いの狐様がここまで通ったという言い伝えがあって、地元のおばあさんたちが、お参りに来ていたものでした。土台だけになってしまいましたが、ここは定期的に枝払いするようにして、作業が終わったら狐の好物の油揚げを奉納するんです。

そしてGさんは、今年の夏、このあたりで震災後はじめて蟬の鳴き声を聞きました、と言い加えた。

貞山堀 ——佐伯一麦
二五・七×三六（㎝） ペン書

貞山堀（抜粋）

いまだに津波の痕跡が残る貞山堀を見遣りながら、私が物思いに耽っていると、水面から水鳥が羽ばたいて飛んで行った。

――いまのは鷭《ばん》だったかな。鴨だったかな。

とGさんが目を向けたまま言った。

仙台市の海に最も近い集落で現地再建を果たし、家業を継いで農業を営むようになったGさんは、震災の年にJA関連の雑誌に寄せたエッセイに、〈私の家は大津波で流され土台だけが残った。敷地内で働いていた父親と兄は遺体で見つかった〉と記していた。そのことは、八年経ったいまでも、面と向かって話されることはなかった。

この地の隣の蒲生地区にある干潟は、国内有数の渡り鳥飛来地として知られており、震災で壊滅したかにみえた干潟の生態系も徐々に復活しつつあったが、自然保護と堤防工事との兼ね合いの問題が続いているようだった。

――高校生のとき、明け方まで受験勉強をしていると、朝方に海に来る雁の群れがカンカンと鳴きながら飛んでくる声が聞こえたもんです。それを詠んだ句が受験雑誌で一席を取ったことがあるんです。

Gさんはいくぶん照れくさそうに言った。

――どんな句か教えてもらえませんか。

――夜明け前空行く雁の道探す、っていうんです。

Gさんは諳んじてみせ、私は朝方の空をV字型の編隊を組んで飛ぶ雁の群れを目にするような心地となった。

――ここはちょうちんがまといって、あそこには神社があったんです。

残った松林の中に湿地帯があり、その傍に残っている土台を指差してGさんが教えた。

――どんな字を書くんですか。

汀《みぎわ》が沈むと書いて、あとは釜です。不思議な名前ですよね。釜は広辞苑では小さな淵の意味のようでしたが。

――製塩に関係があるのかもしれませんね。

――ここは湿地の水が貞山掘に流れ出る場所になっています。明治時代初めに新堀が完成する前からあったのかもしれませんが、大雨になると満水になって水際が沈んだのでしょうか。いまは震災後の地盤沈下のためか湿地帯が大きく深くなったようです。この汀沈稲荷神社には、岩沼市にある竹駒稲荷神社の御使いの狐様がここまで通ったという言い伝えがあって、地元のおばあさんたちが、お参りに来ていたものでした。土台だけになってしまいましたが、ここは定期的に枝払いするようにして、作業が終わったら狐の好物の油揚げを奉納するんです。

そしてGさんは、今年の夏、このあたりで震災後はじめて蟬の鳴き声を聞きました、と言い加えた。

永遠の旅人・・・・

臨終の床はある人を身よりの人々が見まもり
ついに息をひきとったことを見とどけたとき
はじめて死が確かめられ　死者として受けいれられ
葬られ　死者にやすらぎの場が与えられる。

息をひきとったことを自らも知らず　誰にも知られることもなく
不意の津波に呑みこまれて十余年
二千五百余の人々が海底の岩かげにひっそりと隠れ
あるいは兇悪な魚に喰いちぎられ　あるいはさまよい　漂っている。

彼らが息をたえたとき　彼らは孤独であった
彼らの死を確かめる者は一人もいなかった
彼らは孤独のまま　海底をさすらい　さまよう
彼らは永遠の海底の旅人であった。

ああ、忘れることはやさしい　しかし　私たちは忘れてはならない
海底に沈む二千五百余の人々の運命を
私たちは彼らの死を確かめ　彼らを葬り
彼らの魂を鎮め　彼らにやすらぎの場を与えなければならない。

中村稔

永遠の旅人

臨終の床にある人を身よりの人々が見まもり
ついに息をひきとったことを見とどけたとき
はじめて死が確かめられ　死者として受けいれられ
葬られ　死者にやすらぎの場が与えられる。

息をひきとったことを自らも知らず　誰にも知られることもなく
不意に津波に呑みこまれて十余年
二千五百余の人々が海底の岩かげにひっそりと隠れ
あるいは凶悪な魚に喰いちぎられ　あるいはさまよい　漂っている。

彼らが息をひきとったとき　彼らは孤独であった
彼らの死を確かめる者は一人もいなかった
彼らは孤独のまま海底をさすらい　さまよう
彼らは永遠の海底の旅人であった。

ああ、忘れることはやさしい　しかし　私たちは忘れてはならない
海底に沈む二千五百余の人々の運命を
私たちは彼らの死を確かめ　彼らを葬り
彼らの魂を鎮め　彼らにやすらぎの場を与えなければならない。

――中村稔

四三×五三（㎝）墨書
『寂かな場所へ』（青土社二〇二二）

●論考

いまを描く震災後文学の立つところ

木村朗子

はじめに

二〇二三年は一九二三年九月一日に起きた関東大震災から一〇〇年の節目にあたる。関東大震災は、文学者たちが被災を目の当たりにし、多くの文章を残している。日本近代文学館の展示記録によれば、東日本大震災の翌年に企画され、二〇一三年三月に公開された日本近代文学館の「文学と天災地変　震災をこえて――文学者たちの言葉」でも巌谷小波「此際大に若返れ」、北原白秋「震前震後」、松根東洋城「地震から俳諧へ」など関東大震災をめぐって文学者たちがなにを書いたのかがまず参照されていた。

関東大震災について被災地に入っての見聞を書き残した文学者は少なくない。たとえば川端康成は芥川龍之介、今東光とともに吉原遊廓の被災を見に出かけている。いま、それを読むと、東日本大震災後の文学者たちのことばに比べてあまりにあっけらかんとしていてその屈託のなさにかえって驚く。

川端康成が、芥川龍之介の死後にその追悼として発表した「芥川龍之介氏と吉原」には「吉原遊廓の池は見た者だけが信じる恐ろしい「地獄絵」であった。幾十幾百の男女を泥釜で煮殺したと思えばいい。赤い布が泥水にまみれ、岸に乱れ着いているのは、遊女達の死骸が多いからであった」と書かれ、さらにその光景を芥川龍之介が自殺を決意したときに必ずや思い出しただろうと述べられている。

生前の芥川氏に余り親むこともなく過ぎた私には、故人のことを思うと、その日のヘルメット帽であたりかまわず爽壮と歩いていられる姿が第一に浮んで来る。その頃はまだ死を思わぬ快活さであった。

しかしそれから二三年の後いよいよ自殺の決意を固められた時に、死の姿の一つとして、あの吉原の池に累々と重なった醜い死骸は必ず故人の頭に甦って来たにちがいないと思う。死骸を美しくするために、芥川氏はいろんな死の方法を考えてみられたようだ。その気持の奥には美しい死の正反対として吉原の池の死骸も潜んでいたことだろう。

あの日が一生のうちで一番多くの死骸を一時に見られたのだから――。

その最も醜い死を故人と共に見た私は、また醜い死を見知らぬ人々より以上に故人の死の美しさを感じることが出来る一人かもしれない。

（「芥川龍之介氏と吉原」児玉千尋編『文豪たちの関東大震災』皓星社、二〇二三年）

川端にとって被災の記憶は、「累々と重なった醜い死骸」のイメージに尽きるらしい。芥川の没した一九二七年あるいは川端が「芥川龍之介氏と吉原」を発表した一九二九年の時点では、たしかに「あの日が一生のうちで一番多くの死骸を一時に見られた」経験であったろう。

そののち川端康成は戦時下を生きぬき戦災を経験している。川端が戦後に発表した「富士の初雪」(一九五二年)には戦災でみた「惨死體」を目の裏に焼き付けている男を登場させている。戦時下に関係をもち女が妊娠出産までするが親に別れさせられ、それぞれ別な家族をもった男女が戦後にばったり出会い、箱根で一夜を過ごす物語だ。夜、横になると、歌子が「昔のやうに抱いてちやうだい」というと二郎は性欲を抑えるために「空襲で焼ける東京の町を思ひ浮べようとつとめた。空襲の惨死體を思ひ浮べた」。そして「それは二郎の欲望をおさへる方法だつた」と書かれている。主人公が性欲を抑えるために「惨死體」を思い浮かべるなどという発想がそもそも東日本大震災後の文学ではあり得ない表現だ。二郎は女に「戦争不能症」なのだと嘯く。しかしこの戦災の記憶を語るのに川端は二郎自身の見たこととしてではなく、どういうわけか友人と行った「妙なところ」の女がしつこく話した「惨死體のさま」を経由させているのである。

終戦間もなく、二郎は友人と妙なところにゆくと、女は空襲で家族に死なれたといふ身の上話をはじめた。二郎はいい加減に聞き流した。二郎が信じないらしいのを見て、惨死體のさまをしつつこく話した。女が見たことはたしかなやうだが、それだつて、女の身うちとはかぎらない。しかし、二郎も自分の見た惨死體を思ひ浮べた。(『富士の初雪』新潮社、一九五八年)

二郎が友人と出かけた「妙なところ」とは、関東大震災後に出かけた吉原のようなところであろう。そこで川端自身が見た光景を重ね合わせるように「妙なところ」の女が語った話が引用されている。箱根にむかう列車から初雪を冠した富士山をみているのは九月二十二日であって、九月一日の関東大震災を思い起こして不思議のない日にちにわざわざ設定されている。この奇妙な語りは、おそらく川端自身が東京大空襲の戦災を語るのにあたってなお、川端にとって関東大震災が「あの日が一生のうちで一番多くの死骸を一時に見られた」経験であり続けたからなのではないか。

東日本大震災の経験が、コロナ禍を経ても消えないように、戦災をも経たはずの川端康成の小説に関東大震災の影がさしていると読める。関東大震災の傷跡がたとえ東京の市街地に残ってはいないとしても、心に残り続けているはずだと信じられるのは、高森順子『震災後のエスノグラフィ――「阪神大震災を記録しつづける会」のアクションリサーチ』(明石書店、二〇二三年)にあるように、阪神・淡路大震災から三〇年近くが経っても、記録する会が会合を続けているからだろうか。少なくとも災害というのは、あの日がどれほど遠くなってもそれからの時間を生きるなかに残存しつづけるのである。

東日本大震災から一三年の被災地復興

東日本大震災の津波の被災もまた大量死という点においては関東大震災と同様だったはずだが、報道においてもまた表現においても、死者たちをそのままに描写するような時代ではすでになかった。その分、死者たちの無念を想像し、死者たちと交感を描く作品があった。たとえば小説作品としては、死者たちがその突然すぎる死について納得し受け入れていく過程を描いたいとうせいこう『想像ラジオ』(河出書房新社、二〇一三年。のちに河出文庫)があった。

またルポルタージュの分野において、奥野修司『魂でもいいから、そばにいて―3・11後の霊体験を聞く』（新潮社、二〇一七年。のちに新潮文庫）などのように「霊体験」というかたちをとって死者の姿が多く記録されたところにも東日本大震災後の作品のひとつの特徴がある。

日本近代文学館で、二〇一八年二月二〇日から三月二四日に行われた「三・一一　文学館からのメッセージ―震災を書く」の展示には、いとうせいこう、奥野修司の名前があり、死者を描く表現への関心がうかがえる。東日本大震災から一三年が経つとはいえ、私たちは「あの日」からの地続きの日々を生きている。しかし死者にはあの日からの日々を語ることはできない。

いま文学では、あれからの日々を記録する試みがなされている。世界規模の新たな災厄のコロナ禍に迎えることとなった東日本大震災から一〇年目、瀬尾夏美、高森順子、中村大地らがまとめた「一〇年目の手記」は次のような呼びかけで集められたものである。

思いがけない災禍のなかで迎えた一〇年目。突然の変化にうろたえ、これまでと異なる暮らしに戸惑うとき、どこかであの「震災」を思い出したり、振り返ったりする人もいるでしょう。ふと思い出したこと、忘れられないこと、忘れたくないこと。あなたのなかに、誰かに伝えるには大切すぎたり、どのように語っても足りなかったり、反対に、人に話すにはささやかすぎたりして、これまで言葉にしてこなかった「震災」にまつわるエピソードはありませんか。わたしたちは、そのなかに、そこから生まれる対話に、これからをともに生き抜くためのヒントがあるのではと感じています。いまあらためて、あなたが抱えてきた記憶を手記にしたため、わかちあう時間を持ちませんか。

（WEBサイト「震災後の経験を未来につなげるメディア　Art Support Tohoku-Tokyo 2011→2021」より）

ここで「人に話すにはささやかすぎたりして、これまで言葉にしてこなかった「震災」にまつわるエピソード」とあることがとりわけ重要である。被災による衝撃を受けて少なからず傷ついていたとしても被災者の立場をとれなかった多くの声があるということにあらためて焦点をあてようとするものだからである。メンバーには「阪神大震災を記録しつづける会」の高森順子が入っており、一九九五年に起きた阪神・淡路大震災からの復興の時間が一方に意識されているだろう。

小説作品においても、二〇二一年上半期の芥川賞候補作のくどうれいん『氷柱の声』が同様の関心で書かれている。『氷柱の声』の「あとがき」によれば、小説の登場人物たちは「あなたと震災のことで『言えなかったこと』『言うほどじゃないと思っていること』を聞かせてください。わたしはそれを作品にするかもしれないし、しないかもしれません」という呼びかけに応えた七名の人々に行った「取材」をもとに構成されているという。

あるいは、いとうせいこうの『福島モノローグ』（河出書房新社、二〇二一年）、『文藝』で連載された「東北モノローグ」がある。津波の被災者を死者の視点で書いた『想像ラジオ』ののち、福島、東北へ出かけていき（コロナ禍にはオンラインで）、放射能災害を含めた災厄を生き延びた人々に話を聴き、それをモノローグとしてまとめている。これもまた「あの日」からの日々を記憶するための文学作品である。

こうした東日本大震災後の文学に接してあらためて、広島、長崎のその後の物語が知りたいと思う。被災の物語とはいまや復興の物語であり、その後の物語であるからだ。記憶の継承といったとき、多くの場合それは被災の記憶の継承を意味している。語り部が語り継ぐ証言はおおむね被災の経験である。たとえば広島、長崎の原爆について、私たちの知るイメージは原民喜『夏の花』に描かれたような「あの日」のことである。するとより甚大な被災をした人あるいはそれを目撃した人に語り継ぐ物語があるということになり、そのまったき当事者が死者だということになってしまう。しかし一方で、たとえば広島、長崎の原爆のあとの日々がどのようであったのか、各地の大空襲からあとの日々がどのようであったのかといった復興の日々の記憶の継承はされているだろうか。

いま関東大震災の傷跡を関東地方にみることはむずかしい。しかし川端康成が関東大震災を描きこんだ作品『浅草紅団』（一九三〇年。本文は講談社文芸文庫版に拠る）には復興のさまも描きこまれていたのである。

「私も諸君の前に―大正地震の後の区画整理で、新しく書き変えられた「昭和の地図」を拡げよう」とはじまって、第一節は復興後の浅草が描かれていく。五節には「昭和三年二月復興局建造の言問橋は、明るく平かに広々と白い、近代風な甲板のようだ。また都会の芥《ごみ》で淀んだ大川の上に、新しく健やかな道を描いているかのようだ」とあって、復興は真新しい建造物によってあらたに街は生まれ変わっていく過程である。一方で第七節には「仁王門の左の小屋に、―本堂大営修繕寄付受付所、―本堂御屋根用瓦寄進受付所、そんな木札が目立つから、浅草の賑わいには、まだ時間がある」ともあって改修の途上にあることもわかる。

この復興が「近代風の」「新しく健やか」な建造物によるものであったことは、「コンクリイト」と名付けられた三十一節に象徴的である。「都鳥の向島はコンクリの河岸公園となった。向島名物、長命寺の桜餅や言問団子を売る家も、コンクリイト建てとなった」とある。また吉原近くの小さい公園で、「鉄筋コンクリイト」でつくられた共同便所が木造の自宅よりも立派だというので貧しい町の子供が遊び場とし、きれいに掃除しているエピソードがある。川端によればこれは「一九二九年では、メリケン渡来の「モダン」という、無軌道の機関車」といったモダニズムの道筋であり、古い木造建築からコンクリート建ての建築になっていくことは肯定的な未来志向の復興であったことがわかる。その後に戦災があったとはいえ、関東大震災は街の近代化を促進するものだったのである。あらかじめ近代都市であった阪神淡路大震災の被災の痕跡は、たとえば神戸の湾岸地区の兵庫県立美術館付近の、他の地域とはリズムの異なる大規模団地が立ち並ぶエリアに気配を感じさせるのみで基本的には元通りに戻すことに注力された。

一方、東日本大震災の津波の被災地は、都市部の復興とはまったく異なる道筋を辿らざるを得なかった。津波の被災地復興計画について早くに注目して記録してきたのが、陸前高田で定点観測し続けている小森はるか、瀬尾夏美のアートユニットである。山を切り崩しての嵩上げ工事は、家屋が流されたあとその場所だと知らせる印のようにして残った基礎部分がまるごと地中に埋めて、のっぺりと平らな造成地となった。それは津波の被災者にとって二度目の喪失であったことが、小森はるか、瀬尾夏美による映像作品『波のした、土のうえ』（二〇一五年）には刻印されている。

しかし「あの日」から遠ざかれば遠ざかるほど、「あの日」からあとに生まれた世代が拡張していく。すると嵩上げされたあとの風景をわがふるさとの景色だと記憶する世代がでてくることになる。これを瀬尾夏美は「二重のまち」と位置づけ、「あの日」を記憶する人々の喪失とあたらしい街での暮らしとの「交代地」における記憶の継承を試行しはじめる。小森はるか、瀬尾夏美による映像作品『二重のまち／交代地のうたを編む』（二〇一九年）は、被災地の外からやってきた四人の若い旅人が陸前高田の人々と交流し話をきき、それを観客に伝えるプロジェクトである。

嵩上げ地の景色を移した小説作品として佐藤厚志『荒地の家族』がある。二〇二二年下半期の芥川賞受賞作となった本作は、宮城県、仙台より南に位置する亘理町を舞台とし、津波の被災地における復興とはなにかを問う作品である。くどうれいん『氷柱の声』がそうであったように、『荒地の家族』もまた、あれほどの災厄を経験したあとでなお見舞われた大規模な災厄であるコロナ禍から津波の被災を振り返るかたちとなった。その上、『荒地の家族』の舞台となっている亘理町は、二〇一九年の大型台風の被害で、阿武隈川の氾濫によるさらなる水没被害を経験してもいる。一〇年が経ってもそこがいまだ「荒地」なのだとしたら、復興後という時間はまだ遠い未来にあるのだろう。

その「荒地」から震災の痕跡が跡形もなく覆い隠されるときとは、おそらく震災の記憶、より具体的には津波の恐怖が消え去ったときだろう。瀬尾夏美、小森はるかが構想する「二重のまち」もまた地中に昔の土地があったことを知らない、震災後に生まれた世代の視点に照準をおいている。震災後に生まれた世代にとっては、嵩上げ地はあらかじめその土地のゼロ地点だ。地中に別の街があった記憶をもたない人々がマジョリティとなっていったとき、津波の記憶が昔話のような伝説のようなものになっていったとき、人々は海の見える土地に戻ってくることになるだろう。それは忘却によって成り立つ。だからこそいま私たちが生きている復興への時間を記憶する必要がある。いま震災後文学が立つ地点はここにある。

（きむら・さえこ　津田塾大学教授）

あとがき

二〇一一年三月一一日の東日本大震災は、未曽有の大惨事を引き起こした。地震・津波の自然災害に加えて、福島の原子力発電所がメルトダウンを起こし、放射線による汚染を拡散させた。この人災で安全神話は崩壊した。

全国文学館協議会の当時の会長中村稔氏は、総会でこの大惨事に表現者がどう向き合ったか、その表現を記録に残すことを提案した。賛同を得て、二〇一三年全国一斉に震災展が始まった。中村会長の後任の山崎は十年間の継続を表明し、二〇二三年三月、一区切りを付けた。

日本近代文学館も二〇一三年以来、天災地変や原発事故を直視する表現者の思いを、直筆作品で紹介してきた。紹介にあたっては、表現者の表現と対話をすることで死者の声を聴き、残された人の哀しみを心に刻み、表現者の紡ぎ出した表現の意味を思い、死者に対する鎮魂と追悼、残された人への慰藉に心掛けてきた。

衝撃は記憶を拒絶する。記憶は時間の経過とともに変容し、忘れ去られていく。逝きし人に対する鎮魂とは、忘れないことである。そのために記録に残すことに努めてきた。

唐突に生を絶たれた人の無念さを忘れない証として、その記録を出版し、語り継ぐ。

擱筆にあたって、本書に揮毫作品、エッセイ、論文を掲載させていただきました表現者のみな様方に感謝とお礼を申し上げます。

出版にあたって青土社の社長清水一人氏、編集担当の篠原一平氏には、種々ご配慮をいただきました。お礼を申し上げます。

ご指導をいただきました中村稔氏、また震災展担当の館の職員諸氏に謝意を申し上げます。

二〇二三年七月二六日

日本近代文学館元理事、
全国文学館協議会前会長
山崎一穎

日本近代文学館における
全国文学館協議会共同展示
「三・一一 文学館からのメッセージ」展示記録

第一回（二〇一二年度）
「文学と天災地変
震災をこえて―文学者たちの言葉」
二〇一三年三月一日（金）～三月三〇日（土）

第二回（二〇一三年度）
「三・一一 文学館からのメッセージ
―天災地変と文学」
二〇一四年三月一日（土）～三月二九日（土）

＊以降より「三・一一 文学館からのメッセージ」が共同テーマ

第三回（二〇一四年度）
「震災を書く」
二〇一五年三月三日（火）～三月二八日（土）

第四回（二〇一五年度）
「震災を書く」
二〇一六年三月一一日（金）～三月二六日（土）

第五回（二〇一六年度）
「震災を書く」
二〇一七年三月一日（水）～三月二五日（土）

第六回（二〇一七年度）
「震災を書く」
二〇一八年二月二〇日（火）～三月二四日（土）

第七回（二〇一八年度）
「震災を書く」
二〇一九年三月二日（土）～三月三〇日（土）

第八回（二〇一九年度）
「震災を書く」
二〇二〇年二月二九日（土）～三月二八日（土）

第九回（二〇二〇年度）
「震災を書く」
二〇二一年一月一六日（土）～三月二七日（土）

第十回（二〇二一年度）
「震災を書く」
二〇二二年三月五日（土）～三月二六日（土）

収録作家一覧（五十音順）

秋山公哉　あきやま・きんや

一九五七年茨城県生。詩人。「晨」「豆の木」同人。詩集に『夜の高速道路』『夜と魔女とカラス』『夜が明けるよ』『いつもと同じ朝』『約束の木』『蹲るもの』がある。

伊藤一彦　いとう・かずひこ

一九四三年宮崎県生。歌人。若山牧水記念文学館館長。毎日新聞・産経新聞歌壇他選者。六八年「心の花」入会。九六年『海号の歌』で読売文学賞、二〇〇五年『新月の蜜』で寺山修司短歌賞、〇八年『微笑の空』で迢空賞、一三年『待ち時間』で小野市詩歌文学賞、一八年『遠音よし遠見よし』で詩歌文学館賞など受賞多数。

いとうせいこう　いとう・せいこう

一九六一年東京生。編集者を経て、作家、クリエイターとして、活字・映像・音楽・舞台など、幅広く活動。九九年『ボタニカル・ライフ』で講談社エッセイ賞を受賞。二〇一三年、東日本大震災をモチーフにした小説『想像ラジオ』で野間文芸新人賞を受賞。その後も福島に通って被災者と対話を重ね、ひとりひとりのモノローグとしてまとめた『福島モノローグ』（二一年）を刊行。

伊藤悠子　いとう・ゆうこ

一九四七年東京生。詩人。「左庭」同人。二〇〇五年より詩を書きはじめ、〇七年に『道を　小道を』を刊行し注目される。一二年、第二詩集『ろうそく町』で横浜詩人会賞を受賞。一六年には第三詩集『まだ空はじゅうぶん明るいのに』とエッセイ集『風もかなひぬ』を同時刊行。第三詩集では現代詩花椿賞を受賞した。

稲葉真弓　いなば・まゆみ

一九五〇〜二〇一四年。愛知県生。作家。七三年「蒼い影の傷みを」で女流新人賞、八〇年「ホテル・ザンビア」で作品賞、九二年『エンドレス・ワルツ』で女流文学賞、九五年『声の娼婦』で平林たい子文学賞、二〇〇八年「海松」で川端康成文学賞、一〇年芸術選奨文部科学大臣賞、一一年『半島へ』で谷崎潤一郎賞、中日文化賞を受賞。一四年紫綬褒章。

宇多喜代子　うだ・きよこ

一九三五年山口県生。俳人。俳誌「草樹」会員代表。読売新聞俳壇選者。遠山麦浪「獅林」を経て桂信子に師事。八二年現代俳句協会賞、二〇〇一年『象』で蛇笏賞、一二年『記憶』で詩歌文学館賞、一四年現代俳句大賞、一九年『森へ』で俳句四季大賞、二〇年毎日芸術賞など受賞多数。〇二年紫綬褒章、〇八年旭日小綬章。一九年文化功労者。

浦河奈々　うらかわ・なな

一九六六年茨城県生。歌人。短歌結社「歌林の会」会員。二〇〇九年『マトリョーシカ』で第一〇回現代短歌新人賞、二〇一三年第二歌集『サフランと釣鐘』で第一三回茨城県歌人協会賞受賞。

大口玲子　おおぐち・りょうこ

一九六九年東京生。歌人。九一年「心の花」に入会。九八年「ナショナリズムの夕立」で角川短歌賞、九九年『海量』で現代歌人協会賞、二〇〇三年『東北』で前川佐美雄賞、〇六年『ひたかみ』で葛原妙子賞、一三年『トリサンナイタ』で若山牧水賞・芸術選奨文部科学大臣新人賞、二〇年『ザベリオ』で小野市詩歌文学賞受賞。二一年『自由』で日本歌人クラブ賞受賞。

岡井隆　おかい・たかし

一九二八〜二〇二〇年。愛知県生。歌人、文芸評論家、医学博士。四六年「アララギ」入会。五一年「未来」創刊に参加、中心的存在として編集に携わった。八三年『禁忌と好色』で迢空賞、九〇年『親和力』で斎藤茂吉短歌文学賞、九五年『岡井隆コレクション』で現代短歌大賞、九九年『ウランと白鳥』で詩歌文学館賞、二〇〇四年『馴鹿《トナカイ》時代今か来向かふ』で読売文学賞など受賞多数。

岡野弘彦　おかの・ひろひこ

一九二四年三重県生。歌人、國學院大學名誉教授。折口信夫（釈迢空）に師事し、七三年「人」創刊。同年『滄浪歌』で迢空賞を受賞したのをはじめ、八七年『天の鶴群』で読売文学賞ほか受賞多数。二〇一二年、東日本大震災に際して詠まれた歌を含む『美しく愛しき日本』を刊行、一三年の日本歌人クラブ大賞を受賞した。二一年文化勲章受章。

小川軽舟　おがわ・けいしゅう

一九六一年千葉県生。俳人。大学卒業後「鷹」に入会して藤田湘子に師事、のち主宰となる。句集『近所』で俳人協会新人賞、評論『魅了する詩型―現代俳句私論』で俳人協会評論新人賞、句集『朝晩』で俳人協会賞、句集『無辺』で蛇笏賞・小野市詩歌文学賞を受賞。毎日俳句大賞選者、毎日新聞俳壇選者。

奥野修司　おくの・しゅうじ

一九四八年大阪府生。ノンフィクション作家。七八年から南米で日系移民調査に従事、帰国後はフリージャーナリストとして活動。二〇〇五年の『ナツコ　沖縄密貿易の女王』で講談社ノンフィクション賞、大宅壮一ノンフィクション賞。『魂でもいいから、そばにいて』（一七年）では被災地にあいつぐ「霊体験」を丹念に取材。ほか福島で米作りに奮闘する人々を描く『放射能に抗う』など著書多数。

小澤實　おざわ・みのる

一九五六年長野県生。俳人。藤田湘子に師事し、「鷹」に入会、二〇〇〇年に俳誌「澤」を創刊、主宰となる。九八年『立像』で俳人協会新人賞、〇六年『瞬間』で読売文学賞詩歌俳句賞、〇八年『俳句のはじまる場所』で俳人協会評論賞、二二年『芭蕉の風景』で読売文学賞随筆・紀行賞受賞。読売新聞・東京新聞俳壇選者、角川俳句賞選考委員などを務める。

香川ヒサ　かがわ・ひさ

一九四七年神奈川県生。歌人。七〇年に「白路」、八四年に「好日」に入会。九三年に「鱧と水仙」創刊。八八年「ジュラルミンの都市樹」で角川短歌賞、九〇年『テクネー』で現代歌人集会賞、九三年『マテシス』で河野愛子賞、二〇〇七年『perspective』で若山牧水賞を受賞。

柏原眠雨　かしわばら・みんう

一九三五年東京生。俳人、哲学者。五〇年「青蝶」に入会、神葱雨に師事。七九年「風」に入会、沢木欣一に師事。八九年、仙台を拠点に俳誌「きたごち」を創刊、主宰。二〇一六年『夕雲雀』で俳人協会賞受賞。二一年には『大震災の俳句―俳句に見る東日本大震災とその後の十年―』を編集発行。二二年「きたごち」終刊、二三年「しろはえ」顧問。俳人協会顧問、宮城県俳句協会顧問、東北大学名誉教授。

梶原さい子　かじわら・さいこ

一九七一年宮城県気仙沼市生。歌人。河野裕子に出会い歌を詠み始める。九八年「塔」入会。二〇一四年、震災の「以前」と「以後」の歌をおさめた第三歌集『リアス／椿』を刊行、翌年同書で葛原妙子賞受賞。「塔」選者、朝日新聞みちのく歌壇選者。

金子兜太　かねこ・とうた

一九一九〜二〇一八年。埼玉県生。俳人。東京大学在学中に加藤楸邨に師事。トラック島で終戦を迎え、復員後は沢木欣一主宰「風」に所属。五六年現代俳句協会賞。六二年「海程」創刊、のち主宰となる。八八年紫綬褒章。九六年『両神』で詩歌文学館賞、二〇〇二年『東国抄』で蛇笏賞受賞。〇三年芸術院賞。〇八年文化功労者。一〇年菊池寛賞、一六年朝日賞。

川野里子　かわの・さとこ

一九五九年大分県生。歌人。二〇〇三年『太陽の壺』で河野愛子賞、〇九年『幻想の重量―葛原妙子の戦後短歌』で葛原妙子賞、一〇年『王者の道』で若山牧水賞受賞。一八年に震災前後の作品を収めた『硝子の島』で小野市詩歌文学賞、一九年には『歓待』で読売文学賞受賞。歌誌「かりん」編集委員。読売新聞西部歌壇、NHK短歌選者などを務める。

金時鐘　きむ・しじょん

一九二九年朝鮮釜山市生。詩人。八六年『「在日」のはざまで』で毎日出版文化賞。ほか詩集・著書多数。二〇一一年詩集『失くした季節』で高見順賞を受賞。同賞の贈呈式に向かう途上、東日本大震災に遭遇。以後、原発破綻を題材にした連作詩を書く。一五年には『朝鮮と日本に生きる――済州島から猪飼野へ』で大佛次郎賞受賞。

季村敏夫　きむら・としお

一九四八年京都市生。詩人。一九九五年の阪神淡路大震災で被災。支援活動に従事するほか、同震災の資料の収集・文化的発信を目的とするグループ「震災・まちのアーカイブ」を立ち上げる。二〇一〇年詩評論『山上の蜘蛛』で小野十三郎賞特別賞、翌一一年詩集『ノミトビヒヨシマルの独言』で現代詩花椿賞受賞。東日本大震災を経て、随想集『災厄と身体　破局と破局の間から』、詩集『豆手帖から』を刊行。

熊谷達也　くまがい・たつや

一九五八年宮城県生。小説家。九七年「ウエンカムイの爪」で小説すばる新人賞、二〇〇〇年『漂泊の牙』で新田次郎文学賞、〇四年『邂逅の森』で山本周五郎賞・直木賞を受賞。東日本大震災を機に、宮城県気仙沼市がモデルの架空の町を舞台とする「仙河海シリーズ」を刊行している。

栗木京子　くりき・きょうこ

一九五四年愛知県生。歌人。大学在学中に短歌と出会い高安国世に師事。歌集に『夏のうしろ』（読売文学賞・若山牧水賞）、『けむり水晶』（迢空賞・芸術選奨文部科学大臣賞）、『水仙の章』（斎藤茂吉短歌文学賞・前川佐美雄賞、紫綬褒章）、『ランプの精』（小野市詩歌文学賞）など。「塔」選者、読売新聞歌壇選者。二〇二〇年より現代歌人協会理事長。

黒瀬珂瀾　くろせ・からん

一九七七年大阪府生。歌人。春日井建に師事。東日本大震災当時はアイルランドおよびイギリスに滞在。断片的に伝わる震災の情報に接しながら、その衝撃や戸惑いを多くの歌に詠んだ。一五年これらを含む歌集『蓮喰ひ人の日記』を刊行し、前川佐美雄賞を受賞。二一年には歌集『ひかりの針がうたふ』で若山牧水賞を受賞した。「未来」選者、読売新聞歌壇選者。

黒田杏子　くろだ・ももこ

一九三八〜二〇二三年。東京生。俳人・エッセイスト。山口青邨主宰の「夏草」同人を経て俳誌「藍生」を創刊、主宰。夏草賞・現代俳句女流賞・俳人協会賞・桂信子賞。二〇一一年『日光月光』で蛇笏賞。二〇年現代俳句大賞受賞。同人誌「件」同人。観音巡礼と遍路・桜の俳人として知られる。日経俳壇選者や福島県文学賞（俳句部門）代表選者などを務めた。

小池昌代　こいけ・まさよ

一九五九年東京生。詩人、小説家。八八年に第一詩集『水の町から歩きだして』刊行以後、詩と小説を発表。九七年詩集『永遠に来ないバス』で現代詩花椿賞、九九年『もっとも官能的な部屋』

で高見順賞、二〇一〇年『コルカタ』で萩原朔太郎賞など。また、短篇小説「タタド」で〇七年川端康成文学賞、『たまもの』で一四年泉鏡花文学賞を受賞した。

小島ゆかり　こじま・ゆかり

一九五六年愛知県生。歌人。七八年「コスモス」入会。二〇一五年『泥と青葉』で斎藤茂吉短歌文学賞、一七年『馬上』で芸術選奨文部科学大臣賞受賞、また同年紫綬褒章を受章。歌集に『希望』（若山牧水賞）、『憂春』（迢空賞）、『六六魚』（詩歌文学館賞・前川佐美雄賞）、『雪麻呂』（大岡信賞）など。「コスモス」選者・編集人、産経新聞歌壇他選者。

駒木根淳子　こまきね・じゅんこ

一九五二年福島県いわき市生。俳人。九二年「青山」入会。二〇〇一年朝日俳句新人賞準賞受賞。〇二年「青山」退会。〇五年俳句同人誌「鱗」創刊に参加、編集を担当。一七年第二句集『夜の森』で第五回星野立子賞受賞。現在「鱗」同人、俳人協会会員・日本文藝家協会会員。句集に『頭上』（〇一年）『夜の森』（一六年）など。

今野寿美　こんの・すみ

一九五二年東京生。歌人。七九年「午後の章」五〇首により角川短歌賞受賞。歌集に『世紀末の桃』（現代短歌女流賞）、『龍笛』（葛原妙子賞）、本展への出品作を含む『雪占』など。九二年、三枝昂之たちと歌誌「りとむ」を創刊、現在その編集人を務める。

三枝昂之　さいぐさ・たかゆき

一九四四年山梨県生。歌人。歌誌「りとむ」発行人。歌集に『水の覇権』（現代歌人協会賞）、『農鳥』（若山牧水賞）、『上弦下弦』、『それぞれの桜』など。歌書に『昭和短歌の精神史』（芸術選奨文部科学大臣賞・斎藤茂吉短歌文学賞ほか）、『跫音を聴く 近代短歌の水脈』（日本歌人クラブ大賞）など。二〇二〇年、本展への出品作を含む『遅速あり』で迢空賞を受賞。現在、山梨県立文学館館長。

齋藤貢　さいとう・みつぐ

一九五四年福島県生。詩人。「歴程」「白亜紀」「孔雀船」「雛罌粟《コクリコ》」同人。八七年『奇妙な容器』で福島県文学賞、二〇一九年震災と原発事故をテーマにした『夕焼け売り』で現代詩人賞受賞。詩集に『竜宮岬』（一〇年）、『汝は、塵なれば』（一三年）など。福島県文学賞詩部門審査委員。

佐伯一麦　さえき・かずみ

一九五九年宮城県生。作家。高校卒業後上京し、週刊誌記者、電気工などをへて執筆活動に専念。八四年「木を接ぐ」で海燕新人文学賞を受賞。著書に『ア・ルース・ボーイ』（三島由紀夫賞）、『遠き山に日は落ちて』（木山捷平賞）、『鉄塔家族』（大佛次郎賞）、『ノルゲ』（野間文芸賞）、『還れぬ家』（毎日芸術賞）、『渡良瀬』（伊藤整文学賞）、『山海記』（芸術選奨文部科学大臣賞）など。二〇二〇年より仙台文学館館長。

坂井修一　さかい・しゅういち

一九五八年愛媛県生。歌人、情報工学者。七八年「かりん」入会。歌集に『ラビュリントスの日々』（現代歌人協会賞）、『ジャックの種子』（寺山修司短歌賞）、『アメリカ』（若山牧水賞）、『望楼の春』（迢空賞）、『亀のピカソ』（小野市詩歌文学賞）、評論集に『斎藤茂吉から塚本邦雄へ』（日本歌人クラブ評論賞）など。「かりん」編集人、現代歌人協会副理事長、東京大学副学長・附属図書館長・教授。

白石かずこ　しらいし・かずこ

一九三一年バンクーバー生。詩人。朗読詩とジャズのコラボレーションによるポエトリーパフォーマンスで国際的に活躍。七〇年『聖なる淫者の季節』でH氏賞、九七年『現れるものたちをして』で高見順賞・読売文学賞詩歌俳句賞、二〇〇三年『浮遊する母、都市』で晩翠賞、一〇年『詩の風景・詩人の肖像』で読売文学賞随筆・紀行賞受賞。九八年紫綬褒章。

菅原和子　すがわら・かずこ

一九三四年岩手県生。俳人。「樹氷」「藍生」同人、俳人協会会員。陸前高田市で被災。仙台市に移った後も作句を続け、二〇二一年には東京新聞「平和の俳句～震災一〇年」に入選。

関悦史　せき・えつし

一九六九年茨城県生。俳人。二〇〇二年「マクデブルクの館」百句で芝不器男俳句新人賞城戸朱理奨励賞、〇九年「天使としての空間―田中裕明的媒介性について―」で俳句界評論賞受賞。一二年には、震災体験を題材にした句を収めた『六十億本の回転する曲がつた棒』で田中裕明賞を受賞。「翻車魚《まんぼう》」同人。

曾根毅　そね・つよし

一九七四年香川県生。俳人。二〇〇二年鈴木六林男に師事。俳誌「LOTUS」同人。現代俳句協会会員。一四年第四回芝不器男俳句新人賞受賞。句集に『花修』（一五年、深夜叢書社）、共著に『新興俳句アンソロジー』（一八年、現代俳句協会青年部編、ふらんす堂）など。

高木佳子　たかぎ・よしこ

一九七二年神奈川県生。歌人。「潮音」選者。歌誌「壜」発行人。二〇〇八年『片翅の蝶』で日本歌人クラブ新人賞、一一年『青雨記』で現代短歌新人賞、二一年『玄牝』で塚本邦雄賞を受賞。一七年より「福島民報」歌壇選者、福島県文学賞短歌部門審査委員。

高野ムツオ　たかの・むつお

一九四七年宮城県生。俳人。阿部みどり女、金子兜太、佐藤鬼房の指導を受ける。二〇〇二年、「小熊座」主宰を鬼房から継承。一四年『萬の翅』で読売文学賞・蛇笏賞・小野市詩歌文学賞を受賞。一八年には「震災詠一〇〇句」の自解を含む『語り継ぐいのちの俳句　3・11以後のまなざし』を刊行。読売俳壇選者、蛇笏賞選考委員、河北俳壇選者、熊日俳壇選者。日本現代詩歌文学館館長。

高野公彦　たかの・きみひこ

一九四一年愛媛県生。歌人。朝日歌壇選者。六四年「コスモス」入会。七六年刊の第一歌集『汽水の光』でコスモス賞のほか、九六年『天泣』で若山牧水賞、二〇〇一年『水苑』で詩歌文学館賞・迢空賞、一二年『河骨川』で毎日芸術賞、一五年『流木』で読売文学賞、一九年『明月記を読む』（上・下巻）で現代短歌大賞など受賞多数。〇四年紫綬褒章、一三年旭日小綬章。

高橋順子　たかはし・じゅんこ

一九四四年千葉県生。詩人。詩誌「歴程」同人。出版社勤務などを経て八七年『花まいらせず』で現代詩女流賞、九〇年『幸福な葉っぱ』で現代詩花椿賞、九六年『時の雨』で読売文学賞を受賞。二〇一四年、本展出品作品を含む詩集『海へ』を刊行、同詩集で藤村記念歴程賞・三好達治賞を受賞。小説、エッセイなども手がける。

照井翠　てるい・みどり

一九六二年岩手県生。俳人。九〇年より加藤楸邨に師事。「暖響」「草笛」同人。二〇一三年、句集『龍宮』で俳句四季大賞・現代俳句協会賞特別賞受賞。一九年、エッセイ集『釜石の風』で日本詩歌句随筆評論大賞　随筆評論部門奨励賞受賞。二一年には句集『泥天使』と文庫新装版句集『龍宮』を同時刊行。句集に『翡翠楼』（〇四年）、『雪浄土』（〇八年）など。

永瀬十悟　ながせ・とおご

一九五三年福島県生。俳人。「桔槹」同人。二十代より句作を開始。震災や原発事故に直面する生活を詠んだ「ふくしま」五十句で、二〇一一年度の角川俳句賞を受賞。一八年に第二句集『三日月湖』を刊行、翌年同書で現代俳句協会賞を受賞。福島県文学賞俳句部門審査委員、福島民報俳句欄選者。

永田和宏　ながた・かずひろ

一九四七年滋賀県生。歌人、細胞生物学者。ＪＴ生命誌研究館館長。京都大学名誉教授。「塔」前主宰。京大短歌会で作歌を始め、高安国世に師事。歌集に『メビウスの地平』（現代歌人集会賞）、『華氏』（寺山修司短歌賞）、『饗庭』（若山牧水賞・読売文学賞）、『風位』（芸術選奨文部科学大臣賞・迢空賞）、『後の日々』（斎藤茂吉短歌文学賞）など。朝日歌壇選者、宮中歌会始詠進歌選者。

中村稔　なかむら・みのる

一九二七年埼玉県生。詩人、弁護士。日本近代文学館名誉館長、全国文学館協議会初代会長。六七年高村光太郎賞を受賞の『鵜原抄』（思潮社）、七六年読売文学賞受賞の『羽虫の飛ぶ風景』（青土

社）をはじめとする詩集、『宮澤賢治』（五五年、ユリイカ 他）、『中原中也私論』（二〇〇九年、思潮社）をはじめとする評論のほか、〇四年朝日賞、毎日芸術賞、井上靖文化賞を受賞した自伝『私の昭和史』（青土社）、日本初とも言える文学館論『文学館を考える』（一一年、青土社）など著作多数。

西村和子　にしむら・かずこ

一九四八年横浜生。俳人。六六年「慶大俳句」に入会し、清崎敏郎に師事。九六年、行方克巳と「知音」創刊、代表。八四年『夏帽子』で俳人協会新人賞、二〇〇五年『虚子の京都』で俳人協会評論賞、〇七年『心音』で俳人協会賞、一二年桂信子賞を受賞。一六年には本展への出品作を含む『椅子ひとつ』で小野市詩歌文学賞・俳句四季大賞を受賞。毎日俳壇選者。

長谷川櫂　はせがわ・かい

一九五四年熊本県生。俳人。朝日俳壇選者、ネット歳時記「きごさい」代表。九〇年『俳句の宇宙』でサントリー学芸賞、二〇〇三年句集『虚空』で読売文学賞を受賞。一一年四月、震災からの一二日間を詠んだ『震災歌集』を、翌一二年一月に『震災句集』を刊行。一七年三月にはこれらの合本および近年詠んだ震災に関する俳句をまとめた『震災歌集　震災句集』を刊行。

花山多佳子　はなやま・たかこ

一九四八年東京生。歌人。六八年「塔」入会。九四年『草舟』でながらみ現代短歌賞、九九年『空合』で河野愛子賞、二〇〇七年『木香薔薇』で斎藤茂吉短歌文学賞、一一年「雪平鍋」三〇首で短歌研究賞、一二年『胡瓜草』で小野市詩歌文学賞、二〇年『鳥影』で詩歌文学館賞を受賞。「塔」選者、河北歌壇選者。

馬場あき子　ばば・あきこ

一九二八年東京生。歌人。短歌結社「かりん」発行人。朝日歌壇選者。四七年、窪田章一郎に師事。八六年『葡萄唐草』で迢空賞、九四年『阿古父』で読売文学賞を受賞。九四年紫綬褒章。九七年毎日芸術賞、二〇〇〇年朝日賞、〇三年芸術院賞など受賞多数。一九年文化功労者。評論『鬼の研究』などの著書、新作能なども手がける。

東直子　ひがし・なおこ

一九六三年広島県生。歌人、作家。歌誌「かばん」会員。九六年「草かんむりの訪問者」で歌壇賞、一六年『いとの森の家』で坪田譲治文学賞受賞。歌集『春原さんのリコーダー』『十階』、小説『とりつくしま』、エッセイ集『一緒に生きる』など著書多数。脚本、イラストレーションも手がける。東京新聞歌壇選者。

平田俊子　ひらた・としこ

一九五五年島根県生。詩人。八三年「鼻茸について」その他の詩篇により現代詩新人賞、九八年『ターミナル』で晩翠賞、二〇〇四年『詩七日』で萩原朔太郎賞、〇五年小説『二人乗り』

で野間文芸新人賞、一六年『戯れ言の自由』で紫式部文学賞受賞。戯曲に「甘い傷」などがある。

藤井貞和　ふじい・さだかず

一九四二年東京生。詩人、日本文学研究者。詩集に『ことばのつえ、ことばのつえ』（藤村記念歴程賞・高見順賞）、『春楡の木』（鮎川信夫賞・芸術選奨文部科学大臣賞）、『よく聞きなさい、すぐにここを出るのです。』（読売文学賞・日本芸術院賞）など。二〇一三年には震災と原発問題に取り組んだ『水素よ、炉心露出の詩　三月十一日のために』を刊行。

本田一弘　ほんだ・かずひろ

一九六九年福島県生。歌人。「心の花」所属、佐佐木幸綱に師事。現在、選者。二〇〇〇年「ダイビングトライ」三〇首で短歌現代新人賞、〇一年『銀の鶴』で日本歌人クラブ新人賞、一一年『眉月集』で寺山修司短歌賞、一五年『磐梯』で前川佐美雄賞、一九年『あらがね』で日本歌人クラブ賞受賞。河北歌壇選者。

正木ゆう子　まさき・ゆうこ

一九五二年熊本県生。俳人。七三年「沖」に入会し、能村登四郎に師事。二〇〇二年『静かな水』で芸術選奨文部科学大臣賞、一七年『羽羽』で蛇笏賞受賞。一九年紫綬褒章。読売新聞俳壇選者。

黛まどか　まゆずみ・まどか

神奈川県生。俳人。句集『京都の恋』で山本健吉文学賞受賞。オペラの台本執筆、校歌の作詞、テレビ番組の語りなど、幅広く活動。震災後は福島県各地を訪問し「福島民報」紙上に俳句紀行「ふくしまを詠む」を連載、二〇一六年に『ふくしま讃歌―日本の「宝」を訪ねて』として書籍化。

三角みづ紀　みすみ・みづき

一九八一年鹿児島県生。詩人。二〇〇四年現代詩手帖賞を受賞。〇五年『オウバアキル』で中原中也賞、〇六年『カナシヤル』で歴程新鋭賞・南日本文学賞を受賞。一三年には、新藤涼子・河津聖恵との連詩集『悪母島の魔術師』で藤村記念歴程賞を受賞。一四年『隣人のいない部屋』で萩原朔太郎賞受賞。一七年より南日本文学賞選考委員。

道浦母都子　みちうら・もとこ

一九四七年和歌山県生。歌人。七一年「未来」に入会し、近藤芳美に師事。八一年『無援の抒情』で現代歌人協会賞受賞。歌集に『風の婚』『夕駅』『花やすらい』『はやぶさ』、エッセイ・評論に『百年の恋』『たましいを運ぶ舟』、小説に『花降り』『光の河』など。「未来」選者。

宮坂静生　みやさか・しずお

一九三七年長野県生。俳人。俳誌「岳」主宰。信州大学名誉教授。現代俳句協会特別顧問。産経俳壇選者。九五年現代俳句協会賞、〇六年『語りかける季語　ゆるやかな日本』で読売文学賞、一四年信毎賞、一九年現代俳句大賞、二一年『草魂』で詩歌文学館賞受賞。現代俳句協会会長在任中には『東日本大震災を詠む』（俳句四協会編　一五年、朝日新聞出版）の編纂に尽力。

山田航　やまだ・わたる

一九八三年北海道生。歌人。歌人集団「かばん」所属。二〇〇九年「夏の曲馬団」で角川短歌賞、「樹木を詠むという思想」で現代短歌評論賞受賞。一二年第一歌集『さよならバグ・チルドレン』で北海道新聞短歌賞、一三年現代歌人協会賞を受賞。一八年、第二歌集『水に沈む羊』で高志の国詩歌賞を受賞。

米川千嘉子　よねかわ・ちかこ

一九五九年千葉県生。歌人。歌誌「かりん」編集委員。毎日新聞、信濃毎日新聞歌壇他選者。七九年「かりん」に入会し馬場あき子に師事。八九年『夏空の櫂』で現代歌人協会賞、二〇〇四年『滝と流星』で若山牧水賞、一三年『あやはべる』で迢空賞、一六年『吹雪の水族館』で小野市詩歌文学賞を受賞。

若松丈太郎　わかまつ・じょうたろう

一九三五〜二〇二一年。岩手県生。詩人。福島県で高校教諭をしながら詩作を続ける。七一年の福島原発稼働以来、詩や評論を通じて原発の危険性を告発。九四年にはチェルノブイリを訪問。東日本大震災後には『福島原発難民　南相馬市・一詩人の警告』（二〇一一年）、『福島核災棄民　町がメルトダウンしてしまった』（一二年）、詩集『わが大地よ、ああ』（一四年）などを刊行。

和合亮一　わごう・りょういち

一九六八年福島市生まれ。詩人。中原中也賞、萩原朔太郎賞など受賞。二〇一一年、東日本大震災直後の福島からTwitterで「詩の礫」と題して連作詩を発表し続け、やがて出版・翻訳され、フランスにてニュンク・レビュー・ポエトリー賞を受賞。合唱曲の作詞多数。リーディング・パフォーマンスに定評がある。

掲載資料寄贈者、協力者（敬称略）

秋山公哉
伊藤一彦
いとうせいこう
伊藤悠子
稲葉真弓
宇多喜代子
浦河奈々
大口玲子
岡井隆
岡野弘彦
小川軽舟
奥野修司
小澤實
香川ヒサ
柏原眠雨
梶原さい子
金子兜太
川野里子
金時鐘
季村敏夫
熊谷達也
栗木京子
黒瀬珂瀾
黒田杏子
小池昌代
小島ゆかり
駒木根淳子
今野寿美
三枝昻之
齋藤貢
佐伯一麦
坂井修一
白石かずこ
菅原和子
関悦史
曾根毅
高木佳子
高野ムツオ
高野公彦
高橋順子
照井翠
永瀬十悟
永田和宏
中村稔
西村和子
長谷川櫂
花山多佳子
馬場あき子
東直子
平田俊子
藤井貞和
本田一弘
正木ゆう子
黛まどか
三角みづ紀
道浦母都子
宮坂静生
山田航
米川千嘉子
若松丈太郎
和合亮一

＊

岡井恵里子
金子眞土
黒田勝雄
平野裕滋
若松蓉子

＊

株式会社 コールサック社
公益社団法人 日本文藝家協会

慟哭　3・11
東日本大震災　文学館からのメッセージ

二〇二四年二月一五日　第一刷印刷
二〇二四年二月二〇日　第一刷発行

編者―公益財団法人 日本近代文学館

発行人―清水一人
発行所―青土社
〒一〇一‐〇〇五一　東京都千代田区神田神保町一‐二九　市瀬ビル
電話―〇三‐三二九一‐九八三一（編集）　〇三‐三二九四‐七八二九（営業）
振替―〇〇一九〇‐七‐一九二九五五

装丁―大倉真一郎
印刷・製本―シナノ

ISBN978-4-7917-7627-6